呼兰河传

萧红 著

应急管理出版社
· 北京 ·

图书在版编目（CIP）数据

呼兰河传／萧红著． -- 北京：应急管理出版社，2023

ISBN 978-7-5020-9846-9

Ⅰ.①呼… Ⅱ.①萧… Ⅲ.①长篇小说—中国—现代 Ⅳ.①I246.5

中国版本图书馆 CIP 数据核字（2022）第 239000 号

呼兰河传

著　　者　萧　红
责任编辑　郭浩亮
封面设计　薛　芳

出版发行　应急管理出版社（北京市朝阳区芍药居 35 号　100029）
电　　话　010-84657898（总编室）　010-84657880（读者服务部）
网　　址　www.cciph.com.cn
印　　刷　艺通印刷（天津）有限公司
经　　销　全国新华书店

开　　本　710mm×1000mm 1/16　**印张**　16 1/2　**字数**　259 千字
版　　次　2023 年 4 月第 1 版　2023 年 4 月第 1 次印刷
社内编号　20221693　　**定价**　49.80 元

目 录

呼兰河传

第一章

一

严冬一封锁了大地的时候，则大地满地裂着口，从南到北，从东到西，几尺长的，一丈长的，还有好几丈长的，它们毫无方向的，便随时随地，只要严冬一到，大地就裂开口了。

严寒把大地冻裂了。

年老的人，一进屋用扫帚扫着胡子上的冰溜，一面说：

“今天好冷啊！地冻裂了。”

赶车的车夫，顶着三星，绕着大鞭子走了六七十里，天刚一蒙亮，进了大店，第一句话就向客栈掌柜的说：

“好厉害的天啊！小刀子一样。”

等进了栈房，摘下狗皮帽子来，抽一袋烟之后，伸手去拿热馒头的时候，那伸出来的手在手背上有无数的裂口。

人的手被冻裂了。

卖豆腐的人清早起来沿着人家去叫卖，偶一不慎，就把盛豆腐的方木盘贴大地上拿不起来了。被冻在地上了。

卖馒头的老头，背着木箱子，里边装着热馒头，太阳一出来，就在街上叫唤。他刚一从家里出来的时候，他走得快，他喊的声音也大。可是过不了一会，他的脚上挂了掌子了，在脚心上好像踏着一个鸡蛋似的，圆滚滚的。原来冰雪封满了他的脚底了。使他走起来十分的不得力，若不是十分的加着小心，他就要跌倒了。就是这样，也还是跌倒的。跌倒了是不很好的，把馒头箱子跌翻了，馒头从箱底一个一个的跑了出来。旁边若有人看见，趁着这机会，趁着老头子倒下一时还爬不起来的时候，就拾了几个一边吃着就走了。等老头子挣扎起来，连馒头带冰雪一起检到箱子去，一数，不对数。他明白了。他向着那走得不太远的吃他馒头的人说：

"好冷的天，地皮冻裂了，吞了我的馒头了。"

路行人听了这话都笑了。他背起箱子来再往前走，那脚下的冰溜，似乎是越结越高，使他越走越困难，于是背上出了汗，眼睛上了霜，胡子上的冰溜越挂越多，而且因为呼吸的关系，把破皮帽子的帽耳朵和帽前遮都挂了霜了。这老头越走越慢，担心受怕，颤颤惊惊，好像初次穿上了滑冰鞋，被朋友推上了溜冰场似的。

小狗冻得夜夜的叫唤，哽哽的，好像它的脚爪被火烧着了一样。

天再冷下去：

水缸被冻裂了；

井被冻住了；

大风雪的夜里，竟会把人家的房子封住，睡了一夜，早晨起来，一推门，竟推不开门了。

大地一到了这严寒的季节，一切都变了样。天空是灰色的，好像刮了大风之后，呈着一种混沌沌的气象，而且整天飞着清雪。人们走起路来是快的，嘴里边的呼吸，一遇到了严寒好像冒着烟似的。七匹马拉着一辆大车，在旷野上成串的一辆挨着一辆的跑，打着灯笼，甩着大鞭子，天空挂着三星。跑了二里路之后，马就冒汗了。再跑下去，这一批人马在冰天雪地里边竟热气腾腾的了。一直到太阳出来，进了栈房，那些马才停止了出汗。但是一停止了出汗，马毛立刻就上了霜。

人和马吃饱了之后，他们再跑。这寒带的地方，人家很少，不像南方，走了一村，不远又来了一村，过了一镇，不远又来了一镇。这里是什么也看不见，远望出去是一片白。从那一村到那一村，根本是看不见的。只有凭了认路的人的记忆才知道是走向了什么方向。拉着粮食的七匹马的大车，是到他们附近的城里去。载来大豆的卖了大豆，载来高粱的卖了高粱。等回去的时候，他们带了油、盐和布匹。

呼兰河就是这样的小城。这小城并不怎样繁华，只有两条大街，一条从南到北，一条从东到西，而最有名的算是十字街了。十字街口集中了全城的精华。十字街上有金银首饰店，布庄，油盐店，茶庄，药店，也有拔牙的洋医生。那医生的门前，挂着很大的招牌，那招牌上画着特别大的有量米的斗那么大的一排牙齿。这广告在这小城里边无乃太不相当，使人们看了竟不知道那是什么东西。因为油店，布店和盐店，他们都没有什么广告，也不过是盐店门前写个“盐”字，布店门前挂了两张怕是自古亦有之的两张布幌子。其余的如药店的招牌也不过是把那戴着花镜的伸出手去在小枕头上号着妇女们的脉管的医生的名字挂在门外就是了。比方那医生的名字叫李永春，那药店也就叫“李永春”。人们凭着记忆，哪怕就是李永春摘掉了他的招牌，人们也都知李永春是在哪里。不但城里的人这样，就是从乡下来的人也多半都把这城里的街道，和街道上尽是些什么都记熟了。用不着什么广告，用不着什么招引的方式，要买的比如油盐、布匹之类，自己走进去就会买。不需要的，你就是挂了多大的牌子人们也是不去买。那牙医生就是一个例子。那从乡下来的人们看了这么大的牙齿，真是觉得希奇古怪，所以那大牌子前边，停了许多人在看，看也看不出是什么道理来。假若他是正在牙痛，他也绝对的不去让那用洋法子的医生给他拔掉，也还是走到李永春药店去，买二两黄连，回家去含着算了吧！因为那牌子上的牙齿太大了，有点莫名其妙，怪害怕的。

所以那牙医生，挂了两三年招牌，到那里去拔牙的却是寥寥无几。

后来那女医生没有办法，大概是生活没法维持，她兼做了收生婆。

城里除了十字街之外，还有两条街，一个叫做东二道街，一个叫做西二道街。这两条街是从南到北的，大概五六里长。这两条街上没有什么好记载的，有几座庙，有几家烧饼铺，有几家粮栈。

东二道街上有一家火磨，那火磨的院子很大，用红色的好砖砌起来的大烟筒是非常高的。听说那火磨里边进去不得，那里边的消信可多了，是碰不得的。一碰就会把人用火烧死，不然为什么叫火磨呢？就是因为有火，听说那里边不用马，或是毛驴拉磨，用的是火。一般人以为尽是用火，岂不把火磨烧着了吗？想来想去，想不明白，越想也就越糊涂。偏偏那火磨又是不准参观的。听说门口站着守卫。

东二道街上还有两家学堂，一个在南头，一个在北头。都是在庙里边，一个在龙王庙里，一个在祖师庙里。两个都是小学：

龙王庙里的那个学的是养蚕，叫做农业学校。祖师庙里的那个，是个普通的小学，还有高级班，所以又叫做高等小学。

这两个学校，名目上虽然不同，实际上是没有什么分别的。也不过那叫做农业学校的，到了秋天把蚕用油炒起来，教员们大吃几顿就是了。

那叫做高等小学的，没有蚕吃，那里边的学生的确比农业学校的学生长的高。农业学生开头是念“人、手、足、刀、尺”，顶大的也不过十六七岁。那高等小学的学生却不同了，吹着洋号，竟有二十四岁的。在乡下私学馆里已经教了四五年的书了，现在才来上高等小学。也有的在粮站里当了二年的管账先生的现在也来上学了。

这小学的学生写起家信来，竟有写到：“小秃子闹眼睛好了没有？”小秃子就是他的八岁的长公子的小名。次公子，女公子还都没有写上，若都写上怕是把信写得太长了。因为他已经子女成群，已经是一家之主了，写起信来总是多谈一些个家政，姓王的地户的地租送来没有？大豆卖了没有？行情如何之类。

这样的学生，在课堂里边也是极有地位的，教师也得尊敬他，一不留心，他这样的学生就站起来了，手里拿着《康熙字典》，常常把先生会指问住的。万里乾坤的“乾”和乾菜的“乾”，据这学生说是不同的，乾菜的“乾”应该这样写：“乾”，而不是那样写：“乾”。

西二道街上不但没有火磨，学堂也就只有一个。是个清真学校，设在城隍庙里边。

其余的也和东二道街一样，灰秃秃的，若有车马走过，则烟尘滚滚。下了雨满地是泥。而且东二道街上有大泥坑一个，五六尺深。不下雨那泥浆好像粥一样，下了雨，这泥坑就便成河了，附近的人家，就要吃它的苦头，冲了人家里满了是泥，等坑水一落了去，天一晴了，被太阳一晒出来很多蚊子飞到附近的人家去。同时那泥坑也就越晒越纯净，好像在提炼什么似的，好像要从那泥坑里边提炼出点什么来似的。若是一个月以上不下雨，那大泥坑的质度更纯了，水分完全被蒸发走了，那里边的泥，又黏又黑，比粥锅溦糊，比浆糊还黏。好像炼胶的大锅似的，黑糊糊的，油亮亮的，哪怕苍蝇蚊子从那里一飞也要黏住的。

小燕子是很喜欢水的，有时误飞到这泥坑上来，用翅子点着水，看起来很危险，差一点没有被泥坑陷害了它，差一点没有被黏住，赶快的头也不回的飞跑了。

若是一匹马，那就不然了，非黏住不可。而不仅仅是黏住，而是把它陷进去。马在那里边滚着，挣扎着，挣扎了一会，没有了力气那马就躺下了。一躺下那就很危险，很有致命的可能。但是这种时候不很多，很少有人牵着马或是拉着车子来冒这种险。

这大泥坑出乱子的时候，多半是在旱年，若两三个月不下雨这泥坑子才到了真正危险的时候。在表面上看来，似乎是越下雨越坏，一下了雨好像小河似的了，该多么危险，有一丈来深，人掉下去也要没顶的。其实不然，呼兰河这城里的人没有这么傻，他们都晓得这个坑是很厉害的，没有一个人敢有这样大的胆子牵着马从这泥坑上过。

可是若三个月不下雨，这泥坑子就一天一天的干下去，到后来也不过是二三尺深，有些勇敢者就试探着冒险的赶着车从上边过去了，还有些次勇敢者，看着别人过去，也就跟着过去了，一来二去的，这坑子的两岸，就压成车轮经过的车辙了。那再后来者，一看，前边已经有人走在先了，这懦怯者比那勇敢的人更勇敢，赶着车子走上去了。

谁知这泥坑子的底是高低不平的，人家过去了，可是他却翻了车了。

车夫从泥坑爬出来，弄得和个小鬼似的，满脸泥污，而后再从泥中往外挖掘他的马，不料那马已经倒在泥污之中了，这时候有些过路的人，也就走上前来，帮忙施救。

这过路的人分成两种，一种是穿着长袍短褂的，非常清洁。看那样子也伸不出手来，因为他的手也是很洁净的。不用说那就是绅士一流的人物了，他们是站在一旁参观的。

看那马要站起来了，他们就喝彩，“噢！噢！”的喊叫着。看那马又站不起来，又倒下去了，这时他们又是喝彩，“噢噢”的又叫了几声。不过这喝的是倒彩。

就这样的马要站起来，而又站不起来的闹了一阵之后，仍是没有站起来，仍是照原样可怜的躺在那里。这时候，那些看热闹的觉得也不过如此，也没有什么新花样了，于是星散开去，各自回家去了。

现在再来说那马还是在那里躺着。那些帮忙救马的过路人，都是些普通的老百姓，是这城里的担葱的，卖菜的，瓦匠，车夫之流。他们卷卷裤脚，脱了鞋子，看看没有什么办法，走下泥坑去，想用几个人的力量把那马抬起来。

结果抬不起来了，那马的呼吸不大多了。于是人们着了慌，赶快解了马套。从车子把马解下来，以为这回那马毫无担负的就可以站起来了。

不料那马还是站不起来。马的脑袋露在泥浆的外边，两个耳朵哆嗦着，眼睛闭着，鼻子往外喷着秃秃的气。

看了这样可怜的景象，附近的人们跑回家去，取了绳索，拿了绞锥。用绳子把马捆了起来，用绞锥从下边掘着。人们喊着号令，好像造房子或是架桥梁似的，把马抬出来了。

马是没有死，躺在道旁。人们给马浇了一些水，还给马洗了一个脸。

看热闹的也有来的，也有去的。

第二天大家都说：

“那大水泡子又淹死了一匹马。”

虽然马没有死，一哄起来就说马死了。若不这样说，觉得那大泥坑也太没有什么威严了。

在这大泥坑上翻车的事情不知有多少。一年除了被冬天冻住的季节之外，其余的时间，这大泥坑子像它被赋给生命了似的，它是活的。水涨了，水落了，过些日子大了，过些日子又小了。大家对它都起着无限的关切。

水大的时间，不但阻碍了车马，且也阻碍了行人。老头走在泥坑子的沿上，两条腿打颤，小孩子走在泥坑子的沿上吓得狼哭鬼叫。

一下起雨来这大泥坑子白亮亮的涨得溜溜的满，涨到两边的人家的墙根上去了，把人家的墙根给淹没了。来往过路的人，一走到这里，就像在人生的路上碰到了打击。是要奋斗的，卷起袖子来，咬紧了牙根，全身的精力集中起来，手抓着人家的板墙，心脏扑通扑通的跳，头不要晕，眼睛不要花，要沉着迎战。

偏偏那人家的板墙造得又非常的平滑整齐，好像有意在危难的时候不帮人家的忙似的，使那行路人不管怎样巧妙的伸出手来，也得不到那板墙的怜悯，东抓抓不着什么，西摸也摸不到什么，平滑得连一个疤拉节子也没有，这可不知道是什么山上长的木头，长得这样完好无缺。

挣扎了五六分钟之后，总算是过去了。弄得满头流汗，满身发烧，那都不说。再说那后来的人，依法炮制，那花样也不多，也只是东抓抓，西摸摸。弄了五六分钟之后，又过去了。

一过去了可就精神饱满，哈哈大笑着，回头向那后来的人，向那正在艰苦阶段上奋斗着的人说：

“这算什么，一辈子不走几回险路那不算英雄。”

可也不然，也不一定都是精神饱满的，而大半是被吓得脸色发白。有的虽然已经过去了，还是不能够很快的抬起腿来走路，因为那腿还在打颤。

这一类胆小的人，虽然是险路已经过去了，但是心里边无由的生起来一种感伤的情绪，心里颤抖抖的，好像被这大泥坑子所感动了似的，总要回过头来望了一望，打量了一会，似乎要有些话说。终于也没有说什么，还是走了。

有一天，下大雨的时候，一个小孩子掉下去了，让一个卖豆腐的救了上来。

救上来一看，那孩子是农业学校校长的儿子。

于是议论纷纷了，有的说是因为农业学堂设在庙里边，冲了龙王爷了，龙王爷要降大雨淹死这孩子。

有的说不然，完全不是这样，都是因为这孩子的父亲的关系。他父亲在讲堂上指手画脚的讲，讲给学生们说，说这天下雨不是在天的龙王爷下的雨，他说没有龙王爷。你看这不把龙王爷活活的气死，他这口气哪能不出呢？所以就抓住了他的儿子来实行因果报应了。

有的说，那学堂里的学生也太不像样了，有的爬上了老龙王的头顶，给老龙王去戴了一个草帽。这是什么年头，一个毛孩子就敢惹这么大的祸，老龙王怎么会不报应呢？看着吧，这还不能算了事，你想龙王爷并不是白人呵！你若惹了他，他可能够饶了你？那不像对付一个拉车的，卖菜的，随便的踢他们一脚就让他们去。那是龙王爷呀！龙王爷还是惹得的吗？

有的说，那学堂的学生都太不像样了，他说他亲眼看见过，学生们拿了蚕放在大殿上老龙王的手上。你想老龙王哪能够受得了。

有的说，现在的学堂太不好了，有孩子是千万上不得学堂的。一上了学堂就天地人鬼神不分了。

有的说他要到学堂把他的儿子领回来，不让他念书了。

有的说孩子在学堂里念书，是越念越坏，比方吓掉了魂，他娘给他叫魂的时候，你听他说什么？他说这叫迷信。你说再念下去那还了得吗？

说来说去，越说越远了。

过了几天，大泥坑子又落下去了，泥坑两岸的行人通行无阻。

再过些日子不下雨，泥坑子就又有点像要干了。这时候，又有车马开始在上面走，又有车子翻在上面，又有马倒在泥中打滚，又是绳索棍棒之类的，往外抬马。被抬出去的赶着车子走了。后来的，陷进去，再抬。

一年之中抬车抬马，在这泥坑子上不知抬了多少次，可没有一个人说把泥坑子用土填起来不就好了吗？没有一个。

有一次一个老绅士在泥坑涨水时掉在里边了。他一爬出来，他就说：

“这街道太窄了，去了这水泡子连走路的地方都没有了。这两边的院子，怎么不把院墙拆了让出一块来？”

他正说着，板墙里边，就是那院中的老太太搭了言。她说院墙是拆不得的，她说最好种树，若是沿着墙根种上一排树，下起雨来人就可以攀着树过去了。

说拆墙的有，说种树的有，若说用土把泥坑来填平的，一个人也没有。

这泥坑子里边淹死过小猪，用泥浆闷死过狗，闷死过猫，鸡和鸭也常常死在这泥坑里边。

原因是这泥坑上边结了一层硬壳，动物们不认识那硬壳下面就是陷阱，等晓得了可也就晚了。它们跑着或是飞着，等往那硬壳上一落可就再也站不起来了。白天还好，或者有人又要来施救。夜晚可就没有办法了。它们自己挣扎，挣扎到没有力量的时候就很自然的沉下去了，其实也或者越挣扎越沉下去得快。有时至死也还不沉下去的事也有。若是那泥浆的密度过高的时候，就有这样的事。

比方肉上市，忽然卖便宜猪肉了，于是大家就想起那泥坑子来了，说：

“可不是那泥坑子里边又淹死了猪了？”

说着若是腿快的，就赶快跑到邻人的家去，告诉邻居：

“快去买便宜肉吧，快去吧，快去吧，一会没有了。”

等买回家来才细看一番，似乎有点不大对，怎么这肉又紫又青的！可不要是瘟猪肉。

但是又一想，哪能是瘟猪肉呢，一定是那泥坑子淹死的。

于是煎，炒，蒸，煮，家家吃起便宜猪肉来。虽然吃起来了，但就总觉得不大香，怕还是瘟猪肉。

可是又一想，瘟猪肉怎么可以吃得，那么还是泥坑子淹死的吧！

本来这泥坑子一年只淹死一两只猪，或两三口猪，有几年还连一个猪也没有淹死。至于居民们常吃淹死的猪肉，这可不知是怎么一回事，真是龙王爷晓得。

虽然吃的自己说是泥坑子淹死的猪肉，但也有吃了病的，那吃病了的就大发议论说：

“就是淹死的猪肉也不应该抬到市上去卖，死猪肉终究是不新鲜的，税局子是干什么的，让大街上，在光天化日之下就卖起死猪肉来？”

那也是吃了死猪肉的，但是尚且没有病的人说：

“话可也不能是那么说，一定是你疑心，你三心二意的吃下去还会好。你看我们也一样是吃了，可怎么没病？”

间或也有小孩子太不知时务，他说他妈不让他吃，说那是瘟猪肉。

这样的孩子，大家都不喜欢。大家都用眼睛瞪着他，说他：

“瞎说，瞎说。”

有一次一个孩子说那猪肉一定是瘟猪肉，并且是当着母亲的面向邻人说的。

那邻人听了倒并没有坚绝的表示什么，可是他的母亲的脸立刻就红了。伸出手去就打了那孩子。

那孩子很固执，仍是说：

“是瘟猪肉嘛！是瘟猪肉嘛！”

母亲实在难为情起来，就拾起门旁的烧火的叉子，向着那孩子的肩膀就打了过去。于是孩子一边哭着一边跑回家里去了。

一进门，炕沿上坐着外祖母，那孩子一边哭着一边扑到外祖母的怀里说：

“姥姥，你吃的不是瘟猪肉吗？我妈打我。”

外祖母对这打得可怜的孩子本想安慰一番，但是一抬头看见了同院的老李家的奶妈站在门口往里看。

于是外祖母就掀起孩子后衣襟来，用力的在孩子的屁股上啌啌的打起来，嘴里还说着：

“谁让你这么一点你就胡说八道！”

一直打到李家的奶妈抱着孩子走了才算完事。

那孩子哭得一塌糊涂，什么“瘟猪肉”不“瘟猪肉”的，哭得也说不清了。

总共这泥坑子施给当地居民的福利有两条：

第一条：常常抬车抬马，淹鸡，淹鸭，闹得非常热闹，可使居民说长道短，得以消遣。

第二条就是这猪肉的问题了，若没有这泥坑子，可怎么吃瘟猪肉呢？吃是可以吃的，但是可怎么说法呢？真正说是吃的瘟猪肉，岂不太不讲卫生了吗？有这泥坑子可就好办，可以使瘟猪变成淹猪，居民们买起肉来，第一经济，第二也不算什么不卫生。

二

东二道街除了大泥坑子这番盛举之外，再就没有什么了。也不过是几家碾磨房，几家豆腐店，也有一两家机房，也许有一两家染布匹的染缸房，这个也不过是自己默默的在那里做着自己的工作，没有什么可以使别人开心的，也不能招来什么议论。那里边的人都是天黑了，就睡觉，天亮了就起来工作。一年四季，春暖花开，秋雨，冬雪，也不过是随着季节穿起棉衣来，脱下单衣去的过着。生老病死也都是一声不响的默默的办理。

比方就是那东二道街南头，卖豆芽菜的王寡妇吧：她在房脊上插了一个很高的杆子，杆子头上挑着一个破筐。因为那杆子很高，差不多和龙王庙的铁马铃子一般高了。来了风，庙上的铃子格仍格仍的响。王寡妇的破筐子虽是它不会响，但是它也会东摇西摆的作着态。

就这样一年一年的过去，王寡妇一年一年的卖着豆芽菜，平静无事，过着安祥的日子。忽然有一年夏天，她的独子到河边去洗澡，掉河淹了。

这事情似乎轰动了一时，家传户晓，可是不久也就平静下去了。不但邻人，街坊，就是她的亲戚朋友也都把这回事情忘记了。

再说那王寡妇，虽然她从此以后就疯了，但她到底还晓得卖豆芽菜，她仍还是静静的活着。虽然偶尔她的疯性发了，在大街上或是在庙台上狂哭一场，但一哭过了之后，她还是平平静静的活着。

至于邻人街坊们，或是过路的人看见了她在庙台上哭，也会引起一点恻忍之心来的，不过为时甚短罢了。

还有人们常常喜欢把一些不幸者归划在一起，比如疯子傻子之类，都一律去看待。

哪个乡，哪个县，哪个村都有些个不幸者，瘸子啦，瞎子啦，疯子或是傻子。

呼兰河这城里，就有许多这一类的人。人们关于他们都似乎听得多，看得多，也就不以为奇了。偶尔在庙台上或是大门洞里不幸遇到了一个，刚想多少加一点恻忍之心在那人身上，但是一转念，人间这样的人多着哩！于是转过眼睛去，三步两步的就走过去了。即或有人停下来，也不过是和那些毫没有记性的小孩子似的向那疯子投一个石子，或是做着把瞎子故意领到水沟里边去的事情。

一切不幸者，就都是叫化子，至少在呼兰河这城里边是这样。

人们对待叫化子们是很平凡的。

门前聚了一群狗在咬，主人问：

“咬什么？”

仆人答：

“咬一个讨饭的。”

说完了也就完了。

可见这讨饭人的活着是一钱不值了。

卖豆芽菜的女疯子，虽然她疯了还忘不了自己的悲哀，隔三差五的还到庙台上去哭一场，但是一哭完了，仍是得回家去吃饭，睡觉，卖豆芽菜。

她仍是平平静静的活着。

三

再说那染缸房里边，也发生过不幸。两个年青的学徒，为了争一个街头上的妇人，其中的一个把另一个按进染缸子给淹死了。死了的不说，就说那活着的也下了监狱，判了个无期徒刑。

但这也是不声不响的把事就解决了，过了三年二载，若有人提起那件事来，差不多就像人们讲着岳飞、秦桧似的，久远得不知多少年前的事情似的。

同时发生这件事情的染缸房，仍旧是在原址，甚或连那淹死人的大缸也许至今还在那儿使用着。从那染缸房发卖出来的布匹，仍旧是远近的乡镇都流通着。蓝色的布匹男人们做起棉布棉袄来，冬天穿它来抵御严寒。红色的布匹，则做成大红袍子，给十八九岁的姑娘穿上，让她去做新娘子。

总之，除了这染缸房子在某年某月某日死了一个人外，其余的世界，并没有因此而改动了一点。

再说那豆腐房里边也发生过不幸：两个伙计打仗，竟把拉磨的小驴的腿打断了。

因为它是驴子，不谈它也就罢了。只因为这驴子哭瞎了一个妇人的眼睛（即打了驴子那人的母亲），所以不能不记上。

再说那造纸的纸房里边，把一个私生子活活饿死了。因为他是一个初生的孩子，算不了什么。也就不说他了。

四

其余的东二道街上，还有几家扎彩铺。这是为死人而预备的。

人死了，魂灵就要到地狱里边去，地狱里边怕是他没有房子住，没有衣裳穿，没有马骑，活着的人就为他做了这么一套，用火烧了，据说是到阴间就样样都有了。

大至喷钱兽，聚宝盆，大金山，大银山，小至丫鬟使女，厨房里的厨子，喂猪的猪倌，再小至花盆，茶壶茶杯，鸡鸭鹅犬，以至窗前的鹦鹉。

看起来真是万分的好看。大院子也有院墙，墙头上是金色的琉璃瓦。一进了院，正房五间，厢房三间，一律是青砖红瓦房，窗明几净，空气特别新鲜。花盆一盆一盆的摆在花架子上，石柱子，金百合，马蛇菜，九月菊都一齐的开了。看起使人不知道是什么季节，是夏天还是秋天，居然间马蛇菜也和菊花同时站在一起。也许阴间是不分什么春夏秋冬的。这且不说。

再说那厨房里的厨子，真是活神活现，比真的厨子真是干净到一千倍，头戴白帽子，身扎白围裙。手里边在做拉面条。似乎午饭的时候就要到了，煮了面就要开饭了似的。

院子里的牵马童，站在一匹大白马的旁边，那马好像是阿拉伯马，特别高大，英姿挺立，假若有人骑上，看样子一定比火车跑得更快。就是呼兰河这城里的将军，相信他也没有骑过这样的马。

小车子，大骡子，都排在一边。骡子是油黑的，闪亮的，用鸡蛋壳做的眼睛。所以眼珠是不会转的。

大骡子旁边还站着一匹小骡子，那小骡子也特别好看，眼珠是和大骡子一般的大。

小车子装璜得特别漂亮，车轮子都是银色的，车前边的帘子是半卷半掩的，使人得以看到里边去。车里边是红堂堂的铺着大红的褥子。赶车的坐在车沿上，满脸是笑，得意洋洋，装饰得特别漂亮，扎着紫色的腰带，穿着蓝色花丝葛的大袍，黑缎鞋，雪白的鞋底。大概穿起这鞋来还没有走路就赶起车来了。他头上戴着黑帽头，红帽顶。把脸扬着，他蔑视着一切，越看他越不像一个车夫，好像一位新郎。

公鸡三两只，母鸡七八只，都是在院子里边静静的啄食，一声不响。鸭子也并不呱呱的乱叫，叫得烦人。狗蹲在上房的门旁，非常的守职，一动不动。

看热闹的人，人人说好，个个称赞。穷人们看了这个竟觉得活着还没有死了好。

正房里，窗帘，被格，桌椅板凳，一切齐全。

还有一个管家的，手里拿着一个算盘在打着。旁边还摆着一个账本，上边写着：

北烧锅欠酒二十二巾

东乡老王家昨借米二十担

白旗屯泥人子昨送地租四百卅吊

白旗屯二傻子共欠地租两千吊

这以下写了个：

四月廿八日

以上的是四月廿七日的流水账，大概廿八日的还没有写呢！

看这账目也就知道阴间欠了账也是马虎不得的，也设了专门人才，即管账先生一流的人物来管。同时也可以看出来，这大宅子的主人不用说就是个地主了。

这院子里边，一切齐全，一切都好，就是看不见这院子的主人在什么地方，未免的使人疑心这么好的院子而没有主人了。这一点似乎使人感到空虚，无着无落的。

再一回头看，就觉得这院子终归是有点两样，怎么丫鬟使女，车夫，马童的胸前都挂着一张纸条，那纸条上写着他们每个人的名字：

那漂亮得和新郎似的车夫的名字叫：

“长鞭”

马童的名字叫：

“快腿”

左手拿着水烟袋，右手抡着花手巾的小丫鬟叫：

“德顺”

另外一个叫：

“顺手”

管账的先生叫：

“妙算”

提着喷壶在浇花的使女叫：

“花姐”

再一细看才知道那匹大白马也是有名字的，那名字是贴在马屁股上的，叫：

“千里驹。”

其余的，如骡子，狗，鸡，鸭之类没有名字。

那在厨房里拉着面条的“老王”，他身上写着他名字的纸条，来风一吹，还忽咧忽咧的跳着。

这可真有点奇怪，自家的仆人，自己都不认识了，还要挂上个名签。

这一点未免的使人迷离恍惚，似乎阴间究竟没有阳间好。

虽然这么说，羡慕这座宅子的人还是不知多少。因为的确这座宅子是好，清悠，闲静，鸦雀无声，一切规整，绝不紊乱。丫鬟，使女，照着阳间的一样，鸡犬猪马，也都和阳间一样，阳间有什么，到了阴间也有，阳间吃面条，到了阴间也吃面条，阳间有车子坐，到了阴间也一样的有车子坐，阴间是完全和阳间一样，一模一样的。

只不过没有东二道街上那大泥坑子就是了。是凡好的一律都有，坏的不必有。

五

东二道街上的扎彩铺，就扎的是这一些。一摆起来又威风，又好看，但那作坊里边是乱七八糟的，满地碎纸，球杆棍子一大堆，破盒子，乱罐子，颜料瓶子，浆糊盆，细麻绳，粗麻绳……走起路来，会使人跌倒。那里边砍的砍，绑的绑，苍蝇也来回的飞着。

要做人，先做一个脸孔，糊好了，挂在墙上，男的女的，到用的时候，摘下一个来就用，给一个用球杆捆好的人架子，穿上衣服，装上一个头就像人了。把一个瘦骨伶仃的用纸糊好的马架子，上边贴上用纸剪成的白毛，那就是一匹很漂亮的马了。

做这样的活计的，也不过是几个极粗糙极丑陋的人，他们虽懂得怎样打扮一个马童或是打扮一个车夫，怎样打扮一个妇人女子，但他们对他们自己是毫不加修饰的，长头发的，毛头发的，歪嘴的，斜眼的，赤足裸膝的，似乎使人不能相信，这么漂亮煊眼耀目，好像要活了的人似的，是出于他们之手。

他们吃的是粗菜，粗饭，穿的是破乱的衣服，睡觉则睡在车马、人、头之中。

他们这种生活，似乎也很苦的。但是一天一天的，也就糊里糊涂的过去了，也就随着春夏秋冬，脱下单衣去，穿起棉衣来的过去了。

生，老，病，死，都没有什么表示。生了就任其自然的长去，长大就长大，长不大也就算了。

老，老了也没有什么关系。眼花了，就不看；耳聋了，就不听；牙掉了，就整吞；走不动了，就瘫着。这有什么办法，谁老谁活该。

病，人吃五谷杂粮，谁不生病呢？

死，这回可是悲哀的事情了。父亲死了儿子哭。儿子死了母亲哭，哥哥死了一家全哭，嫂子死了，她的娘家人来哭。

哭了一朝或是三日，就总得到城外去，挖一个坑把这人埋起来。

埋了之后，那活着的仍旧得回家照旧的过着日子。该吃饭，吃饭。该睡觉，睡觉。外人绝对看不出来是他家已经没有了父亲或是失掉了哥哥，就连他们自己也不是关起门来，每天哭上一场。他们心中的悲哀，也不过是随着当地的风俗的大流逢年遇节的到坟上去观望一回。二月过清明，家家户户都提着香火去上坟茔，有的坟头上塌了一块土，有的坟头上陷了几个洞，相观之下，感慨唏嘘，烧香点酒。若有还亲的人如子女父母之类，往往且哭上一场；那哭的语句，数数落落，无异是在做一篇文章或者是在诵一篇长诗。歌诵完了之后，站起来拍拍屁股上的土，也就随着上坟的人们回城的大流，回城去了。

回到城中的家里，又得照旧的过着日子，一年柴米油盐，浆洗缝补。从早晨到晚上忙了个不休。夜里疲乏之极，躺在炕上就睡了。在夜梦中并梦不到什么悲哀的或是欣喜的景况，只不过咬着牙，打着哼，一夜一夜的就都这样的过去了。

假若有人问他们，人生是为了什么？他们并不会茫然无所对答的，他们会直截了当的不假思索的说了出来，“人活着是为吃饭穿衣。”

再问他，人死了呢？他们会说：“人死了就完了。”

所以没有人看见过做扎彩匠的活着的时候为他自己糊一座阴宅，大概他不怎么相信阴间。假如有了阴间，到那时候他再开扎彩铺，怕是又要租人家的房子了。

六

呼兰河城里，除了东二道街，西二道街，十字街之外，再就都是些个小胡同了。

小胡同里边更没有什么了，就连打烧饼麻花的店铺也不大有，就连卖红绿糖球的小床子，也都是摆在街口上去，很少有摆在小胡同里边的。那些住在小街上的人家，一天到晚看不见多少闲散杂人。耳听的眼看的，都比较的少，所以整天寂寂寞寞的，关起门来在过着生活。破草房有上半间，买上二斗豆子，煮一点盐豆下饭吃，就是一年。

在小街上住着，又冷清，又寂寞。

一个提篮子卖烧饼的，从胡同的东头喊，胡同的西头都听到了。虽然不买，若走谁家的门口，谁家的人都是把头探出来看看，间或有问一问价钱的，问一问糖麻花和油麻花现在是不是还卖着前些日子的价钱。

间或有人走过去掀开了筐子上盖着的那张布，好像要买似的，拿起一个来摸一摸是否还是热的。

摸完了也就放下了，卖麻花的也绝对的不生气。

于是又提到第二家的门口去。

第二家的老太婆也是在闲着，于是就又伸出手来，打开筐子，摸了一回。

摸完了也是没有买。

等到了第三家，这第三家可要买了。

一个三十多岁的女人，刚刚睡午觉起来。她的头顶上梳着一个卷，大概头发不怎样整齐，发卷上罩着一个用大黑珠线织的网子，网子上还插了不少的疙疸针。可是因为这一睡觉，不但头发乱了，就是那些疙疸针也都跳出来了，好像这女人的发卷上被射了不少的小箭头。

她一开门就很爽快，把门扇刮打的往两边一分，她就从门里闪出来了。随后就跟出来五个孩子。这五个孩子也都个个爽快。像一个小连队似的，一排就排好了。

第一个是女孩子，十二三岁。伸出手来就拿了一个五吊钱一只的一竹筷子长的大麻花。她的眼光很迅捷，这麻花在这筐子里的确是最大的，而且就只有这一个。

第二个是男孩子，拿了一个两吊钱一只的。

第三个也是拿了个两吊钱一只的。也是个男孩子。

第四个看了看，没有办法，也只得拿了一个两吊钱的。也是个男孩子。

轮到第五个了，这个可分不出来是男孩子，还是女孩子。头是秃的，一只耳朵上挂着钳子，瘦得好像个干柳条，肚子可特别大。看样子也不过五岁。

一伸手，他的手就比其余的四个的都黑得更厉害。其余的四个，虽然他们的手也黑得够厉害的，但总还认得出来那是手，而不是别的什么，唯有他的手是连认也认不出来了，说是手呢！说是什么呢，说什么都行。完全起着黑的灰的，深的浅的，各种的云层。看上去，好像看隔山照似的，有无穷的趣味。

他就用这手在笸子里边挑选，几乎是每个都让他摸过了，不一会工夫，全个的笸子都让他翻遍了。本来这笸子虽大，麻花也并没有几只，除了一个顶大的之外，其余小的也不过十来只，经了他这一翻，可就完全遍了。弄了他满手是油，把那小黑手染得油亮油亮的，黑亮黑亮的。

而后他说：

“我要大的。”

于是就在门口打了起来。

他跑得非常之快，他去追着他的姐姐。他的第二个哥哥，他的第三个哥哥，也都跑了上去，都比他跑得更快。再说他的大姐，那个拿着大麻花的女孩，她跑得更快到不能想象了。已经找到一块墙的缺口的地方，跳了出去，后边的也就跟着一溜烟的跳过去。等他们刚一追着跳过去，那大孩子又跳回来了。在院子里跑成了一阵旋风。

那个最小的，不知是男孩子还是女孩子的，早已追不上了。落在后边，在号啕大哭。间或也想检一点便宜，那就是当他的两个哥哥，把他的姐姐已经扭住的时候，他就趁机会想要从中抢他姐姐手里的麻花。可是几次都没有做到，于是又落在后边号啕大哭。

他们的母亲，虽然是很有威风的样子，但是不动手是招呼不住他们的。母亲看了这样子也还没有个完了，就进屋去，拿起烧火的铁叉子来，向着她的孩子就奔去了。不料院子里有一个小泥坑，是猪在里打腻的地方。她恰好就跌在泥坑那儿了。把叉子跌出去五尺多远。

于是这场戏才算达到了高潮，看热闹的人没有不笑的，没有不称心愉快的。

就连那卖麻花的人也看出神了，当那女人坐到泥坑中把泥花四边溅起来的时候，那卖麻花的差一点没把笸子掉了地下。他高兴极了，他早已经忘了他手里的笸子了。

至于那几个孩子，则早就不见了。

等母亲起来去把他们追回来的时候，那做母亲的这回可发了威风，让他们一个一个的向着太阳跪下。在院子里排起一小队来，把麻花一律的解除。

顶大的孩子的麻花没有多少了，完全被撞碎了。

第三个孩子的已经吃完了。

第二个的还剩了一点点。

只有第四个的还拿在手上没有动。

第五个，不用说，根本没有拿在手里。

闹到结果，卖麻花的和那女人吵了一阵之后提着筐子又到另一家去叫卖去了。他和那女人所吵的是关于那第四个孩子手上拿了半天的麻花又退回了的问题，卖麻花的坚持着不让退，那女人又非退回不可。结果是付了三个麻花的钱，就把那提篮子的人赶了出来了。

为着麻花而下跪的五个孩子不提了。再说那一进胡同口就被挨家摸索过来的麻花，被提到另外的胡同里去，到底也卖掉了。

一个已经脱完了牙齿的老太太买了其中的一个，用纸裹着拿到屋子去了。她一边走着一边说：

“这麻花真干净，油亮亮的。”

而后招呼了她的小孩子，快来吧。

那卖麻花的人看了老太太很喜欢这麻花，于是就又说：

“是刚出锅的，还热乎着哩！”

七

过去了卖麻花的，后半天，也许又来了卖凉粉的，也是一在胡同口的这头喊，那头就听到了。

要买的拿着小瓦盆出去了。不买的坐在屋子一听这卖凉粉的一招呼，就知道是应烧晚饭的时候了。因为这凉粉一个整个的夏天都是在太阳偏西，他就来的，来得那么准，就像时钟一样，到了四五点钟他必来的。就像他卖凉粉专门到这一条胡同来卖似的。似乎在别的胡同里就没有为着多卖几家而耽误了这一定的时间。

卖凉粉的一过去了，一天也就快黑了。

打着拨楞鼓的货郎，一到太阳偏西，就再不进到小巷子里来，就连僻静的街他也不去了，他担着担子从大街口走回家去。

卖瓦盆的，也早都收市了。

检绳头的，换破乱的也都回家去了。

只有卖豆腐的则又出来了。

晚饭时节，吃了小葱蘸大酱就已经很可口了，若外加上一块豆腐，那真是锦上添花，一定要多浪费两碗包米大云豆粥的。一吃就吃多了，那是很自然的。豆腐加上点辣椒油，再拌上点大酱，那是多么可口的东西。用筷子触了一点点豆腐，就能够吃下去半碗饭，再到豆腐上去触了一下，一碗饭就完了。因为豆腐而多吃两碗饭，并不算多吃得多，没有吃过的人，不能够晓得其中的滋味的。

所以卖豆腐的一来了，男女老幼，全都欢迎。打开门来，笑盈盈的，虽然不说什么，但是彼此有一种融洽的感情，默默生了起来。

似乎卖豆腐的在说：

“我的豆腐真好！”

似乎买豆腐的回答：

“你的豆腐果然不错。”

买不起豆腐的人对那卖豆腐的，就非常的羡慕，一听了那从街口越招呼越近的声音，就特别的感到诱惑，假若能吃一块豆腐可不错，切上一点青辣椒，拌上一点小葱子。

但是天天这样想，天天就没有买成，卖豆腐的一来，就把这等人白白的引诱一场。于是那被诱惑的人，仍然逗不起决心，就多吃几口辣椒，辣得满头是汗。他想假若一个人开了一个豆腐房可不错，那就可以自由随便的吃豆腐了。

果然，他的儿子长到五岁的时候，问他：

“你长大了干什么？”

五岁的孩子说：

“开豆腐房。”

这显然要继承他父亲未遂的志愿。

关于豆腐这美妙的一盘菜的爱好，竟有还甚于此的，竟有想要倾家荡产的。

传说上，有这样的一个家长，他下了决心，他说：

“不过了，买一块豆腐吃去！”这“不过了”的三个字，用旧的语言来翻译，就是毁家纾难的意思，用现代的话来说，就是：“我破产了！”

八

卖豆腐的一收了市，一天的事情都完了。

家家户户都把晚饭吃过了。吃过了晚饭，看晚霞的看晚霞，不看晚霞的躺到炕上去睡觉的也有。

这地方的晚霞是很好看的，有一个土名，叫火烧云。说“晚霞”人们不懂，若一说“火烧云”就连三岁的孩子也会呀呀的往西天空里指给你看。

晚饭一过，火烧云就上来了。照得小孩子的脸是红的。把大白狗变成红色的狗了。红公鸡就变成金的了。黑母鸡变成紫檀色的了。喂猪的老头子，往墙根上靠，他笑盈盈的看着他的两匹小白猪，变成小金猪了。他刚想说：

“他妈的，你们也变了……”

他的旁边走来了一个乘凉的人，那人说：

“你老人家必要高寿，你老是金胡子了。”

天空的云，从西边一直烧到东边，红堂堂的，好像是天着了火。

这地方的火烧云变化极多，一会红堂堂的了，一会金洞洞的了，一会半紫半黄的，一会半灰半百合色。葡萄灰，大黄梨，紫茄子，这些颜色天空上边都有。还有些说也说不出来的，见也未曾见过的，诸多种的颜色。

五秒钟之内，天空里有一匹马，马头向南，马尾向西，那马是跪着的，像是在等着有人骑到它的背上，它才站起来。再过一秒钟，没有什么变化。再过两三秒钟，那匹马加大了，马腿也伸开了，马脖子也长了，但是一条马尾巴却不见了。

看的人，正在寻找马尾巴的时候，那马就变靡了。

忽然又来了一条大狗，这条狗十分凶猛，它在前边跑着，它的后边似乎还跟了好几条小狗仔。跑着跑着，小狗仔不知跑到哪里去了，大狗也不见了。

又找到了一个大狮子，和娘娘庙门前的大石头狮子一模一样的，也是那么大，也是那样的蹲着，很威武的，很镇静的蹲着。它表示着抹视一切的样子，似乎眼睛连什么也不睬。看着看着地，一不谨慎，同时又看到了别一个什么。这时候，可就麻烦了，人的眼睛不能同时又看东，又看西。这样子会活活把那个大狮子糟蹋了。一转眼，一低头，那天空的东西就变了。若是再找，怕是看瞎了眼睛也找不到了。

大狮子既然找不到，另外的那什么：比方就是一个猴子吧，猴子虽不如大狮子，可同时也没有了。

一时恍恍惚惚的，满天空里又像这个，又像那个，其实是什么也不像，什么也没有了。

必须是低下头去，把眼睛揉一揉，或者是沉静一会再来看。

可是天空偏偏又不常常等待着那些爱好它的孩子。一会工夫火烧云下去了。

于是孩子们困倦了，回屋去睡觉了。竟有还没能来得及进屋的，就靠在姐姐的腿上，或者是依在祖母的怀里就睡着了。

祖母的手里，拿着白马鬃的蝇甩子，就用蝇甩子给他驱逐着蚊虫。

祖母还不知道这孩子是已经睡了，还以为他在那里玩着呢！

“下去玩一会去吧！把奶奶的腿压麻了。”

用手一推，那孩子已经睡得摇摇晃晃的了。

这时候，火烧云已经完全下去了。

于是家家户户都进屋去睡觉，关起窗门来。

呼兰河这地方，就是在六月里也是不十分热的，夜里总要盖着薄棉被睡觉。

等黄昏之后的乌鸦飞过时，只能够隔着窗子听到那很少的尚未睡的孩子在嚷叫：

> 乌鸦乌鸦你打场，
> 给你二斗粮……
> …………

那铺天盖地的一群黑乌鸦，啊啊的大叫在整个的县城的头顶上飞过去了。

据说飞过了呼兰河的南岸，就在一个大树林子里边住下了。明天早晨起来再飞。

夏秋之间每夜要过乌鸦，究竟这些成百成千的乌鸦过到哪里去，孩子们是不大晓得的，大人们也不大讲给他们听。

只晓得念这套歌，“乌鸦乌鸦你打场，给你二斗粮。”

究竟给乌鸦二斗粮做什么，似乎不大有道理。

九

乌鸦一飞过，这一天才真正的过去了。

因为大昴星升起来了，大昴星好像铜球似的亮咚咚的了。

天河和月亮也都上来了。

蝙蝠也飞起来了。

是凡跟着太阳一起来的，现在都回去了。人睡了，猪、马、牛、羊也都睡了，燕子和蝴蝶也都不飞了。就连房根底下的牵牛花，也一朵没有开的。含苞的含苞，卷缩的卷缩。含苞的准备着欢迎那早晨又要来的太阳，那卷缩的，因为它已经在昨天欢迎过了，它要落去了。

随着月亮上来的是夜。大昴星也不过是月亮的一个马前卒，让它先跑到一步就是了。

夜一来蛤蟆就叫，在河沟里叫，在洼地里叫。虫子也叫，在院心草棵子里，在城外的大田上。有的叫在人家的花盆里，有的叫在人家的坟头上。

夏夜若无风无雨就这样的过去了。一夜又一夜。

很快的夏天就过完了，秋天就来了。秋天和夏天的分别不太大，也不过天凉了，夜里非盖着被子睡觉不可。种田的人白天忙着收割，夜里多做几个割高粱的梦就是了。

女人一到了八月也不过就是浆衣裳，拆被子，捶棒槌，捶得街街巷巷早晚的叮叮当当的乱响。

“棒槌”一捶完，做起被子来，就是冬天。

冬天下雪了。

人们四季里，风、霜、雨、雪的过着。霜打了，雨淋了。大风来时是飞沙走石。似乎是很了不起的样子。冬天，大地被冻裂了，江河被冻住了。再冷起来，江河也被冻得咗咗的响着裂开了纹。冬天，冻掉了人的耳朵，冻破了人的鼻子，冻裂了人的手和脚。

但这是大自然的威风，与小民们无关。

呼兰河的人们就是这样，冬天来了就穿棉衣裳，夏天来了就穿单衣裳。就好像太阳出来了就起来，太阳落了就睡觉似的。

被冬天冻裂了手指的，到了夏天也自然就好了。好不了的，到“李永春”药铺，去买二两红花，泡一点红花酒来擦一擦，擦得手指通红也不见消，也许就越来越肿起来。那么再到“李永春”药铺去，这回可不买红花了。是买了一贴膏药来。回到家里，用火一烤，黏黏糊糊的就贴在冻疮上了。这膏药是真好，贴上了一点也不碍事。该赶车的去赶车，该切菜的去切菜。黏黏糊糊的是真好，见了水也不掉，该洗衣裳的去洗衣裳去好了。就是掉了，拿在火上再一烤，就还贴得上的。一贴，贴了半个月。

呼兰河这地方的人，什么都讲结实，耐用，这膏药这样的耐用，实在是合乎这地方的人情。虽然是贴了半个月，手也还没有见好，但这膏药总算是耐用，没有白花钱。

于是再买一贴去，贴来贴去，这手可就越肿越大了。还有些买不起膏药的，就检人家贴乏了的来贴。

到后来，那结果，谁晓得都怎样呢，反正一塌糊涂去了吧。

春夏秋冬，一年四季来回循环的走，那是自古也就这样的了。风霜雨雪，受得住的就过去了，受不住的，就寻求着自然的结果。那自然的结果不大好，把一个人默默的一声不响的就拉着离开了这人间的世界了。

至于那还没有被拉去的，就风霜雨雪，仍旧在人间被吹打着。

第二章

一

呼兰河除了这些卑琐平凡的实际生活之外，在精神上，也还有不少的盛举，如：

跳大神；

唱秧歌；

放河灯；

野台子戏；

四月十八娘娘庙大会……

先说大神。大神是会治病的，她穿着奇怪的衣裳，那衣裳平常的人不穿，红的，是一张裙子，那裙子一围在她的腰上，她的人就变样了。开初，她并不打鼓，只是一围起那红花裙子就哆嗦。从头到脚，无处不哆嗦。哆嗦了一阵之后，又开始打颤。她闭着眼睛，嘴里边噗噗的，每一打颤，就装出来要倒的样子。把四边的人都吓得一跳，可是她又坐住了。

大神坐的是凳子，她的对面摆着一块牌位，牌位上贴着红纸，写着黑字。那牌位越旧越好，好显得她一年之中跳神的次数不少。越跳多了就越好，她的信用就远近皆知。她的生意就会兴隆起来。那牌前，点着香，香烟慢慢的旋着。

那女大神多半在香点了一半的时候神就下来了。那神一下来，可就威风不同，好像有万马千军让她领导似的，她全身是劲，她站起来乱跳。

大神的旁边，还有一个二神，当二神的都是男人。他并不昏乱，他是清晰如常的，他赶快把一张圆鼓交到大神的手里，大神拿了这鼓，站起来就乱跳，先诉说那附在她身上的神灵的下山的经历，是乘着云，是随着风，或者是驾雾而来，说得非常之雄壮。二神站在一边，大神问他什么，他回答什么。好的二神是对答如流的，坏的二神，一不加小心说冲着了大神的一字，大神就要闹起来的。大神一闹起来的时候，她也没有别的大法，只是打着鼓，乱骂一阵，说这的病人，不出今夜就必得死的，死了之后，还会游魂不散，家族，亲戚乡里都要招灾的。这时吓得那请神的人家赶快烧香点酒。烧香点酒之后，若再不行，就得赶送上红布来，把红布挂在牌位上。若再不行，就得杀鸡。若闹到了杀鸡这个阶段，就多半不能再闹了。因为再闹就没有什么想头了。

这鸡，这布，一律都归大神所有。跳过了神之后，她把鸡拿回家去自己煮上吃了。把红布用蓝靛染了之后，做起裤子来穿了。

有的大神，一上手就百般的下不来神。请神的人家就得赶快的杀鸡来。若一杀慢了，等一会跳到半道就要骂的。谁家请神都是为了治病，请大神骂，是非常不吉利的。所以对大神是非常尊敬的，又非常怕。

跳大神，大半是天黑跳起，只要一打起鼓来，就男女老幼，都往这跳神的人家跑，若是夏天，就屋里屋外都挤满了人。还有些女人，拉着孩子，抱着孩子，哭天叫地的从墙头上跳过来，跳过来看跳神的。

跳到半夜时分，要送神归山了，那时候，那鼓打得分外的响，大神唱得也分外的好听，邻居左右，十家二十家的人家都听得到，使人听了起着一种悲凉的情绪，二神嘴里唱：

“大仙家回山了，要慢慢的走，要慢慢的行。”

大神说：

“我的二仙家，青龙山，白虎山……夜行三千里，乘着风儿不算难……”

这唱着的词调，混合着鼓声，从几十丈远的地方传来，实在是冷森森的，越听就越有悲凉。听了这种鼓声，往往终夜而不能眠的人也有。

请神的人家为了治病，可不知那家的病人好了没有？却使邻居街坊感慨兴叹，终夜而不能已的也常常有。

满天星光，满屋月亮，人生何似，为什么这么悲凉。

过了十天半月的，又是跳神的鼓，咝咝地响。于是人们又都着了慌，爬墙的爬墙，登门的登门，看看这一家的大神，显的是什么本领，穿的是什么衣裳。听听她唱的是什么腔调，看看她的衣裳漂亮不漂亮。

跳到了夜静时分，又是送神回山。送神回山的鼓，个个都打得漂亮。

若赶上一个下雨的夜，就特别凄凉，寡妇可以落泪，鳏夫就要起来彷徨。

那鼓声就好像故意招惹那般不幸的人，打得有急有慢，好像一个迷路的人在夜里诉说着他的迷惘，又好像不幸的老人在回想着他幸福的短短的幼年。又好像慈爱的母亲送着她的儿子远行。又好像是生离死别，万分的难舍。

人生为了什么，才有这样凄凉的夜。

似乎下回再有打鼓的连听也不要听了。其实不然，鼓一响就又是上墙头的上墙头，侧着耳朵听的侧着耳朵在听。比西洋人赴音乐会更热心。

二

七月十五盂兰会，呼兰河上放河灯了。

河灯有白菜灯，西瓜灯，还有莲花灯。

和尚，道士吹着笙、管、笛、箫，穿着拼金大红缎子的褊衫。在河沿上打起场子来在做道场。那乐器的声音离开河沿二里路就听到了。

一到了黄昏，天还没有完全黑下来，奔着去看河灯的人就络绎不绝了。小街小巷，哪怕终年不出门的人，也要随着人群奔到河沿去。先到了河沿的就蹲在那里。沿着河岸蹲满了人，可是从大街小巷往外出发的人仍是不绝，瞎子，瘸子都来看河灯（这里说错了，唯独瞎子是不来看河灯的），把街道跑得冒了烟了。

姑娘，媳妇，三个一群，两个一伙，一出了大门，不用问，到那里去。就都是看河灯去。

黄昏时候的七月，火烧云刚刚落下去，街道上发着微微的白光。嘁嘁喳喳，把往日的寂静都冲散了，个个街道都活了起来，好像这城里发生了大火，人们都赶去救火的样子。非常忙迫，踢踢踏踏的向前跑。

先跑到了河沿的就蹲在那里，后跑到的，也就挤上去蹲在那里。

大家一齐等候着，等候着月亮高起来，河灯就要从上水上放下来了。

七月十五是个鬼节，死了的冤魂怨鬼，不得脱生，缠绵在地狱里边是非常苦的，想要脱生，又找不着路。这一天若是每个鬼托着一个河灯，就可得以脱生。大概从阴间到阳间的这一条路，非常之黑，若没有灯是看不见路的。所以放河灯这件事情是件善举。可见活着的正人君子们，对着那些已死的冤魂冤鬼还没有完全忘记。

但是这其间也有一个矛盾，就是七月十五这夜生的孩子，怕是都不大好，多半都是野鬼托着个莲花灯投生而来的。这个孩子长大了将不被父母所喜欢。长到结婚的年龄，男女两家必要先对过生日时辰，才能够结亲。若是女家生在七月十五，这女子就很难出嫁，必须改了生日，欺骗了男家。若是男家七月十五的生日，也不大好，不过若是财产丰富的，也就没有多大关系，嫁是可以嫁过去的，虽然就是一个恶鬼，有了钱大概怕也不怎样恶了。但在女子这方面可就万万不可，绝对的不可以。若是有钱的寡妇的独养女，又当别论，因为娶了这姑娘可以有一份财产在那里晃来晃去，就是娶了而带不过财产来，先说那一份妆奁也是少不了的。假说女子就是一个恶鬼的化身，但那也不要紧。

平常的人说："有钱能使鬼推磨。"似乎人们相信鬼是假的，有点不十分真。

但是当河灯一放下来的时候，和尚为着庆祝鬼们更生，打着鼓，叮咚的响。念着经，好像紧急符咒似的，表示着，这一工夫可是千金一刻，且莫匆匆的让过，诸位男鬼女鬼，赶快托着灯去投生吧。

念完了经，就吹笙管笛箫，那声音实在好听，远近皆闻。

同时那河灯从上流拥拥挤挤，往下浮来了。浮得很慢，又镇静，又稳当，绝对的看不出来水里边会有鬼们来捉了它们去。

这灯一下来的时候，金乎乎的，亮通通的，又加上有千万人的观众，这举动实在是不小的。河灯之多，有数不过来的数目，大概是几千百只。两岸上的孩子们，拍手叫绝，跳脚欢迎。大人则都看出了神了，一声不响，陶醉在灯光河水之中。灯光照得河水幽幽的发亮。水上跳跃着天空的月亮。真是人生何世，会有这样好的景况。

一直闹到月亮来到了中天，大昴星，二昴星，三昴星都出齐了的时候，才算渐渐的从繁华的景况，走向了冷静的路去。

河灯从几里路长的上流，流了很久很久才流过来了。再流了很久很久才流过去了。在这过程中，有的流到半路就灭了。有的被冲到了岸边，在岸边生了野草的地方就被挂住了。还有每当河灯一流到了下流，就有些孩子拿着杆子去抓它，有些渔船也顺手取了一两只。到后来河灯越来越稀疏了。

到往下流去，就显出荒凉，孤寂的样子来了。因为越流越少了。

流到极远处去的，似乎那里的河水也发了黑。而且是流着流着的就少了一个。

河灯从上流过来的时候，虽然路上也有许多落伍的，也有许多淹灭了的，但始终没有觉得河灯是被鬼们托着走了的感觉。

可是当这河灯，从上流的远处流来，人们是从心欢喜的，等流过了自己，也还没有什么，唯独到了最后，那河灯流到了极远的下流去的时候，使看河灯的人们，内心里无由的来了空虚。

“那河灯，到底是要漂到哪里去呢？”

多半的人们，看到了这样的景况，就抬起身来离开了河沿回家去了。

于是不但河里冷落，岸上也冷落了起来。

这时再往远处的下流看去，看着，看着，那灯就灭了一个。再看着看着，又灭了一个，还有两个一块灭的。于是就真像被鬼一个一个的托着走了。

打过了三更，河沿上一个人也没有了，河里边一个灯也没有了。

河水是寂静如常的，小风把河水皱着极细的波浪。月光在河水上边并不像在海水上边闪着一片一片的金光，而是月亮落到河底里去了。似乎那渔船上的人，伸手可以把月亮拿到船上来似的。

河的南岸，尽是柳条丛，河的北岸就是呼兰河城。

那看河灯回去的人们，也许都睡着了。不过月亮还是在河上照着。

三

野台子戏也是在河边上唱的。也是秋天，比方这一年秋收好，就要唱一台子戏，感谢天地。若是夏天大旱，人们戴起柳条圈来求雨，在街上几十人，跑了几天，唱着，打着鼓。求雨的人不准穿鞋，龙王爷可怜他们在太阳下边把脚烫得很痛，就因此下了雨了。一下了雨，到秋天就得唱戏的，因为求雨的时候许下了愿。许愿就得还愿，若是还愿的戏就更非唱不可了。

一唱就是三天。

在河岸的沙滩上搭起了台子来。这台子是用杆子绑起来的，上边搭上了席棚，下了一点小雨也不要紧，太阳则完全可以遮住的。

戏台搭好了之后，两边就搭看台。看台还有楼座。坐在那楼座上是很好的，又风凉，又可以远眺。不过，楼座是不大容易坐得到的，除非当地的官、绅，别人是不大坐得到的。既不卖票，哪怕你就是有钱，也没有办法。

只搭戏台，就搭三五天。

台子的架一竖起来，城里的人就说：

“戏台竖起架子来了。”

一上了棚，人就说：

“戏台上棚了。”

戏台搭完了就搭看台，看台是顺着戏台的左边搭一排，右边搭一排，所以是两排平行而相对的。一搭要搭出十几丈远去。

眼看台子就要搭好了，这时候，接亲戚的接亲戚，唤朋友的唤朋友。

比方嫁了的女儿，回来住娘家，临走（回婆家）的时候，做母亲的送到大门外，摆着手还说：

“秋天唱戏的时候，接你回来看戏。”

坐着女儿的车子走远了，母亲含着眼泪还说：

“看戏的时候接你回来。”

所以一到了唱戏的时候，可并不是简单的看戏，而是接姑娘唤女婿，热闹得很。

东家的女儿长大了，西家的男孩子也该成亲了，说媒的这个时候，就走上门来。约定两家的父母在戏台底下，第一天或是第二天，彼此相看。也有只通知男家而不通知女家的。这叫做“偷看”。这样的看法，成与不成，没有关系，比较的自由，反正那家的姑娘也不知道。

所以看戏去的姑娘，个个都打扮得漂亮。都穿了新衣裳，擦了胭脂涂了粉，刘海剪得并排齐。头辫梳得一丝不乱，扎了红辫根，绿辫梢。也有扎了水红的，也有扎了蛋青的。走起路来像客人，吃起瓜子来，头不歪眼不斜的，温文尔雅，都变成了大家闺秀。有的着蛋青色布长衫，有的穿了藕荷色的，有的银灰的。有的还把衣服的边上压了条，有的蛋青色的衣裳压了黑条，有的水红洋纱的衣裳压了蓝条，脚上穿了蓝缎鞋，或是黑缎绣花鞋。

鞋上有的绣着蝴蝶，有的绣着蜻蜓，绣着莲花的，绣着牡丹的各样的都有。

手里边拿着花手巾，耳朵上戴了长钳子，土名叫做“带穗钳子”。这带穗钳子有两种，一种是金的，翠的。一种是铜的，琉璃的。有钱一点的戴金的，少微差一点的戴琉璃的。反正都很好看，在耳朵上摇来晃去。黄忽忽，绿森森的。再加上满脸矜持的微笑，真不知这都是谁家的闺秀。

那些已嫁的妇女，也是照样的打扮起来，在戏台下边，东邻西舍的姊妹们相遇了，好互相的品评。

谁的模样俊，谁的鬓角黑。谁的手镯是福泰银楼的新花样，谁的压头簪又小巧又玲珑。谁的一双绛紫缎鞋，真是绣得漂亮。

老太太虽然不穿什么带颜色的衣裳，但也个个整齐，人人利落，手拿长烟袋，头上撇着大扁方。慈祥，温静。

戏还没有开台，呼兰河城就热闹不得了了，接姑娘的，唤女婿的，有一个很好的童谣：

> 拉大锯，扯大锯，姥爷（外公）门口唱大戏。接姑娘，唤女婿，小外孙也要去。……

于是乎不但小外孙，三姨二姑也都聚在了一起。

每家如此，杀鸡买酒，笑语迎门，彼此谈着家常，说着趣事，每夜必到三更，灯油不知浪费了多少。

某村某村，婆婆虐待媳妇。哪家哪家的公公喝了酒就耍酒疯。又是谁家的姑娘出嫁了刚过一年就生了一对双生。又是谁的儿子十三岁就定了一家十八岁的姑娘做妻子。

烛火灯光之下，一谈谈了个半夜，真是非常的温暖而亲切。

一家若有几个女儿，这几个女儿都出嫁了，亲姊妹，两三年不能相遇的也有。平常是一个住东，一个住西，不是隔水的就是离山，而且每人有一大群孩子，也各自有自己的家务，若想彼此过访，那是不可能的事情。

若是做母亲的同时把几个女儿都接来了，那她们的相遇，真仿佛已经隔了三十年了。相见之下，真是不知从何说起，羞羞惭惭，欲言又止，刚一开口又觉得不好意思，过了一刻工夫，耳脸都发起烧来，于是相对无语，心中又喜又悲。过了一袋烟的工夫，等那往上冲的血流落了下去，彼此都逃出了那种昏昏恍恍的境界，这才来找几句不相干的话来开头；或是：

“你多暂来的？”

或是：

“孩子们都带来了？”

关于别离了几年的事情，连一个字也不敢提。

从表面上看来，她们并不像是姊妹，丝毫没有亲热的表现。面面相对的，不知道她们两个人是什么关系，似乎连认识也不认识，似乎从前她们两个并没有见过，而今天是第一次的相见，所以异常的冷落。

但是这只是外表，她们的心里，就早已沟通着了。甚至于在十天或半月之前，她们的心里就早已开始很远的牵动起来，那就是当着她们彼此都接到了母亲的信的时候。

那信上写着要接她们姊妹都回来看戏的。

从那时候起，她们就把要送给姐姐或妹妹的礼物规定好了。

一双黑大绒的云子卷，是亲手做的。或者就在她们的本城和本乡里，有一个出名的染缸房，那染缸房会染出来很好的麻花布来。于是送了两匹白布去，嘱咐他好好的加细的染着。一匹是白地染蓝花，一匹是蓝地染白花。蓝地的染的是刘海戏金钱，白地的染的是蝴蝶闹莲花。

一匹送给大姐姐，一匹送给三妹妹。

现在这东西，就都带在箱子里边。等过了一天二日的，寻个夜深人静的时候，轻轻的从自己的箱底上把这等东西取出来，摆在姐姐的面前，说：

“这麻花布被面，你带回去吧！”

只说了这么一句，看样子并不像是送礼物，并不像今人似的，送一点礼物很怕邻居左右看不见，是大嚷大吵着的，说这东西是从什么山上，或是什么海里得来的，哪怕是小河沟子的出品，也必要连那小河沟子的身份也提高，说河沟子是怎样的不凡，是怎样的与众不同，可不同别的河沟子。

这等乡下人，糊里糊涂的，要表现的，无法表现，什么也说不出来，只能把东西递过去就算了事。

至于那受了东西的，也是不会说什么，连一声道谢也不说，就收下了。也有的稍微推辞了一下，也就收下了。

“留着你自己用吧！”

当然那送礼物的是加以拒绝。一拒绝，也就收下了。

每个回娘家看戏的姑娘，都零零碎碎的带来一大批东西。送父母的，送兄嫂的，送侄女的，送三亲六故的。带了东西最多的，是凡见了长辈或晚辈都多少有点东西拿得出来，那就是谁的人情最周到。

这一类的事情，等野台子唱完，拆了台子的时候，家家户户才慢慢的传诵。

每个从娘家回婆家的姑娘，也都带着很丰富的东西，这些都是人家送给她的礼品。东西丰富得很，不但有用的，也有吃的，母亲亲手制的咸肉，姐姐亲手晒的干鱼，哥哥上山打猎，打了一只雁来腌上，至今还有一只雁大腿，这个也给看戏的姑娘带回去，带回去给公公去喝酒吧。

于是乌三八四的，离走的前一天晚上，真是忙了个不休，就要分散的姊妹们连说个话儿的工夫都没有了。大包小包的包了一大堆。

再说在这唱戏的时间，除了看亲戚，会朋友，还成了许多好事，那就是谁家的女儿和谁家公子订婚了，说是明年二月，或是三月就要娶亲。订婚酒，已经吃过了，眼前就要过“小礼”的。所谓“小礼”就是在法律上的订婚形式，一经过了这番手续，东家的女儿，终归就要成了西家的媳妇了。

也有男女两家都是外乡赶来看戏的，男家的公子也并不在，女家的小姐也并不在。只是两家的双亲有媒人从中媾通着，就把亲事给定了。也有的喝酒作乐的随便的把自己的女儿许给了人家。也有的男女两家的公子，小姐都还没有生出来，就给定下亲了。这叫做“指腹为亲”。这指腹为亲的，多半都是相当有点资财的人家才有这样的事。

两家都很有钱，一家是本地的烧锅掌柜的，一家是白旗屯的大窝堡，两家是一家种高粱，是一家压烧酒。压烧酒的需要高粱，种高粱的需烧锅买他的高粱，烧锅非高粱不可，高粱非烧锅不行。恰巧又赶上这两家的妇人，都要将近生产，所以就“指腹为亲”了。

无管是谁家生了男孩子，谁家生了女孩子，只要是一男一女就规定他们是夫妇。假若两家都生了男孩，那就不能勉强规定了。两家都生了女孩也是不能够规定的。

但是这指腹为亲，好处不太多，坏处是很多的。半路上其中的一家穷了，不开烧锅了，或者没有窝堡了，其余的一家，就不愿意娶他家的媳妇，或是把女儿嫁给一家穷人。假若女家穷了，那还好办，若实在不娶，他也没有什么办法。若是男家穷了，男家就一定要娶，若一定不让娶，那姑娘的名誉就很坏，说她把谁家谁给“妨”穷了，又不嫁了。“妨”字在迷信上说就是因为她命硬。因为她某家某家穷了。以后她的婆家就不大容易找人家，会给她起一个名叫做“望门妨”。无法，只得嫁过去。嫁过去之后，妯娌之间又要说她嫌贫爱富，百般的侮辱她。丈夫因此也不喜欢她了，公公婆婆也虐待她。她一个年青的未出过家门的女子，受不住这许多攻击。回到娘家去，娘家也无甚办法，就是那当年指腹为亲的母亲说：

“这都是你的命（命运），你好好的耐着吧！”

年青的女子，莫名其妙的，不知道自己为什么要有这样的命，于是往往演出悲剧来，跳井的跳井，上吊的上吊。

古语说，“女子上不了战场。”

其实不对的，这井多么深，平白的你问一个男子，问他这井敢跳不敢跳，怕他也不敢的，而一个年青的女子竟敢了。上战场不一定死，也许回来闹个一官半职的。可是跳井就很难不死，一跳就多半跳死了。

那么节妇坊上为什么没写着赞美女子跳井跳得勇敢的赞词？那是修节妇坊的人故意给删去的。因为修节妇坊的，多半是男人。他家里也有一个女人。他怕是写上了，将来他打他女人的时候，他的女人也去跳井。女人也跳了井，留下来一大群孩子可怎么办？于是一律不写。只写，温文尔雅，孝顺公婆……

大戏还没有开台，就来了这许多事情。等大戏一开了台，那戏台下边，真是人山人海，拥挤不堪。搭戏台的人，也真是会搭，正选了一块平平坦坦的大沙滩，又光滑，又干净，使人就是倒在上边，也不会把衣裳沾一丝儿的土星。这沙滩有半里路长。

人们笑语连天，哪里是在看戏，闹得比锣鼓好像更响，那戏台上出来一个穿红的，进去一个穿绿的，只看见摇摇摆摆的走出走进，别的什么也不知道了，不用说唱得好不好，就连听也听不到。离着近的还看得见不挂胡子的戏子在张嘴，离得远的就连戏台那个穿红衣裳的究竟是一个坤角，还是一个男角也都不大看得清楚。简直是还不如看木偶戏。

但是若有一个唱木偶戏的这时候来在台下，唱起来，问他们看不看，那他们一定不看的，哪怕就连戏台子的边也看不见了，哪怕是站在二里路之外，他们也不看那木偶戏的。因为在大戏台底下，哪怕就是睡了一觉回去，也总算是从大戏台子底下回的，而不是从什么别的地方回来的。

一年没有什么别的好看，就这一场大戏还能够轻容的放过吗？所以无论看不看，戏台底下是不能不来。

所以一些乡下的人也都来了，赶着几套马的大车，赶着老牛车，赶着花轮子，赶着小车子，小车子上边驾着大骡子。总之家里有什么车就驾了什么车来。也有的似乎他们家里并不养马，也不养别的牲口，就只用了一匹小毛驴，拉着一个花轮子也就来了。

来了之后，这些车马，就一齐停在沙滩上，马匹在草包上吃着草，骡子到河里去喝水。车子上都搭席棚，好像小看台似的，排列在戏台的远处。那车子带来了他们的全家，从祖母到孙子媳，老少三辈。他们离着戏台二三十丈远，听是什么也听不见的，看也很难看到什么，也不过是五红大绿的，在戏台上跑着圈子，头上戴着奇怪的帽子，身上穿着奇怪的衣裳。谁知道那些人都是干什么的，有的看了三天野台子戏，而连一场的戏名字也都叫不出来。回到乡下去，他也跟着人家说长道短的，偶尔人家问了他说的是哪出戏，他竟瞪了眼睛，说不出来了。

至于一些孩子们在戏台底下，就更什么也不知道了，只记住一个大胡子，一个花脸的，谁知道那些都是在做什么，比比划划，刀枪棍棒的乱闹一阵。

反正戏台底下有些卖凉粉的，有些卖糖球的，随便吃去好了。什么黏糕，油炸馒头，豆腐脑都有，这些东西吃了又不饱，吃了这样再去吃那样。卖西瓜的，卖香瓜的，戏台底下都有，招得苍蝇一大堆，嗡嗡的飞。

戏台下敲锣打鼓震天的响。

那唱戏的人，也似乎怕远处的人听不见，也在拼命的喊，喊破了喉咙也压不住台的，那在台下的早已忘记了是在看戏。都在那里说长道短。男男女女的谈起家常来。还有些个远亲，平常一年也看不到，今天在这里看到了，哪能不打招呼。所以三姨二婶子的，就在人多的地方大叫起来，假若是在看台的凉棚里坐着，忽然有一个老太太站了起来，大叫着说：

“他二舅母，你可多暂来的？”

于是那一方也就应声而起。原来坐在看台的楼座上的，离着戏比较近，听唱是听得到的，所以那看台上比较安静。姑娘媳妇都吃着瓜子，喝着茶。对这大嚷大叫的人，别人虽然讨厌，但也不敢去禁止，你若让她小一点声讲话，她会骂了出来：

“这野台子戏，也不是你家的，你愿听戏，你请一台子到你家里去唱……”

另外的一个也说：

“哟哟，我没见过，看起戏来，都六亲不认了，说个话儿也不让……”

这还是比较好的，还有更不客气的，一开口就说：

“小养汉老婆……你奶奶，一辈子家里外头靡受过谁的大声小气，今天来到戏台底下受你的管教来啦，你娘的……”

被骂的人若是不搭言，过一会也就了事了，若一搭言，自然也没有好听的。于是两边就打了起来啦，西瓜皮之类就飞了过去。

这来在戏台下看戏的，不料自己竟演起戏来，于是人们一窝蜂似的，都聚在这个真打真骂的活戏的方面来了。也有一些流氓混子之类，故意的叫着好，惹得全场的人哄哄大笑。假若打仗的还是个年青的女子，那些讨厌的流氓们还会说着各样的俏皮话，使她火上加油越骂就越凶猛。

自然那老太太无理，她一开口就骂了人。但是一闹到后来，谁是谁非也就看不出来了。

幸而戏台上的戏子总算沉着，不为所动，还在那里阿拉阿拉的唱。过了一个时候，那打得热闹的也究竟平静了。

再说戏台下边也有一些个调情的，那都是南街豆腐房里的嫂嫂，或是碾磨房的碾倌磨倌的老婆。碾倌的老婆看上了一个赶马车的车夫。或是豆腐匠看上了开粮米铺那家的小姑娘。有的是两方面都眉来眼去，有的是一方面殷勤，他一方面则表示要拒之千里之外。这样的多半是一边低，一边高，两方面的资财不对。

绅士之流，也有调情的，彼此都坐在看台之上，东张张，西望望。三亲六故，姐夫小姨之间，未免的就要多看几眼，何况又都打扮得漂亮，非常好看。

绅士们平常到别人家的客厅去拜访的时候，绝不能够看上了人家的小姐就不住的看，那该多么不绅士，那该多么不讲道德。那小姐若一告诉了她的父母，她的父母立刻就和这样的朋友绝交。绝交了，倒不要紧，要紧的是一传出去名誉该多坏。绅士是高雅的，哪能够不清不白的，哪能够不分长幼的去存心朋友的女儿，像那般下等人似的。

绅士彼此一拜访的时候，都是先让到客厅里去，端端庄庄的坐在那里，而后倒茶装烟。规矩礼法，彼此都尊为是上等人。朋友的妻子儿女，也都出来拜见，尊为长者。在这种时候，只能问问大少爷的书读了多少，或是又写了多少字了。连朋友的太太也不可以过多的谈话，何况朋友的女儿呢？那就连头也不能够抬的，哪里还敢细看。

现在在戏台上看看怕不要紧，假设有人问到，就说是东看西看，瞧一瞧是否有朋友在别的看台上。何况这地方又人多眼杂，也许没有人留意。

三看两看的，朋友的小姐倒没有看上，可看上了一个不知道在什么地方见到过的一位妇人。那妇人拿着小小的鹅翎扇子，从扇子梢上往这边转着眼珠，虽说是一位妇人，可是又年青，又漂亮。

这时候，这绅士就应该站起来打着口哨，好表示他是开心的。可是我们中国上一辈的老绅士不会这一套。他另外也有一套，就是他的眼睛似睁非睁的迷离恍惚的望了出去，表示他对她有无限的情意。可惜离得太远，怕不会看得清楚，也许枉费了心思了。

也有的在戏台下边，不听父母之命，不听媒妁之言，自己就结了终生不解之缘。这多半是表哥表妹等等，稍有点出身来历的公子小姐的行为。他们一言为定，终生合好。间或也有被父母所阻拦，生出来许多波折。但那波折都是非常美丽的，使人一讲起来，真是比看《红楼梦》更有趣味。来年再唱大戏的时候，姊妹们一讲起这佳话来，真是增添了不少的回想……

赶着车进城来看戏的乡下人，他们就在河边沙滩上，扎了营了。夜里大戏散了，人们都回家了，只有这等连车带马的，他们就在沙滩上过夜。好像出征的军人似的，露天为营。有的住了一夜，第二夜就回去了。有的住了三夜，一直到大戏唱完，才赶着车子回乡。不用说这沙滩上是很雄壮的，夜里，他们每家燃了火，煮茶的煮茶，谈天的谈天。但终归是人数太少，也不过二三十辆车子，所燃起来的火，也不会火光冲天，所以多少有一些凄凉之感。夜深了，住在河边上，被河水吸着又特别的凉，人家睡起觉来都觉得冷森森的。尤其是车夫马倌之类，他们不能够睡觉，怕是有土匪来抢劫他们马匹。所以就坐以待旦。

于是就在纸灯笼下边，三个两个的赌钱。赌到天色发白了，该牵着马到河边去饮水去了。在河上，遇到了捉蟹的蟹船。蟹船上的老头说：

“昨天的《打渔杀家》唱得不错。听说今天还有《汾河湾》。”

那牵着牲口饮水的人，是一点大戏常识也没有的。他只听到牲口喝水的声音呵呵的，其他的则不知所答了。

四

四月十八娘娘庙大会，这也是为着神鬼，而不是为着人的。

这庙会的土名就叫做“逛庙”，也是无分男女老幼都来逛的，但其中以女子最多。

女子们早晨起来，吃了早饭，就开始梳洗打扮。打扮好了，就约了东家姐姐，西家妹妹的去逛庙去了。竟有一起来就先梳洗打扮的，打扮好了，才吃饭，一吃了饭就走了。总之一到逛庙这天，各不后人，到不了半晌午，就车水马龙，拥挤得气息不通了。

挤丢了孩子的站在那儿喊，找不到妈的孩子在人丛里边哭，三岁的，五岁的，还有两岁的刚刚会走，竟也被挤丢了。

所以每年庙会上必得有几个警察在收这些孩子。收了站在庙台上，等着他的家人来领。偏偏这些孩子都很胆小，张着嘴大哭，哭得实在可怜，满头满脸是汗。有的十二三岁了，也被丢了，问他家住在哪里？他竟说不出所以然来，东指指，西划划，说是他家门口有一条小河沟，那河沟里边出虾米，就叫做“虾沟子”，也许他家那地名就叫“虾沟子”，听了使人莫名其妙。再问他这虾沟子离城多远，他便说：骑马要一顿饭的工夫可到，坐车要三顿饭的工夫可到。究竟离城多远，他没有说。问他姓什么，他说他祖父叫史二，他父亲叫史成……这样你就再也不敢问他了。要问他吃饭没有？他就说：“睡觉了。”这是没有办法的，任他去吧。于是就都连大带小的一齐站在庙门口，他们哭的哭，叫的叫，好像小兽似的，警察在看守着他们。

娘娘庙是在北大街上，老爷庙和娘娘庙离不了好远，那些烧香的人，虽然说是求子求孙，是先该向娘娘来烧香的，但是人们都以为阴间也是一样的重男轻女，所以不敢倒反天干。所以都是先到老爷庙去，打过钟，磕过头，好像跪到那里报个到似的，而后才上娘娘庙去。

老爷庙有大泥像十多尊，不知道哪个是老爷，都是威风凛凛，气概盖世的样子。有的泥像的手指尖都被攀了去，举着没有手指的手在那里站着，有的眼睛被挖了，像是个瞎子似的。有的泥像的脚趾是被写了一大堆的字，那字不太高雅，不怎么合乎神的身份。似乎是说泥像也该娶个老婆，不然他看了和尚去找小尼姑，他是要忌妒的。这字现在没有了，传说是这样。

为了这个，县官下了命令，不到初一十五，一律的把庙门锁起来，不准闲人进去。

当地的县官是很讲仁义道德的。传说他第五个姨太太，就是从尼姑庵接来的。所以他始终相信，尼姑绝不会找和尚。自古就把尼姑列在和尚一起，其实是世人不查，人云亦云。好比县官的第五房姨太太，就是个尼姑。难道她也被和尚找过了吗？这是不可能的。

所以下令一律的把庙门关了。

娘娘庙里比较的温静，泥像也有一些个，以女子为多，多半都没有横眉竖眼，近乎普通人，使人走进了大殿不必害怕。不用说是娘娘了，那自然是很好的温顺的女性。就说女鬼吧，也都不怎样恶，至多也不过披头散发的就完了，也决没有像老爷庙里那般泥像似的，眼睛冒了火，或像老虎似的张着嘴。

不但孩子进了老爷庙有的吓得大哭，就连壮年的男人进去也要肃然起敬。好像说虽然他在壮年，那泥像若走过来和他打打，他也决打不过那泥像的。

所以在老爷庙上磕头的人，心里比较虔诚，因为那泥像，身子高，力气大。

到了娘娘庙，虽然也磕头，但就总觉得那娘娘没有什么出奇之处。

塑泥像的人是男人，他把女人塑得很温顺，似乎对女人很尊敬。他把男人塑得很凶猛，似乎男性很不好。其实不对的，世界上的男人，无论多凶猛，眼睛冒火的似乎还未曾见过。就说西洋人吧，虽然与中国人的眼睛不同，但也不过是蓝瓦瓦的有点类似猫头的眼睛而已，居然间冒了火的还没有。眼睛会冒火的民族，目前的世界还未发现。那么塑泥像的人为什么把他塑成那个样子呢？那就是让你一见生畏，不但磕头，而且要心服。就是磕完了头站起再看着，也绝不会后悔，不会后悔这头是向一个平庸无奇的人白白磕了。至于塑像的人塑起女子来为什么要那么温顺，那就告诉人，温顺的就是老实的，老实的就是好欺侮的，告诉人快来欺侮她们吧。

人若老实了，不但异类要来欺侮，就是同类也不同情。

比方女子去拜过了娘娘庙，也不过向娘娘讨子讨孙。讨完了就出来了，其余的并没有什么尊敬的意思。觉子孙娘娘也不过是个普通的女子而已，只是她的孩子多了一些。

所以男人打老婆的时候便说：

“娘娘还得怕老爷打呢，何况你一个长舌妇！”

可见男人打女人是天理应该，神鬼齐一。怪不得那娘娘庙里的娘娘特别温顺，原来是常常挨打的缘故。可见温顺也不是怎么优良的天性，而是被打的结果。甚或是招打的原由。

两个庙都拜过了的人，就出来了，拥挤在街上。街上卖各种玩具的都有，多半玩具都是适于几岁的小孩子玩的。泥做的泥公鸡，鸡尾巴上插着两根红鸡毛，一点也不像，可是使人看去，就比活的更好看。家里有小孩子的不能不买。何况拿在嘴上一吹又会呜呜的响。买了泥公鸡，又看见了小泥人。小泥人的背上也有一个洞，这洞里边插着一根芦苇，一吹就响，那声音好像是诉怨似的，不太好听，但是孩子们都喜欢，做母亲的也一定要买。其余的如卖哨子的，卖小笛子，卖钱蝴蝶的，卖不倒翁的，其中尤以不倒翁最著名，也最上讲究，家家都买，有钱的买大的，没有钱的，买个小的。大的有一尺多高，二尺来高。小的有小得像个鸭蛋似的。无论大小，都非常灵活，按倒了就起来，起得很快，是随手就起来的。买不倒翁要当场试验，间或有生手的工匠所做出来的不倒翁，因屁股太大了，他不愿意倒下，也有的倒下了他就不起来。所以买不倒翁的人就把手伸出去，一律把他们按倒，看哪个先站起来就买哪个。当那一倒一起的时候真是可笑，摊子旁边围了些孩子，专在那里笑。不倒翁长得很好看，又白又胖。并不是老翁的样子，也不过他的名字叫不倒翁就是了。其实他是一个胖孩子。做得讲究一点的，头顶上还贴了一撮毛，算是头发。有头发的比没有头发的要贵二百钱。有的孩子买的时候力争要带头发的，做母亲的舍不得那二百钱，就说到家给他剪点狗毛贴。孩子非要带毛的不可，选了一个带毛的抱在怀里不放。没有法只得买了。这孩子抱着欢喜了一路，等到家一看，那撮毛不知什么时候已经飞了。于是孩子大哭。虽然母亲已经给剪了撮狗毛贴上了，但那孩子就总觉得这狗毛不是真的，不如原来的好看。也许那原来也贴的是狗毛，或许还不如现在的这个好看。但那孩子就总不开心，忧愁了一个下半天。

庙会到下半天就散了。虽然庙会是散了，可是庙门还开着，烧香的人，拜佛的人陆续的还有。有些没有儿子的妇女，仍旧在娘娘庙上捉弄着娘娘。给子孙娘娘的背后钉一个纽扣，给她的脚上绑一条带子，耳朵上挂一只耳环，给她戴一副眼镜，把她旁边的泥娃娃给偷着抱走了一个。据说这样做，来年就都会生儿子的。

娘娘庙的门口，卖带子的特别多，妇人们都争着去买，她们相信买了带子，就会把儿子给带来了。

若是未出嫁的女儿，也误买了这东西，那就将成为大家的笑柄了。

庙会一过，家家户户就都有一个不倒翁，离城远至十八里路的，也都买了一个回去。回到家里，摆在迎门的向口，使别人一开就看见了，他家的确有一个不倒翁不差。这证明逛庙会的时节他家并没有落伍，的确是去逛过了。

歌谣上说：

小大姐，去逛庙，扭扭搭搭走的俏，回来买个搬不倒。

五

这些盛举，都是为鬼而做的并非为人而做的。至于人去看戏，逛庙，也不过是揩油借光的意思。

跳大神有鬼，唱大戏是唱给龙王爷看的。七月十五放河灯，是把灯放给鬼，让他顶着个灯去脱生。四月十八也是烧香磕头的祭鬼。

只是跳秧歌，是为活人而不是为鬼预备的。跳秧歌是在正月十五，正是农闲的时候，趁着新年而化起装来，男人装女人，装得滑稽可笑。

狮子，龙灯，旱船……等等。似乎也跟祭鬼似的，花样复杂，一时说不清楚。

第三章

一

呼兰河这小城里边住着我的祖父。

我生的时候，祖父已经六十多岁了，我长到四五岁，祖父就快七十了。

我家有一个大花园，这花园里蜂子，蝴蝶，蜻蜓，蚂蚱，样样都有。蝴蝶有白蝴蝶，黄蝴蝶。这种蝴蝶极小，不太好看。好看的是大红蝴蝶，满身带着金粉。

蜻蜓是金的。蚂蚱是绿的。蜂子则嗡嗡的飞着，满身绒毛，落到一朵花上，胖圆圆的就和一个小毛球似的不动了。

花园里边明晃晃的，红的红，绿的绿，新鲜漂亮。

据说这花园，从前是一个果园。祖母喜欢吃果子就种了果园。祖母又喜欢养羊，羊就把果树给啃了。果树于是都死了。到我有记忆的时候，园子里就只有一棵樱桃树，一棵李子树，因为樱桃和李子都不大结果子，所以觉得它们是并不存在的。小的时候，只觉得园子里边就有一棵大榆树。

这榆树，在园子的西北角上，来了风，这榆树先啸，来了雨，大榆树先就冒烟了。太阳一出来，大榆树的叶子就发光了，它们闪烁得和沙滩上的蚌壳一样了。

祖父一天都在后园里边，我也跟着祖父在后园里边。祖父戴一个大草帽，我戴一个小草帽。祖父栽花，我就栽花，祖父拔草，我就拔草。当祖父下种种小白菜的时候，我就跟在后边，把那下了种的土窝，用脚一个一个的溜平，哪里会溜得准，东一脚的，西一脚的瞎闹。有的把菜种不单没被土盖上，反而把菜子踢飞了。

小白菜长得非常之快，没有几天就冒了芽了，一转眼就可以拔下来吃了。

祖父铲地，我也铲地。因为我太小，拿不动那锄头杆，祖父就把锄头杆拔下来，让我单拿着那个锄头的“头”来铲。其实哪里是铲，也不过爬在地上，用锄头乱勾一阵就是了。也认不得哪个是苗，哪个是草。往往把韭菜当做野草一起的割掉，把狗尾草当做谷穗留着。

等祖父发现我铲的那块满留着狗尾草的一片，他就问我：

“这是什么？”

我说：

“谷子。”

祖父大笑起来，笑得够了，把草摘下来问我：

“你每天吃的就是这个吗？”

我说：

“是的。”

我看着祖父还在笑，我就说：

“你不信，我到屋里拿来你看。”

我跑到屋里，拿了鸟笼上的一头谷穗，远远的就抛给祖父了。说：

“这不是一样的吗？”

祖父慢慢的把我叫过去，讲给我听，说谷子是有芒针的。狗尾草则没有，只是毛嘟嘟的真像狗尾巴。

祖父虽然教我，我看了也并不细看，也不过马马虎虎承认下来就是了。一抬头看见了一个黄瓜长大了，跑过去摘下来，我又去吃黄瓜去了。

黄瓜也许没有吃完，又看见了一个大蜻蜓从旁飞过，于是丢了黄瓜又去追蜻蜓去了。蜻蜓飞得多么快，哪里会追得上。好则一开初也没有存心一定追上。所以站起来，跟了蜻蜓跑了几步就又去做别的去了。

采一个倭瓜花心，捉一个大绿豆青蚂蚱，把蚂蚱腿用线绑上，绑了一会，也许把蚂蚱腿就绑掉，线头上只拴了一只腿，而不见蚂蚱了。

玩腻了，又跑到祖父那里去乱闹一阵。祖父浇菜，我也抢过来浇，奇怪的就是并不往菜上浇，而是拿着水瓢，拼尽了力气，把水往天空里一扬，大喊着：

“下雨了，下雨了。”

太阳在园子里是特大的，天空是特别高的，太阳的光芒四射，亮得使人睁不开眼睛，亮得蚯蚓不敢钻出地面来，蝙蝠不敢从什么黑暗的地方飞出来。是凡在太阳下的，都是健康的，漂亮的，拍一拍连大树都会发响的，叫一叫就是站在对面的土墙都会回答似的。

花开了，就像花睡醒了似的。鸟飞了，就像鸟上天了似的。虫子叫了，就像虫子在说话似的。一切都活了。都有无限的本领，要做什么，就做什么。要怎么样，就怎么样。都是自由的。倭瓜愿意爬上架就爬上架，愿意爬上房就爬上房。黄瓜愿意开一个谎花，就开一个谎花，愿意结一个黄瓜就结一个黄瓜。若都不愿意，就是一个黄瓜也不结，一朵花也不开，也没有人问它似的。玉米愿意长多高就长多高，它若愿意长上天去，也没有人管。蝴蝶随意的飞，一会从墙头上飞来一对黄蝴蝶，一会又从墙头上飞走了一个白蝴蝶。它们是从谁家来的，又飞到谁家去？太阳也不知道这个。

只是天空蓝悠悠的，又高又远。

可是白云一来了的时候，那大团的白云，好像翻了花的白银似的，从祖父的头上经过，好像要压到了祖父的草帽那么低。

我玩累了，就在房檐底下找个阴凉的地方睡着了。不用枕头，不用席子，就把草帽扣在脸上就睡了。

二

祖父的眼睛是笑盈盈的，祖父的笑，常常笑成和孩子似的。

祖父是个长得很高的人，身体很健康，手里喜欢拿着个手杖。嘴上则不住的抽着旱烟管，遇到了小孩子，每每喜欢开个玩笑，说：

“你看天空飞个家雀。”

趁那孩子往天空一看，就伸出手去把那孩子的帽给取下来了。有的时候放在长衫的下边，有的时候放在袖口里头。他说：

“家雀叼走了你的帽啦。”

孩子们都知道了祖父的这一手了，并不以为奇，就抱住他的大腿，向他要帽子，摸着他的袖管，撕着他的衣襟，一直到找出帽子来为止。

祖父常常这样做，也总是把帽放在同一的地方，总是放在袖口和衣襟下。那些搜索他的孩子没有一次不是在他衣襟下把帽子拿出来的，好像他和孩子们约定了似的，“我就放在这块，你来找吧！”

这样的不知做过了多少次，就像老太太永久讲着“上山打老虎”这一个故事给孩子们听似的，哪怕是已经听过了五百遍，也还是在那里回回拍手，回回叫好。

每当祖父这样做一次的时候，祖父和孩子们都一齐的笑得不得了。好像这戏还像第一次演似的。

别人看了祖父这样做，也有笑的，可不是笑祖父的手法好，而是笑他天天使用一种方法抓掉了孩子的帽子，这未免可笑。

祖父不怎样会理财，一切家务都由祖母管理。祖父只是自由自在的一天闲着，我想，幸好我长大了，我三岁了。不然祖父该多寂寞。我会走了，我会跑了。我走不动的时候，祖父就抱着我，我走动了，祖父就拉着我。一天到晚，门里门外，寸步不离。而祖父多半是在后园里，于是我也在后园里。

我小的时候，没有什么同伴，我是我母亲的第一个孩子。

我记事很早，在我三岁的时候，我记得我的祖母用针刺过我的手指，所以我很不喜欢她。我家的窗子，都是四边糊纸，当中嵌着玻璃，祖母是有洁癖的，以她屋的窗纸最白净。别人抱着把我一放在祖母的炕边上，我不假思索的就要往炕里边跑，跑到窗子那里，就伸出手去，把那白白透着花窗棂的纸窗给捅了几个洞，若不加阻止，就必得挨着排给捅破，若有人招呼着我，我也得加速的抢着多捅几个才能停止。手指一触到窗上，那纸窗像小鼓似的，嘭嘭的就破了。破得越多，自己越得意。祖母若来追我的时候，我就越得意了，笑得拍着手，跳着脚的。

有一天祖母看我来了，她拿了一个大针就到窗子外边去等我去了。我刚一伸出手去，手指就痛得厉害。我就叫起来了。那就是祖母用针刺了我。

从此，我就记住了，我不喜欢她。

虽然她也给我糖吃，她咳嗽的时候吃猪腰烧川贝母，也分给我猪腰，但是我吃了猪腰还是不喜她。

在她临死之前，病重的时候，我还曾吓了她一跳。有一次她自己一个人坐在炕上熬药，药壶是坐在炭火盆上，因为屋里特别的寂静，听得见那药壶骨碌骨碌的响。祖母住着两间房子，是里外屋，恰巧外屋也没有人，里屋也没人，就是她自己。我把门一开，祖母并没有看见我，于是我就用拳头在板隔壁上，咚咚的打了两拳。我听到祖母"哟"的一声，铁火剪子就掉了地上了。

我再探头一望，祖母就骂起我来。她好像就要下地来追我似的，我就一边笑着，一边跑了。

我这样的吓唬祖母，也并不是向她报仇，那时我才五岁，是不晓得什么的。也许觉得这样好玩。

祖父一天到晚是闲着的，祖母什么工作也不分配给他。只有一件事，就是祖母的地椋上的摆设，有一套锡器，却总是祖父擦的。这可不知道是祖母派给他的，还是他自动的愿意工作。每当祖父一擦的时候，我就不高兴，一方面是不能领着我到后园里去玩了，另一方面祖父因此常常挨骂。祖母骂他懒，骂他擦得不干净。祖母一骂祖父的时候，就常常不知为什么连我也骂上。

祖母一骂祖父，我就拉着祖父的手往外边走，一边说：

"我们后园里去吧。"

也许因此祖母也骂了我。

她骂祖父是"死脑瓜骨"，骂我是"小死脑瓜骨"。

我拉着祖父就到后园里去了，一到了后园里，立刻就另是一个世界了。决不是那屋子里的狭窄的世界。而是宽广的，人和天地在一起，天地是多么大，多么远，用手摸不到天空。而土地上所长的又是那么繁华，一眼看上去，是看不完的，只觉得眼前鲜绿的一片。

一到后园里，我就没有对象的奔了出去，好像我是看准了什么而奔去了似的，好像有什么在那儿等着我似的。其实我是什么目的也没有。只觉得这园子里边无论什么东西都是活的，好像我的腿也非跳不可了。

若不是把全身的力量跳尽了，祖父怕我累了想招呼住我，那是不可能的，反而他越招呼，我越不听话。

等到自己实在跑不动了，才坐下来休息，那休息也是很快的，也不过随便在秧子上摘下一个黄瓜来，吃了也就好了。

休息好了又是跑。

樱桃树，明是没有结樱桃，就偏跑到树上去找樱桃。李子树是半死的样子了，本不结李子的，就偏去找李子。一边在找还一边大声的喊，在问着祖父：

“爷爷，樱桃树为什么不结樱桃？”

祖父老远的回答着：

“因为没有开花，就不结樱桃。”

再问：

“为什么樱桃树不开花？”

祖父说：

“因为你嘴馋，它就不开花。”

我一听了这话，明明是嘲笑我的话，于是就飞奔着跑到祖父那里，似乎是很生气的样子。等祖父把眼睛一抬，他用了完全没有恶意的眼睛一看我，我立刻就笑了。而且是笑了半天的工夫才能够止住，不知哪里来了那么许多高兴。把后园一时都让我搅乱了，我笑的声音不知有多大，自己都感到震耳了。

后园中有一棵玫瑰。一到五月就开花的。一直开到六月。花朵和酱油碟那么大。开得很茂盛，满树都是，因为花香，招来了很多的蜂子，嗡嗡的在玫瑰树那儿闹着。

别的一切都玩厌了的时候，我就想起来去摘玫瑰花，摘了一大堆把草帽脱下来用帽兜子盛着。在摘那花的时候，有两种恐惧，一种是怕蜂子的钩刺人，另一种是怕玫瑰的刺刺手。好不容易摘了一大堆，摘完了可又不知道做什么了。忽然异想天开，这花若给祖父戴起来该多好看。

祖父蹲在地上拔草，我就给他戴花。祖父只知道我在捉弄他的帽子，而不知道我到底是在干什么。我把他的草帽给他插了一圈的花，红通通的二三十朵。我一边插着一边笑。当我听到祖父说：

“今年春天雨水大，咱们这棵玫瑰开得这么香。二里路也怕闻得到的。”

就把我笑得哆嗦起来。我几乎没有支持的能力再插上去。等我插完了，祖父还是安然的不晓得。他还照样的拔着垅上的草。我跑得很远的站着，我不敢往祖父那边看，一看就想笑。所以我借机进屋去找一点吃的来，还没有等我回到园中，祖父也屋来了。

那满头红通通的花朵。一进来祖母就看见了。她看见什么也没说，就大笑了起来。父亲母亲也笑了起来，而以我笑得最厉害，我在炕上打着滚笑。

祖父把帽子摘下来一看，原来那玫瑰的香并不是因为今年春天雨水大的缘故，而是那花就顶在他的头上。

他把帽子放下，他笑了十多分钟还停不住，过一会一想起来，又笑了。

祖父刚有点忘记了，我就在旁边提着说：

“爷爷……今年春天雨水大呀……”

一提祖父的笑就来了。于是我也在炕上打起滚来。

就这样一天一天的，祖父，后园，我。这三样是一样也不可缺少的了。

刮了风，下了雨，祖父不知怎样，在我却是非常寂寞的了。去没有去处，玩没有玩的，觉得这一天不知有多少日子那么长。

三

偏偏这后园每年都要封闭一次的。秋雨之后这花园就开始凋零了，黄的黄，败的败，好像很快似的一切花朵都灭了。好像有人把它们摧残了似的。它们一齐都没有从前那么健康了。好像它们都很疲倦了，而要休息了似的，好像要收拾收拾回家去了似的。

大榆树也是落着叶子，当我和祖父偶尔在树下坐坐，树叶竟落在我的脸上来了。树叶飞满了后园。

没有多少时候，大雪又落下来了，后园就被埋住了。

通到园去的后门，也用泥封起来了，封得很厚，整个的冬天挂着白霜。

我家住着五间房子，祖母和祖父共住两间，母亲和父亲共住两间。祖母住的是西屋，母亲住的是东屋。

是五间一排的正房，厨房在中间，一齐是玻璃窗子，青砖墙，瓦房顶。

祖母的屋子，一个是外间，一个是内间。外间里摆着大躺箱，地长桌，太师椅。椅子上铺着红椅垫，躺箱上摆着朱砂瓶，长桌上列着座钟。钟的两边站着帽筒。帽筒上并不挂着帽子，而插着几个孔雀翎。

我小的时候，就喜欢这个孔雀翎，我说它有金色的眼睛，总想用手摸一摸，祖母就一定不让摸，祖母是有洁癖的。

还有祖母的躺箱上摆着一个座镜，那座镜是非常希奇的，画着一个穿着古装的大姑娘，好像活了似的，每当我到祖母屋去，若是屋子里没有人，她就总用眼睛瞪我，我几次的告诉过祖父，祖父说：

“那是画的，她不会瞪人。”

我一定说她是会瞪人的，因为我看得出来，她的眼珠像是会转。

还有祖母的大躺箱上也尽雕着小人，尽是穿古装衣裳的，宽衣大袖，还带顶子，带着翎子。满箱子都刻着，大概有二三十个人，还有吃酒的，吃饭的，还有作揖的……

我总想要细看一看，可是祖母不让我沾边，我还离得很远的，她就说：

“可不许用手摸，你的手脏。”

祖母的内间里边，在墙上挂着一个很古怪很古怪的挂钟，挂钟的下边用铁链子垂着两穗铁包米。铁包米比真的包米大了很多，看起来非常重，似乎可以打死一个人。再往那挂钟里边看就更希奇古怪了，有一个小人，长着蓝眼珠，钟摆一秒钟就响一下，钟摆一响，那眼珠就同时一转。

那小人是黄头发，蓝眼珠，跟我相差太远，虽然祖父告诉我，说那是毛子人，但我不承认她，我看她不像什么人。

所以我每次看这挂钟，就半天半天的看，都看得有点发呆了。我想：这毛子人就总在钟里边呆着吗？永久也不下来玩吗？

外国人在呼兰河的土语叫做“毛子人”。我四五岁的时候，还没有见过一个毛子人，以为毛子人就是因为她的头发毛烘烘的卷着的缘故。

祖母的屋子除了这些东西，还有很多别的，因为那时候，别的我都不发生什么趣味，所以只记住了这三五样。

母亲的屋里，就连这一类的古怪玩艺也没有了，都是些普通的描金柜，也是些帽筒，花瓶之类，没有什么好看的，我没有记住。

这五间房子的组织，除了四间住房一间厨房之外，还有极小的，极黑的两个小后房。祖母一个，母亲一个。

那里边装着各种样的东西，因为是储藏室的缘故。

坛子罐子，箱子柜子，筐子篓子。除了自己家的东西，还有别人寄存的。

那里边是黑的，要端着灯进去才能看见。那里边的耗子很多，蜘蛛网也很多。空气不大好，永久有一种扑鼻的和药的气味似的。

我觉得这储藏室很好玩，随便打开哪一只箱子，里边一定有一些好看的东西，花丝线，各种色的绸条，香荷包，搭腰，裤腿，马蹄袖，绣花的领子。古香古色，颜色都配得特别的好看。箱子里边也常常有蓝翠的耳环，或戒指被我看见了，我一看见就非要一个玩不可，母亲就常常随手抛给我一个。

还有些桌子带着抽屉的，一打开那里边更有些好玩的东西，铜环，木刀，竹尺，观音粉。这些个都是我在别的地方没有看过的。而且这抽屉始终也不锁的。所以我常常随意的开，开了就把样样，似乎是不加选择的都搜了出去，左手拿着木头刀，右手拿着观音粉，这里砍一下，那里画一下。后来我又得到了一个小锯，用这小锯，我开始毁坏起东西来，在椅子腿上锯一锯，在炕沿上锯一锯。我自己竟把我自己的小木刀也锯坏了。

无论吃饭和睡觉，我这些东西都带在身边，吃饭的时候，我就用这小锯，锯着馒头。睡觉做起梦来还喊着：

“我的小锯哪里去了？”

储藏室好像变成我探险的地方了。我常常趁着母亲不在屋我就打开门进去了。这储藏室也有一个后窗，下半天也有一点亮光，我就趁着这亮光打开了抽屉，这抽屉已经被我翻得差不多的了，没有什么新鲜的了。翻了一会，觉得没有什么趣味了，就出来了。到后来连一块水胶，一段绳头都让我拿出来了，把五个抽屉通通拿空了。

除了抽屉还有筐子笼子，但那个我不敢动，似乎每一样都是黑洞洞的，灰尘不知有多厚，蛛网蛛丝的不知有多少，因此我连想也不想动那东西。

记得有一次我走到这黑屋子的极深极远的地方去，一个发响的东西撞在我的脚上，我摸起来抱到光亮的地方一看，原来是一个小灯笼，用手指把灰尘一划，露出来是个红玻璃的。

我在一两岁的时候，大概我是见过灯笼的，可是长到四五岁，反而不认识了。我不知道这是个什么。我抱着去问祖父去了。

祖父给我擦干净了，里边点上个洋蜡烛，于是我欢喜得就打着灯笼满屋跑，跑了好几天，一直到把这灯笼打碎了才算完了。

我在黑屋子里边又碰到了一块木头，这块木头是上边刻着花的，用手一摸，很不光滑，我拿出来用小锯锯着。祖父看见了，说：

“这是印帖子的帖板。”

我不知道什么叫帖子，祖父刷上一片墨刷一张给我看，我只看见印出来几个小人。还有一些乱七八糟的花，还有字。祖父说：

“咱们家开烧锅的时候，发帖子就是用这个印的，这是一百吊的……还有五十吊的十吊的……”

祖父给我印了许多，还用鬼子红给我印了些红的。

还有带缨子的清朝的帽子，我也拿了出来戴上。多少年前的老大的鹅翎扇子，我也拿了出来吹着风。翻了一瓶砂仁出来，那是治胃病的药，母亲吃着，我也跟着吃。

不久，这些八百年前的东西，都被我弄出来了。有些是祖母保存着的，有些是已经出了嫁的姑母的遗物。已经在那黑洞洞的地方放了多少年了，连动也没有动过，有些个快要腐乱了，有些个生了虫子，因为那些东西早被人们忘记了，好像世界上已经没有那么一回事了。而今天忽然又来到了他们的眼前，他们受了惊似的又恢复了他们的记忆。

每当我拿出一件新的东西的时候，祖母看见了，祖母说：

“这是多少年前的了！这是你大姑在家里边玩的……”

祖父看见了，祖父说：

“这是你二姑在家时用的……”

这是你大姑的扇子，那是你三姑的花鞋……都有了来历。但我不知道谁是我的三姑，谁是我的大姑。也许我一两岁的时候，我见过她们，可是我到四五岁时，我就不记得了。

我祖母有三个女儿，到我长起来时，她们都早已出嫁了。可见二三十年内就没有小孩子了。而今也只有我一个。实在的还有一个小弟弟，不过那时他才一岁半岁的，所以不算他。

家里边多少年前放的东西，没有动过，他们过的是既不向前，也不回头的生活，是凡过去的，都算是忘记了，未来的他们也不怎样积极的希望着，只是一天一天的平板的，无怨无尤的在他们祖先给他们准备好的口粮之中生活着。

等我生来了，第一给了祖父的无限的欢喜，等我长大了，祖父非常的爱我。使我觉得在这世界上，有了祖父就够了，还怕什么呢？虽然父亲的冷淡，母亲的恶言恶色，和祖母的用针刺我手指的这些事，都觉得算不了什么。何况又有后花园！后园虽然让冰雪给封闭了，但是又发现了这储藏室。这里边是无穷无尽的什么都有，这里边宝藏着的都是我所想象不到的东西，使我感到这世界上的东西怎么这样多！而且样样好玩，样样新奇。

比方我得到了一包颜料，是中国的大绿，看那颜料闪着金光，可是往指甲上一染，指甲就变绿了，往胳臂上一染，胳臂立刻飞来了一张绿树叶似的。实在是好看，也实在是莫名其妙，所以心里边就暗暗的欢喜，莫非是我得了宝贝吗？

得了一块观音粉，这观音粉往门上一划，门就白了一道，往窗上一划，窗就白了一道。这可真有点奇怪，大概祖父写字的墨是黑墨，而这是白墨吧！

得了一块圆玻璃，祖父说是“显微镜”。他在太阳底下一照，竟把祖父装好的一袋烟照着了。

这该多么使人欢喜，什么什么都会变的。你看它是一块废铁，说不定它就有用。比方我检到一块四方的铁块，上边有一个小窝。祖父把榛子放在小窝里边，打着榛子给我吃。在这小窝里打，不知道比用牙咬要快了多少倍。何况祖父老了，他的牙又多半不大好。

我天天从那黑屋子往外搬着，而天天有新的。搬出来一批，玩厌了，弄坏了，就再去搬。

因此使我的祖父，祖母常常的慨叹。

他们说这是多少年前的了，连我的第三个姑母还没有生的时候就有这东西。那是多少年前的了，还是分家的时候，从我曾祖那里得来的呢。又哪样哪样是什么人送的，而那家人家到今天也都家败人亡了，而这东西还存在着。

又是我在玩着的那葡蔓藤的手镯，祖母说她就戴着这个手镯，有一年夏天坐着小车子，抱着我大姑去回娘家，路上遇了土匪，把金耳环给摘去了，而没有要这手镯，若也是金的银的，那该多危险，也一定要被抢去的。

我听了问她：

“我大姑在哪儿呢？”

祖父笑了。祖母说：

“你大姑的孩子比你都大了。”

原来是四十年前的事情，我哪里知道。可是藤手镯却戴在我的手上，我举起手来，摇了一阵，那手镯好像风车似的，滴溜滴溜的转，手镯太大了，我的手太细了。

祖母看见我把从前的东西都搬出来了，她常常骂我：

“你这孩子，没有东西不拿着玩的，这小不成器的……”

她嘴里虽然是这样说，但她又在光天化日之下得以重看到这东西，也似乎给了她一些回忆的满足。所以她说我是并不十分严刻的，我当然是不听她，该拿还是照旧的拿。

于是我家里久不见天日的东西，经我这一搬弄，才得以见了天日。于是坏的坏，扔的扔，也就都从此消灭了。

我有记忆的第一个冬天，就这样过去了。没有感到十分的寂寞，但总不如在后园里那样玩着好。但孩子是容易忘记的，也就随遇而安了。

四

第二年夏天，后园里种了不少的韭菜，是因为祖母喜欢吃韭菜馅的饺子而种的。

可是当韭菜长起来时，祖母就病重了。而不能吃这韭菜了，家里别的人也没有吃这韭菜，韭菜就在园子里荒着。

因为祖母病重，家里非常热闹，来了我的大姑母，又来了我的二姑母。

二姑母是坐着她自家的小车子来的。那拉车的骡子挂着铃铛，哗哗唧唧的就停在窗前了。

从那车上第一个就跳下来一个小孩，那小孩比我高了一点。是二姑母的儿子。

他的小名叫“小兰”，祖父让我向他叫兰哥。

别的我都不记得了，只记得不大一会工夫我就把他领到后园里去了。

告诉他这个是玫瑰树，这个是狗尾草。这个是樱桃树，樱桃树是不结樱桃的，我也告诉了他。

不知道在这之前他见过我没有，我可并没有见过他。

我带他到东南角上去看那棵李子树时，还没有走到眼前，他就说：

“这树前年就死了。”

他说了这样的话，是使我很吃惊的。这树死了，他可怎么知道的？心中立刻来了一种忌妒的情感，觉得这花园是属于我的，和属于祖父的，其余的人连晓得也不该晓得才对的。

我问他：

“那么你来过我们家吗？”

他说他来过。

这个我更生气了，怎么他来我不晓得呢？

我又问他：

“你什么时候来过的？”

他说前年来的，他还带给我一个毛猴子。他问着我：

“你忘了吗？你抱着那毛猴子就跑，跌倒了你还哭了哩！”

我无论怎样想，也想不起来了。不过总算他送给我过一个毛猴子，可见对我是很好的，于是我就不生他的气了。

从此天天就在一块玩。

他比我大三岁，已经八岁了。他说他在学堂里边念了书的，他还带来了几本书，晚上在煤油灯下他还把书拿出来给我看。书上有小人，有剪刀，有房子。因为都是带着图，我一看就连那字似乎也认识了，我说：

“这念剪刀；这念房子。”

他说不对：

“这念剪，这念房。”

我拿过来一细看，果然都是一个字，而不是两个字，我是照着图念的，所以错了。

我也有一盒方字块，这边是图，那边是字，我也拿出来给他看了。

从此整天的玩。祖母病重与否，我不知道。不过在她临死的前几天就穿上了满身的新衣裳，好像要出门做客似的。说是怕死了来不及穿衣裳。

因为祖母病重家里热闹得很，来了很多亲戚。忙忙碌碌不知忙些个什么。有的拿了些白布撕着，撕得一条一块的，撕得非常的响亮，旁边就有人拿着针在缝那白布。还有的把一个小罐，里边装了米，罐口蒙上了红布。还有的在后园门口笼起火来，在铁大勺里边炸着面饼子。问她：

“这是什么？”

“这是打狗饽饽。”

她说阴间有十八关，过到狗关的时候，狗就上来咬人，用这饽饽一打，狗吃了饽饽就不咬人了。

似乎是姑妄言之姑妄听之，我没有听进去。

家里边的人越繁华，我就越寂寞，走到屋里，问问这个，问问那个，一切都不理解。祖父也似乎把我忘记了。我从后园里捉了一个特别大的蚂蚱送给他去看，他连看也没有看，就说：

“真好，真好，上后园去玩去吧！”

新来的兰哥也不陪我时，我就在后园里一个人玩。

五

祖母已经死了，人们都到龙王庙上去报过庙回来了。而我还在后园里边玩着。

后园里边下了点雨，我想要进屋去拿草帽去，走到酱缸旁边（我家的酱缸是放在后园里的），一看，有雨点拍拍的落到缸帽子上。我想这缸帽子该多大，遮起雨来，比草帽一定更好。

于是我就从缸上把它翻下来了，到了地上它还乱滚一阵，这时候，雨就大了。

我好不容易才设法钻进这缸帽子去。因为这缸帽子太大了，差不多和我一般高。

我顶着它，走了几步，觉得天昏地暗。而且重也是很重的，非常吃力。而且自己已经走到哪里了，自己也不晓，只晓得头顶上拍拍拉拉的打着雨点，往脚下看着，脚下只是些狗尾草和韭菜。找了一个韭菜很厚的地方，我就坐下了，一坐下这缸帽子就和个小房似的扣着我。这比站着好得多，头顶不必顶着，缸帽子就扣在韭菜地上。但是里边可是黑极了，什么是看不见。

同时听什么声音，也觉得都远了。大树在风雨里边被吹得呜呜的，好像大树已经被搬到别人家的院子去了似的。

韭菜是种在北墙根上，我是坐在韭菜上。北墙根离家里的房子很远的，家里边那闹嚷嚷的声音，也像是来在远方。

我细听了一会，听不出什么来，还是在我自己的小屋里边坐着。这小屋这么好，不怕风，不怕雨。站起来走的时候，顶着屋盖就走了，有多么轻快。

其实是很重的了，顶起来非常吃力。

我顶着缸帽子，一路摸索着，来到了后门口，我是要顶给爷爷看看的。

我家的后门坎特别高，迈也迈不过去，因为缸帽子太大，使我抬不起腿来。好不容易用手把腿拉着，弄了半天，总算是过去了。虽然进了屋，仍是不知道祖父在什么方向，于是我就大喊，正在这喊之间，父亲一脚把我踢翻了，差点没把我踢到灶口的火堆上去。缸帽子也在地上滚着。

等人家把我抱了起来，我一看，屋子里的人，完全不对了，都穿了白衣裳。

再一看，祖母不是睡在炕上，而是睡在一张长板上。

从这以后祖母就死了。

六

祖母一死，家里继续着来了许多亲戚，有的拿着香、纸，到灵前哭了一阵就回去了。有的就带着大包小包的来了就住下了。

大门前边吹着喇叭，院子里搭了灵棚，哭声终日，一闹闹了不知多少日子。

请了和尚道士来，一闹闹到半夜，所来的都是吃、喝、说、笑。

我也觉得好玩，所以就特别高兴起来。又加上从前我没有小同伴，而现在有了。比我大的，比我小的，共有四五个。我们上树爬墙，几乎连房顶也要上去了。

他们带我到大门洞子顶上去捉鸽子。搬了梯子到房檐头上去捉家雀。后花园虽然大，已经装不下我了。

我跟着他们到井口边去往井里边看，那井是多么深，我从未见过。在上边喊一声，里边有人回答。用一个小石子投下去，那响声是很深远的。

他们带我到粮食房子去，到碾磨房去，有时候竟把我带到街上，是已经离开家了，不跟着家人在一起，我是从来没有走过这样远。

不料除了后园之外，还有更大的地方，我站在街上，不是看什么热闹，不是看那街上的行人车马，而是心里边想：是不是我将来一个人也可以走得很远？

有一天，他们把我带到南河沿上去了。南河沿离我家本不算远，也不过半里多地。可是因为我是第一次去，觉得实在很远，走出汗来了。走过一个黄土坑，又过一个南大营，南大营的门口，有兵把着门。那营房的院子大得在我看来太大了，实在是不应该。我们的院子就够大的了，怎么能比我们家的院子更大呢？大得有点不大好看了，我走过了，我还回过头来看。

路上有一家人家，把花盆摆到墙头上来了，我觉得这也不大好，若是看不见人家偷去呢！

还看见了一座小洋房，比我们家的房不知好了多少倍。若问我，哪里好？我也说不出来，就觉得那房子是一色新，不像我家的房子那么陈旧。

我仅仅走了半里多路，我所看见的可太多了。所以觉得这南河沿实在远。问他们：

“到了没有！”

他们说：

“就到的，就到的。”

果然，转过了大营房的墙角，就看见河水了。

我第一次看见河水，我不能晓得这河水是从什么地方来的，来了几年了。

那河太大了，等我走到河边上，抓了一把沙子抛下去，那河水简直没有因此而脏了一点点。河上有船，但是不很多，有的往东去了，有的往西去了。也有的划到河的对岸去的，河的对岸似乎没有人家，而是一片柳条林。再往远看，就不能知道那是什么地方了，因为也没有人家，也没有房子，也看不见道路，也听不见一点音响。

我想将来是不是我也可以到那没有人的地方去看一看。

除了我家的后园，还有街道。除了街道，还有大河。除了大河，还有柳条林。除了柳条林，还有更远的，什么也没有的地方，什么也看不见的地方，什么声音也听不见的地方。

究竟除了这些，还有什么，我越想越不知道了。

就不用说这些我未曾见过的。就说一个花盆吧，就说一座院子吧。院子和花盆，我家里都有。但说那营房的院子就比我家的大，我家的花盆是摆在后园里的，人家的花盆就摆到墙头上来了。

可见我不知道的一定还有。

所以祖母死了，我竟聪明了。

七

祖母死了，我就跟祖父学诗。因为祖父的屋子空着，我就闹着一定要睡在祖父那屋。

早晨念诗，晚上念诗，半夜醒了也是念诗。念了一阵，念困了再睡去。

祖父教我的有《千家诗》，并没有课本，全凭口头传诵，祖父念一句，我就念一句。

祖父说：

"少小离家老大回……"

我也说：

"少小离家老大回……"

都是些什么字，什么意思，我不知道，只觉得念起来那声音很好听。所以很高兴的跟着喊。我喊的声音，比祖父的声音更大。

我一念起诗来，我家的五间房都可以听见，祖父怕我喊坏了喉咙，常常警告着我说：

“房盖被你抬走了。”

听了这笑话，我略微的小了一会工夫，过不了多久，就又喊起来了。

夜里也是照样的喊，母亲吓唬我，说再喊她要打我。

祖父也说：

“没有你这样念诗的，你这不叫念诗，你这叫乱叫。”

但我觉得这乱叫的习惯不能改，若不让我叫，我念它干什么。每当祖父教我一个新诗，一开头我若听了那声音不好听，我就说：

“不学这个。”

祖父于是就换一个，换一个不好，我还是不要。

“春眠不觉晓，处处闻啼鸟。

夜来风雨声，花落知多少。”

这一首诗，我很喜欢，我一念到第二句，“处处闻啼鸟”那“处处”两字，我就高兴起来了。觉得这首诗，实在是好，真好听，“处处”该多好听。

还有一首我更喜欢的：

“重重叠叠上楼台，几度呼童扫不开。

刚被太阳收拾去，又为明月送将来。”

就这“几度呼童扫不开”，我根本不知道什么意思，就念成“西沥忽通扫不开”。

越念越觉得好听，越念越有趣味。

每当客人来了，祖父总是呼我念诗的，我就总喜念这一首。

那客人不知听懂了与否，只是点头说好。

八

就这样瞎念，到底不是久计。我念了几十首之后，祖父开讲了。

“少小离家老大回，乡音无改鬓毛衰。”

祖父说：

“这是说小的时候离开了家到外边去，老了回来了。乡音无改鬓毛衰，这是说家乡的口音还没有改变，胡子可白了。”

我问祖父：

“为什么小的时候离家？离家到哪里去？”

祖父说：

“好比爷爷像你那么大离家，现在老了回来了，谁还认识呢？儿童相见不相识，笑问客从何处来。小孩子见了就招呼着说：你这个白胡老头，是从哪里来的？”

我一听，觉得不大好，赶快就问祖父：

“我也要离家的吗？等我胡子白了回来，爷爷你也不认识我了吗？”

心里很恐惧。

祖父一听就笑了：

“等你老了还有爷爷吗？”

祖父说完了，看我还是不很高兴，他又赶快说：

“你不离家的，你哪里能够离家……快再念一首诗吧！念春眠不觉晓……”

我一念起春眠不觉晓来，又是满口的大叫，得意极了。完全高兴，什么都忘了。

但从此再读新诗，一定要先讲的，没有讲过的也要重讲。似乎那大嚷大叫的习惯稍稍好了一点。

“两个黄鹂鸣翠柳，一行白鹭上青天。”

这首诗本来我也很喜欢的，黄梨是很好吃的。经祖父这一讲，说是两个鸟，于是不喜欢了。

“去年今日此门中，人面桃花相映红。

人面不知何处去，桃花依旧笑春风。”

这首诗祖父讲了我也不明白，但是我喜欢这首，因为其中有桃花，桃树一开了花不就结桃吗？桃子不是好吃吗？

所以每念完这首诗，我就接着问祖父：

“今年咱们的樱桃树开花不开花？”

九

除了念诗之外，还很喜欢吃。

记得大门洞子东边那家房户是养猪的，一个大猪在前边走，一群小猪跟在后边。有一天一个小猪掉井了，人们用抬土的筐子把小猪从井里钓了上来。钓上来，那小猪早已死了。井口旁边围了很多人看热闹，祖父和我也在旁边看热闹。

那小猪一被打上来，祖父就说他要那小猪。

祖父把那小猪抱到家里，用黄泥裹起来，放在灶坑里烧上了，烧好了给我吃。

我站在炕沿旁边，那整个的小猪，就摆在我的眼前，祖父把那小猪一撕开，立刻就冒了油，真香，我从来没有吃过那么香的东西，从来没有吃过那么好吃的东西。

第二次，又有一只鸭子掉井了，祖父也用黄泥包起来，烧上给我吃了。

在祖父烧的时候，我也帮着忙，帮助祖父搅黄泥，一边喊着，一边叫着，好像拉拉队似的给祖父助兴。

鸭子比小猪更好吃，那肉是不怎样肥的。所以我最喜欢吃鸭子。

我吃，祖父在旁边看着，祖父不吃。等我吃完了，祖父才吃。他说我的牙齿小，怕我咬不动，先让我选嫩的吃，我吃剩了的他才吃。

祖父看我每咽下去一口，他就点一下头，而且高兴的说：

“这小东西真馋”，或是“这小东西吃得真快”。

我的手满是油，随吃随在大襟上擦着，祖父看了也并不生气，只是说：

“快蘸点盐吧，快蘸点韭菜花吧，空口吃不好，等会要反胃的……”

说着就捏几个盐粒放在我手上拿着的鸭子肉上。我一张嘴又进肚去了。

祖父越称赞我能吃，我越吃得多。祖父看看不好了，怕我吃多了。让我停下，我才停下来。我明明白白的是吃不下去了，可是我嘴里还说着：

“一个鸭子还不够呢！”

自此吃鸭子的印象非常之深，等了好久，鸭子不再掉到井里，我看井沿有一群鸭子，我拿了秫秆就往井里边赶，可是鸭子不进去，围着井口转，而呱呱的叫着。我就招呼了在旁边看热闹的小孩子，我说：

“帮我赶哪！”

正在吵吵叫叫的时候，祖父奔到了，祖父说：

“你在干什么？”

我说：

“赶鸭子，鸭子掉井，捞出来好烧吃。”

祖父说：

“不用赶了，爷爷抓个鸭子给你烧着吃。”

我不听他的话，我还是追在鸭子的后边跑着。

祖父上前来把我拦住了，抱在怀里，一面给我擦着汗一面说：

“跟爷爷回家，抓个鸭子烧上。”

我想：不掉井的鸭子，抓都抓不住，可怎么能规规矩矩贴起黄泥来让烧呢？于是我从祖父的身上往下挣扎着，喊着：

“我要掉井的，我要掉井的。”

祖父几乎抱不住我了。

第四章

一

一到了夏天，蒿草长没大人的腰了，长没我的头顶了，黄狗进去，连个影也看不见了。

夜里一刮起风来，蒿草就刷拉刷拉的响着，因为满院子都是蒿草，所以那响声就特别大，成群结队的就响起来了。

下了雨，那蒿草的梢上都冒着烟，雨本来下得不很大，若一看那蒿草，就像那雨下得特别大似的。

下了毛毛雨，那蒿草上就迷漫得朦朦胧胧的像是已经来了大雾，或者像是要变天了，好像是下了霜的早晨，混混沌沌的，在蒸腾着白烟。

刮风和下雨，这院子是很荒凉的了。就是晴天，多大的太阳照在上空，这院子也一样是荒凉的。没有什么显眼睛耀目的装饰，没有用人工设置过的一点痕迹，什么都是任其自然，愿意东，就东，愿意西，就西。若是纯然能够做到这样，倒也保存了原始的风景。但不对的，这算什么风景呢？东边堆着一堆朽木头，西边扔着一片乱柴火。左门旁排着一大片旧砖头，右门边晒着一片沙泥土。

沙泥土是厨子拿来搭炉灶的，搭好了炉灶，泥土就扔在门边了。若问他还有什么用处吗，我想他也不知道，不过忘了就是了。

至于那砖头可不知道是干什么的，已经放了很久了，风吹日晒，下了雨被雨浇。反正砖头是不怕雨的，浇浇又碍什么事。那么就浇着去吧，没人管它。其实也正不必管它，凑巧炉灶或是炕洞子坏了，那就用得着它了。就在眼前，伸手就来，用着多么方便。但是炉灶就总不常坏，炕洞子修的也比较结实。不知哪里找的这样好的工人，一修上炕洞子就是一年，头一年八月修上，不到第二年八月是不坏的，就是到了第二年八月，也得泥水匠来，砖瓦匠来用铁刀一块一块的把砖砍着搬下来。所以那门前的一堆砖头似乎是一年也没有多大的用处。三年两年的还是在那里摆着。大概总是越摆越少，东家拿去一块垫花盆，西家搬去一块又是做什么。不然若是越摆越多，那可就糟了，岂不是慢慢的会把房门封起来的吗?

其实门前的那砖头是越来越少的，不用人工，任其自然，过了三年两载也就没有了。

可是目前还是有的。就和那堆泥土同时在晒着太阳，它陪伴着它，它陪伴着它。

除了这个，还有打碎了的大缸扔在墙边上，大缸旁边还有一个破了口的坛子陪着它蹲在那里。坛子底上没有什么，只积了半坛雨水。用手攀着坛子边一摇动，那水里边有很多活物，会上下的跑，似鱼非鱼，似虫非虫，我不认识。再看那勉强站着的，几乎是站不住了的已经被打碎了的大缸，那缸里边可是什么也没有。其实不能够说那是“里边”，本来这缸已经破了肚子，谈不到什么“里边”“外边”了。就简称“缸礤”吧！在这缸礤上什么也没有，光滑可爱，用手一拍还会发响。小的时候就总喜欢到旁边去搬一搬，一搬就不得了了，在这缸礤的下边有无数的潮虫。吓得赶快就跑，跑得很远的站在那里回头看着，看了一回，那潮虫乱跑一阵又回到那缸礤的下边去了。

这缸礤为什么不扔掉呢？大概就是专养潮虫。

和这缸礤相对着，还扣着一个猪槽子，那猪槽子已经腐朽了，不知扣了多少年了。槽子底上长了不少的蘑菇，黑深深的，都是些小蘑，看样子，大概吃不得，不知长着做什么。

靠着槽子的旁边就睡着一柄生锈的铁犁头。

说也奇怪，我家里的东西都是成对的，成双的。没有单个的。

砖头晒太阳，就有泥土来陪着。有破坛子，就有破大缸。有猪槽子就有铁犁头。像是它们都配了对，结了婚。而且各自都有新生命送到世界上来。比方坛子里的似鱼非鱼，大缸下边的潮虫，猪槽子上的蘑菇等等。

不知为什么，这铁犁头，却看不出什么新生命来，而是全体腐烂下去了。什么也不生，什么也不长，全体黄澄澄的。用手一触就往下掉末，虽然他本质是铁的，但沦落到今天，就完全像黄泥做的了，就像要瘫了的样子。比起它的同伴那木槽子来，真是远差千里，惭愧惭愧。这犁头假若是人的话，一定要流泪大哭，“我的体质比你们都好哇，怎么今天衰弱到这个样子。”

它不但它自己衰弱，发黄，一下了雨，它那满身的黄色的色素，还跟着雨水流到别人的身上去。那猪槽子的半边已经被染黄了。

那黄色的水流，还一直流得很远，是凡它所经过的那条土地，都被它染得焦黄。

二

我家是荒凉的。

一进大门，靠着大门洞子的东壁是三间破房子，靠着大门洞子的西壁仍是三间破房子。再加上一个大门洞，看起来是七间连着串。外表上似乎是很威武的，房子都很高大，架着很粗的木头的房架。大柁是很粗的，一个小孩抱不过来。都一律是瓦房盖，房脊上还有透隆的用瓦做的花，迎着太阳看去，是很好看的。房脊的两梢上，一边有一个鸽子，大概也是瓦做的。终年不动，停在那里。这房子的外表，似乎不坏。

但我看它内容空虚。

西边的三间，自家用为装粮食的，粮食没有多少，耗子可是成群了。

粮食仓子底下让耗子咬出洞来，耗子的全家在吃着粮食。耗子在下边吃，麻雀在上边吃。全屋都是土腥气。窗子坏了，用板钉起来，门也坏了，每一开就颤抖抖的。

靠着门洞子西壁的三间房，是租给一家养猪的。那屋里屋外没有别的，都是猪了。大猪小猪，猪槽子，猪粮食。来往的人也都是猪贩子。连房子带人，都弄得气味非常之坏。

说来那家也并没有养了多少猪，也不过十个八个的。每当黄昏的时候，那叫猪的声音远近可闻。打着猪槽子，敲着圈棚。叫了几声，停了一停。声音有高有低，在黄昏的庄严的空气里好像是说他家的生活是非常寂寞的。

除了这一连串的七间房子之外，还有六间破房子，三间破草房，三间碾磨房。

三间碾磨房一起租给那家养猪的了，因为它靠近那家养猪的。

三间破草房是在院子的西南角上，这房子它单独的跑得那么远，孤伶伶的，毛头毛脚的，歪歪斜斜的站在那里。

房顶的草上长着青苔，远看去，一片绿，很是好看。下了雨，房顶上就出蘑菇，人们就上房采蘑菇，就好像上山去采蘑菇一样，一采采了很多。这样出蘑菇的房顶实在是很少有，我家的房子共有三十来间，其余的都不会出蘑菇，所以住在那房里的人一提着筐子上房去采蘑菇，全院子的人没有不羡慕的，都说：

"这蘑菇是新鲜的，可不比那干蘑菇，若是杀一个小鸡炒上，那真好吃极了。"

"蘑菇炒豆腐，嗳，真鲜！"

"雨后的蘑菇嫩过了仔鸡。"

"蘑菇炒鸡，吃蘑菇而不吃鸡。"

"蘑菇下面，吃汤而忘了面。"

"吃了这蘑菇，不忘了姓才怪的。"

"清蒸蘑菇加姜丝，能吃八碗小米子干饭。"

"你不要小看了这蘑菇，这是意外之财！"

同院住的那些羡慕的人，都恨自已为什么不住在那草房里。若早知道租了房子连蘑菇都一起租来了，就非租那房子不可。天下哪有这样的好事，租房子还带蘑菇的。于是感慨唏嘘，相叹不已。

再说那在房顶上正在采着的，在多少只眼目之中，真是一种光荣的工作。于是也就慢慢的采，本来一袋烟的工夫就可以采完，但是要延长到半顿饭的工夫。同时故意选了几个大的，从房顶上骄傲的抛下来，同时说：

"你们看吧，你们见过这样干净的蘑菇吗？错了是这个房顶，哪个房顶能够长出这样的好蘑菇来。"

那在下面的，根本看不清房顶到底那蘑菇全都多大，以为一律是这样大的，于是就更增加了无限的惊异。赶快弯下腰去拾起来，拿到家里，晚饭的时候，卖豆腐的来，破费二百钱检点豆腐，把蘑菇烧上。

可是那在房顶上的因为骄傲，忘记了那房顶有许多地方是不结实的，已经露了洞了，一不加小心就把脚掉下去了，把脚往外一拔，脚上的鞋子不见了。

鞋子从房顶落下去，一直就落在锅里，锅里正是翻开的滚水，鞋子就在滚水里边煮上了。锅边漏粉的人越看越有意思，越觉得好玩，那一只鞋子在开水里滚着，翻着，还从鞋底上滚下一些泥浆来，弄得漏下去的粉条都黄乎乎的了。可是他们还不把鞋子从锅里拿出来，他们说，反正这粉条是卖的，也不是自己吃。

这房顶虽然产蘑菇，但是不能够避雨，一下起雨来，全屋就像小水罐似的。摸摸这个是湿的，摸摸那个是湿的。

好在这里边住的都是些个粗人。

有一个歪鼻瞪眼的名叫“铁子”的孩子。他整天手里拿着一柄铁锹，在一个长槽子里边往下切着，切些个什么呢？初到这屋子里来的人是看不清的，因为热气腾腾的这屋里不知都在做些个什么。细一看，才能看出来他切的是马铃薯。槽子里都是马铃薯。

这草房是租给一家开粉房的。漏粉的人都是些粗人，没有好鞋袜，没有好行李，一个一个的和小猪差不多，住在这房子里边是很相当的，好房子让他们一住也怕是住坏了。何况每一下雨还有蘑菇吃。

这粉房里的人吃蘑菇，总是蘑菇和粉配在一道，蘑菇炒粉，蘑菇炖粉，蘑菇煮粉。没有汤的叫做“炒”，有汤的叫做“煮”，汤少一点的叫做“炖”。

他们做好了，常常还端着一大碗来送给祖父。等那歪鼻瞪眼的孩子一走了，祖父就说：

“这吃不得，若吃到有毒的就吃死了。”

但那粉房里的人，从来没吃死过。天天里边唱着歌，漏着粉。

粉房的门前搭了几丈高的架子，亮晶晶的白粉，好像瀑布似的挂在上边。

他们一边挂着粉，也是一边唱着的。等粉条晒干了，他们一边收着粉，也是一边的唱着。那唱不是从工作所得到的愉快，好像含着眼泪在笑似的。

逆来顺受，你说我的生命可惜，我自己却不在乎。你看着很危险，我却自己以为得意。不得意怎么样？人生是苦多乐少。

那粉房里的歌声，就像一朵红花开在了墙头上。越鲜明，就越觉得荒凉。

正月十五正月正，

家家户户挂红灯。

人家的丈夫团圆聚，

孟姜女的丈夫去修长城。

只要是一个晴天，粉丝一挂起来了，这歌声就听得见的。因为那破草房是在西南角上，所以那声音比较的来得辽远。偶尔也有装腔女人的音调在唱《五更天》。

那草房实在是不行了，每下一次大雨，那草房北头就要多加一只支柱，那支柱已经有七八只之多了，但是房子还是天天的往北边歪。越歪越厉害，我一看了就害怕，怕从那旁边一过，恰好那房子倒了下来，压在我身上。那房子实在是不像样子了，窗子本来是四方的，都歪斜得变成菱形的了。门也歪斜得关不上了。墙上的大柁就像要掉下来似的，向一边跳出来了。房脊上的正梁一天一天的往北走，已经拔了铆，脱离别人的牵掣，而它自己单独行动起来了。那些钉在房脊上的椽杆子，能够跟着它跑的，就跟着它一顺水的往北边跑下去了。不能够跟着它跑的，就挣断了钉子，而垂下头来，向着粉房里的人们的头垂下来。因为另一头是压在檐外，所以不能够掉下来，只是滴里郎当的垂着。

我一走进粉房去，想要看一看漏粉到底是怎样漏法，但是不敢细看，我很怕那椽子头掉下来打了我。

一刮起风来，这房子就喳喳的山响，大柁响，房梁响，门框、窗框响。

一下了雨，又是喳喳的响。

不刮风，不下雨，夜里也是会响的，因为夜深人静了，万物齐鸣，何况这本来就会响的房子，哪能不响呢?

以它响得最厉害。别的东西的响，是因为倾心去听它，就是听得到的，也是极幽渺的，不十分可靠的。也许是因为一个人的耳鸣而引起来的错觉，比方猫、狗、虫子之类的响叫，那是因为它们是生物的缘故。

可曾有人听过夜里房子会叫的，谁家的房子会叫，叫得好像个活物似的，嚓嚓的，带着无限的重量。往往会把睡在这房子里的人叫醒。

被叫醒了的人，翻了一个身说：

“房子又走了。”

真是活神活现，听他说了这话，好像房子要搬了场似的。

房子都要搬场了，为什么睡在里边的人还不起来。他是不起来的，他翻了个身又睡了。

住在这里边的人，对于房子就要倒的这回事，毫不加戒心，好像他们已经有了血族的关系，是非常信靠的。

似乎这房一旦倒了，也不会压到他们，就像是压到了，也不会压死的，绝对的没有生命的危险。这些人的过度的自信，不知从哪里来的，也许住在那房子里边的人都是用铁铸的，而不是肉长的。再不然就是他们都是敢死队，生命置之度外了。

若不然为什么这么勇敢？生死不怕。

若说他们是生死不怕，那也是不对的，比方那晒粉条的人，从杆子上往下摘粉条的时候，那杆子掉下来了，就吓他一哆嗦。粉条打碎了，他还没有被打着。他把粉条收起来，他还看着那杆子，他思索起来，他说：

“莫不是……”

他越想越奇怪，怎么粉打碎了，而人没打着呢。他把那杆子扶了上去，远远的站在那里看着，用眼睛捉摸着。越捉摸越觉得可怕。

“唉呀！这要是落到头上呢。”

那真是不堪想象了。于是他摸着自己的头顶，他觉得万幸万幸，下回该加小心。

本来那杆子还没有房椽子那么粗，可是他一看见，他就害怕，每次他再晒粉条的时候，他都是躲着那杆子，连在它旁边走也不敢走。总是用眼睛溜着它，过了很多日才算把这回事忘了。

若下雨打雷的时候，他就把灯灭了，他们说雷扑火，怕雷劈着。

他们过河的时候，抛两个铜板到河里去，传说河是馋的，常常淹死人的，把铜板一抛到河里，河神高兴了，就不会把他们淹死了。

这证明住在这嚓嚓响着的草房里的他们，也是很胆小的，也和一般人一样是颤颤惊惊的活在这世界上。

那么这房子既然要塌了，他们为什么不怕呢？

据卖馒头的老赵头说：

“他们要的就是这个要倒的么！”

据粉房里的那个歪鼻瞪眼的孩子说：

“这是住房子啊，也不是娶媳妇要她周周正正。”

据同院住的周家的两位少年绅士说：

“这房子对于他们那等粗人，就再合适也没有了。”

据我家的有二伯说：

“是他们贪图便宜，好房子呼兰城里有的多，为啥他们不搬家呢？好房子人家要房钱的呀，不像是咱们家这房子，一年送来十斤二十斤的干粉就完事，等于白住，你二伯是没有家眷，若不我也找这样房子去住。”

有二伯说的也许有点对。

祖父早就想拆了那座房子的，是因为他们几次的全体挽留才留下来的。

至于这个房子将来倒与不倒，或是发生什么幸与不幸，大家都以为这太远了，不必想了。

三

我家的院子是很荒凉的。

那边住着几个漏粉的，那边住着几个养猪的。养猪的那厢房里还住着一个拉磨的。

那拉磨的，夜里打着梆子通夜的打。

养猪的那一家有几个闲散杂人，常常聚在一起唱着秦腔，拉着胡琴。

西南角上那漏粉的则欢喜在晴天里边唱一个《叹五更》。

他们虽然是拉胡琴，打梆子，叹五更，但是并不是繁华的，并不是一往直前的，并不是他们看见了光明，或是希望着光明，这些都不是的。

他们看不见什么是光明的，甚至于根本也不知道，就像太阳照在了瞎子的头上了，瞎子也看不见太阳，但瞎子却感到实在是温暖了。

他们就是这类人，他们不知道光明在哪里，可是他们实实在在的感得到寒凉就在他们的身上，他们想击退了寒凉，因此而来了悲哀。

他们被父母生下来，没有什么希望，只希望吃饱了，穿暖了。但也吃不饱，也穿不暖。

逆来的，顺受了。

顺来的事情，却一辈子也没有。

磨房里那打梆子的，夜里常常是越打越响，他越打得激烈，人们越说那声音凄凉。

因为他单单的响音，没有同调。

四

我家的院子是荒凉的。

粉房旁边的那小偏房里，还住着一家拴车的，那家喜欢跳大神，常常就打起鼓来，喝喝咧咧唱起来了。鼓声往往打到半夜才止，那说仙道鬼的，大神和二神的一对一答。苍凉，幽渺，真不知今世何世。

那家的老太太终年生病，跳大神都是为她跳的。

那家是这院子顶丰富的一家，老少三辈。家风是干净利落，为人谨慎，兄友弟恭，父慈子爱。家里绝对的没有闲散杂人。绝对不像那粉房和那磨房，说唱就唱，说哭就哭。他家永久是安安静静的。跳大神不算。

那终年生病的老太太是祖母，她有两个儿子，大儿子是赶车的，二儿子也是赶车的。一个儿子都有一个媳妇。大儿媳妇胖胖的，年已五十了。二儿媳妇瘦瘦的，年已四十了。

除了这些，老太太还有两个孙儿，大孙儿是二儿子的，二孙儿是大儿子的。

因此他家里稍稍有点不睦，那两个媳妇妯娌之间，稍稍有点不合适，不过也不很明朗化。只是你我之间各自晓得。做嫂子的总觉得兄弟媳妇对她有些不驯，或者就因为她的儿子大的缘故吧。兄弟媳妇就总觉得嫂子是想压她，凭什么想压人呢？自己的儿子小，没有媳妇指使着，看了别人还眼气。

老太太有了两个儿子，两个孙子，认为十分满意了。人手整齐，将来的家业，还不会兴旺的吗？就不用说别的，就说赶大车这把力气也是够用的。看看谁家的车上是爷四个，拿鞭子的，坐在车后尾巴上的都是姓胡的，没有外姓。在家一盆火，出外父子兵。

所以老太太虽然是终年病着，但很乐观，也就是跳一跳大神什么的解一解心疑也就算了。她觉得就是死了，也是心安意得的了，何况还活着，还能够看得见儿子们的忙忙碌碌。

媳妇们对于她也是很好的，总是隔长不短的张罗着给她花几个钱跳一跳大神。

每一次跳神的时候，老太太总是坐在炕里，靠着枕头，挣扎着坐了起来，向那些来看热闹的姑娘媳妇们讲：

“这回是我大媳妇给我张罗的。”或是“这回是我二媳妇给我张罗的。”

她说的时候非常得意。说着说着就坐不住了。她患的是瘫病。就赶快招了媳妇们来把她放下了。放下了还要喘一袋烟的工夫。

看热闹的人，没有一个不说老太太慈祥的。没有一个不说媳妇孝顺的。

所以每一跳大神，远远近近的人都来的，东院西院的，还有前街后街的也都来了。

只是不能够预先订座，来得早的就有凳子、炕沿坐。来得晚的，就得站着了。

一时这胡家的孝顺，居于领导的地位，风传一时，成为妇女们的楷模。

不但妇女，就是男人也得说：

“老胡家人旺，将来财也必旺。”

“天时，地利，人和。最要紧的还是人和。人和了，天时不好也好了。地利不利也利了。”

“将来看着吧，今天人家是赶大车的，再过五年看，不是二等户，也是三等户。”

我家的有二伯说：

“你看着吧，过不了几年人家就骡马成群了。别看如今人家就一辆车。”

他家的大儿媳妇和二儿媳妇的不睦，虽然没有新的发展，可也总没有消灭。

大孙子媳妇通红的脸，又能干，又温顺。人长得不肥不瘦，不高不矮，说起话来，声音不大不小。正合适配到他们这样的人家。

车回来了，牵着马就到井边去饮水。车马一出去了，就铡草。看她那长样可并不是做这类粗活人，可是做起事来并不弱于人，比起男人来，也差不了许多。

放下了外边的事情不说，再说屋里的，也样样拿得起来，剪、裁、缝、补，做哪样像哪样。他家里虽然没有什么绫、罗、绸、缎可做的，就说粗布衣也要做个四六见线，平平板板。一到过年的时候，无管怎样忙，也要偷空给奶奶婆婆，自己的婆婆，大娘婆婆，各人做一双花鞋。虽然没有什么好的鞋面，就说青水布的，也要做个精致。虽然没有丝线，就用棉花线，但那颜色却配得水冷冷的新鲜。

奶奶婆婆的那双绣的是桃红的大瓣莲花。大娘婆婆的那双绣的是牡丹花。婆婆的那双绣的是素素雅雅的绿叶兰。

这孙子媳妇回了娘家，娘家的人一问她婆家怎样，她说都好都好，将来非发财不可。大伯公是怎样的兢兢业业，公公是怎样的吃苦耐劳。奶奶婆婆也好，大娘婆婆也好。是凡婆家的无一不好。完全顺心，这样的婆家实在难找。

虽然她的丈夫也打过她，但她说，哪个男人不打女人呢？于是也心满意足的并不以为那是缺陷了。

她把绣好的花鞋送给奶奶婆婆，她看她绣了那么一手好花，她感到了对这孙子媳妇有无限的惭愧，觉得这样一手好针线，每天让她喂猪打狗的，真是难为了她了。奶奶婆婆把手伸出来，把那鞋接过来，真是不知如何说好，只是轻轻的托着那鞋，苍白的脸孔，笑盈盈的点着头。

这是这样好的一个大孙子媳妇。二孙子媳妇也订好了，只是二孙子还太小，一时不能娶过来。

她家的两个妯娌之间的磨擦，都是为了这没有娶过来的媳妇。她自己的婆婆主张把她接过来，做团圆媳妇；婶婆婆就不主张接来，说她太小不能干活，只能白吃饭，有什么好处。

争执了许久，来与不来，还没有决定。等下回给老太太跳大神的时候，顺便问一问大仙家再说吧。

五

我家是荒凉的。

天还未明，鸡先叫了，后边磨房里那梆子声还没有停止，天就发白了。天一发白，乌鸦群就来了。

我睡在祖父旁边，祖父一醒，我就让祖父念诗，祖父就念：

“春眠不觉晓，处处闻啼鸟。

夜来风雨声，花落知多少。”

“春天睡觉不知不觉的就睡醒了，醒了一听，处处有鸟叫着，回想昨夜的风雨，可不知道今早花落了多少。”

是每念必讲的，这是我的约请。

祖父正在讲着诗，我家的老厨子就起来了。

他咳嗽着，听得出来，他担着水桶到井边去挑水去了。

井口离得我家的住房很远，他摇着井绳花拉拉的响，日里是听不见的，可是在清晨，就听得分外地清明。

老厨子挑完了水，家里还没有人起来。

听得见老厨子刷锅的声音刷拉拉的响。老厨子刷完了锅，烧了一锅洗脸水了，家里还没有人起来。

我和祖父念诗，一直念到太阳出来。

祖父说：

“起来吧。”

我说：

“再念一首。”

祖父说：

“再念一首可得起来了。”

于是再念一首，一念完了，我又赖起来不算了，说再念一首。

每天早晨都是这样纠缠不清的闹。等一开了门，到院子去。院子里边已经是万道金光了，大太阳晒在头上都滚热的了。太阳两丈高了。

祖父到鸡架那里去放鸡，我也跟在后边，祖父到鸭架那里去放鸭，我也跟在后边。

我跟着祖父，大黄狗在后边跟着我。我跳着，大黄狗摇着尾巴。

大黄狗的头像盆那么大，又胖又圆，我总想要当一匹小马来骑它。祖父说骑不得。

但是大黄狗是喜欢我的，我是爱大黄狗的。

鸡从架里出来了，鸭子从架里出来了，它们抖擞着毛，一出来就连跑带叫的，吵的声音很大。

祖父撒着通红的高粱粒在地上，又撒了金黄的谷粒子在地上。

于是鸡啄食的声音，咯咯咯的响成群了。

喂完了鸡，往天空一看，太阳已经三丈高了。

我和祖父回到屋里，摆上小桌，祖父吃一碗饭米汤，挠白糖，我则不吃，我要吃烧包米。祖父领着我，到后园去，蹚着露水去到包米丛中为我掰一穗包米来。

掰来了包米，袜子，鞋，都湿了。

祖父让老厨子把包米给我烧上，等包米烧好了，我已经吃了两碗以上的饭米汤挠白糖了。包米拿来，我吃了一两个粒，就说不好吃，因为我已吃饱了。

于是我手里拿着烧包米就到院子去喂大黄去了。

“大黄”就是大黄狗的名字。

街上，在墙头外面，各种叫卖的声音都有了，卖豆腐的，卖馒头的，卖青菜的。

卖青菜的喊着，茄子，黄瓜，豆荚和小葱子。

一挑喊着过去了，又来了一挑，这一挑不喊茄子，黄瓜。而喊着，芹菜，韭菜，白菜……

街上虽然热闹起来了，而我家里则仍是静悄悄的。

满院子蒿草，草里面叫着虫子。破东西东一件西一样的扔着。

看起来似乎是因为清早，我家才冷静，其实不然的，是因为我家的房子多，院子大，人少的缘故。

哪怕就是到了正午，也仍是静悄悄的。

每到秋天，在蒿草的当中，也往往开了蓼花，所以引来了不少的蜻蜓和蝴蝶在那荒凉的一片蒿草上闹着。这样一来，不但不觉得繁华，反而更显得荒凉寂寞。

第五章

一

我玩的时候，除了在后花园里，有祖父陪着，其余的玩法，就只有我自己了。

我自己在房檐下搭了个小布棚，玩着玩着就睡在那布棚里了。

我家的窗子是可以摘下来的，摘下来直立着是立不住的，就靠着墙斜立着，正好立出一个小斜坡来，我称这小斜坡叫“小屋”，我也常常睡到这小屋里边去了。

我家满院子是蒿草，蒿草上飞着许多蜻蜓，那蜻蜓是为着红蓼花而来的。可是我偏偏喜欢捉它，捉累了就躺在蒿草里边睡着了。

蒿草里边长着一丛一丛的天星星，好像山葡萄似的，是很好吃的。

我在蒿草里边搜索着吃，吃困了，就睡在天星星秧子的旁边了。

蒿草是很厚的，我躺在上边好像是我的褥子，蒿草是很高的，它给我遮着荫凉。

有一天，我就正在蒿草里边做着梦，那是下午晚饭之前，太阳偏西的时候。大概我睡得不太着实，我似乎是听到了什么地方有不少的人讲着话，说说笑笑，似乎是很热闹。但到底发生了什么事情，却听不清，只觉得在西南角上，或者是院里，或者是院外。到底是院里院外，那就不大清楚了。反正是有几个人在一起嚷嚷着。

我似睡非睡的听了一会就又听不见了。大概我已经睡着了。

等我睡醒了，回到屋里去，老厨子第一个就告诉我：

"老胡家的团圆媳妇来啦，你还不知道，快吃了饭去看吧！"

老厨子今天特别忙，手里端着一盘黄瓜菜往屋里走，因为跟我指手划脚的一讲话，差一点没把菜碟子掉在地上，只把黄瓜丝打翻了。

我一走进祖父的屋去，只有祖父一个人坐在饭桌前面，桌子上边的饭菜都摆好了，却没有人吃，母亲和父亲都没有来吃饭，有二伯也没有来吃饭。祖父一看见我，祖父就问我：

"那团圆媳妇好不好？"

大概祖父以为我是去看团圆媳妇回来的。我说我不知道，我在草棵里边吃天星星来的。

祖父说：

"你妈他们都去看团圆媳妇去了，就是那个跳大神的老胡家。"

祖父说着就招呼老厨子，让他把黄瓜菜快点拿来。

醋拌黄瓜丝，上边浇着辣椒油，红的红，绿的绿，一定是那老厨子又重切了一盘的，那盘我眼看着撒在地上了。

祖父一看黄瓜菜也来了，祖父说：

"快吃吧，吃了饭好看团圆媳妇去。"

老厨子站在旁边，用围裙在擦着他满脸的汗珠，他每一说话就眨巴眼睛，从嘴里往外喷着唾沫星。他说：

"那看团圆媳妇的人才多呢！粮米铺的二老婆，带着孩子也去了。后院的小麻子也去了，西院老杨家也来了不少的人，都是从墙头上跳过来的。"

他说他在井沿上打水看见的。

经他这一煊惑，我说：

"爷爷，我不吃饭了，我要看团圆媳妇去。"

祖父一定让我吃饭，他说吃了饭他带我去。我急得一顿饭也没有吃好。我从来没有看过团圆媳妇，我以为团圆媳妇不知道多么好看呢！越想越觉得一定是很好看的，越着急也越觉得非是特别好看不可。不然，为什么大家都去看呢。不然，为什么母亲也不回来吃饭呢。

越想越着急，一定是很好看的节目都看过。若现在就去，还多少看得见一点，若再去晚了，怕是就来不及了。我就催促着祖父：

“快吃，快吃，爷爷快吃吧。”

那老厨子还在旁边乱讲乱说，祖父间或问他一两句。

我看那老厨子打搅祖父吃饭，我就不让那老厨子说话。那老厨子不听，还是笑嘻嘻的说。我就下地把老厨子硬推出去了。

祖父还没有吃完，老周家的周三奶奶又来了，是她说她的公鸡总是往我这边跑，她是来捉公鸡的。公鸡已经捉到了，她还不走，她还扒着玻璃窗子跟祖父讲话，她说：

“老胡家那小团圆媳妇来啦，你老爷子还没去看看吗？那看的人才多呢，我还没去呢，吃了饭就去。”

祖父也说吃了饭就去，可是祖父的饭总也吃不完。一会要点辣椒油，一会要点咸盐面的。我看不但我着急，就是那老厨子也急得不得了了。头上直冒汗，眼睛直眨巴。

祖父一放下饭碗，连点一袋烟我也不让他点，拉着他就往西南墙角那边走。

一边走，一边心里后悔，眼看着一些看热闹的人都回来了。为什么一定要等祖父呢？不会一个人早就跑着来吗？何况又觉得我躺在草棵子里就已经听见这边有了动静了。真是越想越后悔，这事情都闹了一个下半天了，一定是好看的都过去了。一定是来晚了。白来了，什么也看不见了。在草棵子听到了这边说笑，为什么不就立刻跑来看呢？越想越后悔。自己和自己生气，等到了老胡家的窗前，一听，果然连一点声音也没有了。差一点没有气哭了。

等真的进屋一看，全然不是那么一回事，母亲，周三奶奶，还有些个不认识的人，都在那里，与我想象的完全不一样，没有什么好看的，团圆媳妇在哪儿？我也看不见，经人家指指点点的，我才看见了。不是什么媳妇，而是一个小姑娘。

我一看就没有兴趣了，拉着爷爷就向外边走，说：

“爷爷回家吧。”

等第二天早晨她出来倒洗脸水的时候，我看见她了。

她的头发又黑又长，梳着很大的辫子，普通姑娘们的辫子都是到腰间那么长，而她的辫子竟快到膝间了。她脸长得黑乎乎的，笑呵呵的。

院子里的人，看过老胡家的团圆媳妇之后，没有什么不满意的地方。不过都说太大方了，不像个团圆媳妇了。

周三奶奶说：

“见人一点也不知道羞。”

隔院的杨老太太说：

“那才不怕羞呢！头一天来到婆家，吃饭就吃三碗。”

周三奶奶又说：

“哟哟！我可没见过，别说还是一个团圆媳妇，就说一进门就姓了人家的姓，也得头两天看看人家的脸色。哟哟！那么大的姑娘。她今年十几岁啦？”

“听说十四岁么！”

“十四岁会长得那么高，一定是瞒岁数。”

“可别说呀！也有早长的。”

“可是他们家可怎么睡呢？”

“可不是，老少三辈，就三铺小炕……”

这是杨老太太扒在墙头上和周三奶奶讲的。

至于我家里，母亲也说那团圆媳妇不像个团圆媳妇。

老厨子说：

“没见过，大模大样的，两个眼睛骨碌骨碌的转。”

有二伯说：

“介（这）年头是啥年头呢，团圆媳妇也不像个团圆媳妇了。”

只是祖父什么也不说，我问祖父：

“那团圆媳妇好不好？”

祖父说：

“怪好的。”

于是我也觉得怪好的。

她天天牵马到井边上去饮水，我看见她好几回。中间没有什么人介绍，她看看我就笑了，我看看她也笑了。我问她十几岁？她说：

“十二岁。”

我说不对。

“你十四岁的，人家都说你十四岁。”

她说：

“他们看我长得高，说十二岁怕人家笑话。让我说十四岁的。”

我不大知道，为什么长得高还让人家笑话。我问她：

“你到我们草棵子里去玩好吧！”

她说：

“我不去，他们不让。”

二

过了没有几天，那家就打起团圆媳妇来了，打得特别厉害，那叫声无管多远都可以听得见的。

这全院子都是没有小孩子的人家，从没有听到过谁家在哭叫。

邻居左右因此又都议论起来，说早就该打的，哪有那样的团圆媳妇，一点也不害羞，坐到那儿坐得笔直，走起路来，走得风快。

她的婆婆在井边上饮马，和周三奶奶说：

“给她一个下马威。你听着吧，我回去我还得打她呢。这小团圆媳妇才厉害呢！没见过，你拧她大腿，她咬你，再不然，她就说她回家。”

从此以后，我家的院子里，天天有哭声，哭声很大，一边哭，一边叫。

祖父到老胡家去说了几回，让他们，不要打她了。说小孩子，知道什么，有点差错教条教条也就行了。

后来越打越厉害了，不分昼夜，我睡到半夜醒来和祖父念诗的时候，念着念着就听西南角上哭叫起来了。

我问祖父：

“是不是那小团圆媳妇哭？”

祖父怕我害怕，说：

“不是，是院外的人家。”

我问祖父：

“半夜哭什么？”

祖父说：

“别管那个，念诗吧。”

清早醒了，正在念“春眠不觉晓”的时候，那西南角上的哭声又来了。

一直哭了很久，到了冬天，这哭声才算没有了。

三

虽然不哭了，那西南角上又夜夜跳起大神来，打着鼓，叮当叮当的响，大神唱一句，二神唱一句，因为是夜里，听得特别清晰，一句半句的我都记住了。

什么“小灵花呀”，什么“胡家让她去出马”。

差不多每天大神都唱些个这个。

早晨起来，我就模拟着唱：

“小灵花呀，胡家让她去出马呀……”

而且叮叮当，叮叮当的，用声音模拟着打鼓。

“小灵花”就是小姑娘。“胡家”就是胡仙。“胡仙”就是狐狸精。“出马”就是当跳大神的。

大神差不多跳了一个冬天，把那小团圆媳妇就跳出毛病来了。

那小团圆媳妇，有点黄。没有夏天她刚一来的时候，那么黑了。不过还是笑呵呵的。

祖父带着我到那家去串门，那小团圆媳妇还过来给祖父装了一袋烟。

她看见我，也还偷着笑，大概她怕她婆婆看见。所以没和我说话。

她的辫子还是很大的。她的婆婆说她有病了，跳神给她赶鬼。

等祖父临出来的时候，她的婆婆跟出来了，小声跟祖父说：

“这团圆媳妇，怕是要不好，是个胡仙旁边的，胡仙要她去出马……”

祖父很想让他们搬家。但呼兰河这地方有个规矩，春天是二月搬家，秋天是八月搬家。一过了二八月就不是搬家的时候了。

我们每当半夜让跳神惊醒的时候，祖父就说：

“明年二月就让他们搬了。”

我听祖父说了好几次这样的话。

当我模拟着大神喝喝呼呼的唱着“小灵花”的时候，祖父也说那同样的话，明年二月让他们搬家。

四

可是在这期间，院子的西南角上就越闹越厉害。请一个大神，请好几个二神，鼓声连天的响。

说那小团圆媳妇若再去让她出马，她的命就难保了。所以请了不少的二神来，设法从大神那里把她要回来。

（于是有许多人给他家出了主意，人哪能够见死不救呢？于是是凡有善心的人都帮起忙来。他说他有一个偏方，她说她有一个邪令。

（有的主张给她扎一个谷草人，到南大坑去烧了。

（有的主张到扎彩铺去扎一个纸人，叫做“替身”，把它烧了或者可以替了她。

（有的主张给她画上花脸，把大神请到家里，让那大神看了，嫌她太丑，也许就不捉她当弟子了，就可以不必出马了。

（周三奶奶则主张给她吃一个全毛的鸡，连毛带腿的吃下去，选一个星星出全的夜，吃了用被子把人蒙起来，让她出一身大汗。蒙到第二天早晨鸡叫，再把她从被子放出来。她吃了鸡，她又出了汗，她的魂灵里边因此就永远有一个鸡存在着，神鬼和胡仙黄仙就都不敢上她的身了。传说鬼是怕鸡的。

（据周三奶奶说，她的曾祖母就是被胡仙抓住过的，闹了整整三年，差一点没死，最后就是用这个方法治好的。因此一生不再闹别的病了。她半夜里正做一个噩梦，她正吓得要命，她魂灵里边的那个鸡，就帮了她的忙，只叫了一声，噩梦就醒了。她一辈子没生过病。说也奇怪，就是到死，也死得不凡，她死那年已经是八十二岁了。八十二岁还能够拿着花线绣花，正给她小孙子绣花兜肚嘴。绣着绣着，就有点困了，她坐在木樽上，背靠着门扇就打一个盹。这一打盹就死了。

(别人就问周三奶奶：

“你看见了吗？”

(她说：

“可不是……你听我说呀，死了三天三夜按都按不倒。后来没有办法，给她打着一口棺材也是坐着的，把她放在棺材里，那脸色还是红扑扑的，还和活着的一样……”

(别人问她：

“你看见了吗？”

(她说：

“哟哟！你这问的可怪，传话传话，一辈子谁能看见多少，不都是传话传的吗！”

(她有点不大高兴了。

(再说西院的杨老太太，她也有个偏方，她说黄连二两，猪肉半斤，把黄连和猪肉都切碎了，用瓦片来焙，焙好了，压成面，用红纸包分成五包包起来。每次吃一包，专治惊风，掉魂。

(这个方法，倒也简单。虽然团圆媳妇害的病可不是惊风，掉魂，似乎有点药不对症。但也无妨试一试，好在只是二两黄连，半斤猪肉。何况呼兰河这个地方，又常有卖便宜猪肉的。虽说那猪肉怕是瘟猪，有点靠不住，但那是治病，也不是吃，又有什么关系。

“去，买上半斤来，给她治一治。”

(旁边有着赞成的说：

“反正治不好也治不坏。”

(她的婆婆也说：

“反正死马当活马治吧！”

(于是团圆媳妇先吃了半斤猪肉加二两黄连。

(这药是婆婆亲手给她焙的。可是切猪肉是他家的大孙子媳妇给切的。那猪肉虽然是连紫带青的，但中间毕竟有一块是很红的，大孙子媳妇就偷着把这块给留下来了，因为她想，奶奶婆婆不是四五个月没有尝到一点荤腥了吗？于是她就给奶奶婆婆偷着下了一碗面疙瘩汤吃了。

（奶奶婆婆问：

“可哪儿来的肉？”

（大孙子媳妇说：

“你老人家吃就吃吧，反正是孙子媳妇给你做的。”

（那团圆媳妇的婆婆是在灶坑里边搭起瓦来给她焙药。一边焙着，一边说：

“这可是半斤猪肉，一边，一条不缺……”

（越焙，那猪肉的味越香，有一匹小猫嗅到了香味而来了，想要在那已经焙好了的肉干上攫一爪，它刚一伸爪，团圆媳妇的婆婆一边用手打着那猫，一边说：

“这也是你动得爪的吗！你这馋嘴巴，人家这是治病呵，是半斤猪肉，你也想要吃一口？你若吃了这口，人家的病可治不好了。一个人活活的要死在你身上，你这不知好歹的。这是整整半斤肉，不多不少。”

（药焙好了，压碎了就冲着水给团圆媳妇吃了。

（一天吃两包，才吃了一天，第二天早晨，药还没有再吃，还有三包压在灶王爷板上，那些传偏方的人就又来了。

（有的说，黄连可怎么能够吃得？黄连是大凉药，出虚汗像她这样的人，一吃黄连就要泄了元气，一个人要泄了元气那还得了吗？

（又一个人说：

“那可吃不得呀！吃了过不去两天就要一命归阴的。”

（团圆媳妇的婆婆说：

“那可怎么办呢？”

（那个人就慌忙的问：

“吃了没有呢？”

（团圆媳妇的婆婆刚一开口，就被他家的聪明的大孙子媳妇给遮过去了，说：

“没吃，没吃，还没吃。”

（那个人说，既然没吃就不要紧，真是你老胡家有天福，吉星高照，你家差点没有摊了人命。

（于是他又给出了个偏方，这偏方，据他说已经不算是偏方了，就是东二道街上“李永春”药铺的先生也常常用这个方单，是一用就好的，百试、百灵。无管男、女、老、幼，一吃一个好。也无管什么病，头痛，脚痛，肚子痛，五脏六腑痛，跌、打、刀伤，生疮、生疔、生疖子……

（不管什么病，药到病除。

（这究竟是什么药呢？人们越听这药的效力大，就越想知道究竟是怎样的一种药。

（他说：

“年老的人吃了，眼花缭乱，又恢复到了青春。”

“年青的人吃了，力气之大，可以搬动泰山。”

“妇女吃了，不用胭脂粉，就可以面如桃花。”

“小孩子吃了，八岁可以拉弓，九岁可以射箭，十二岁可以考状元。”

（开初，老胡家的全家，都为之惊动，到后来怎么越听越远了。本来老胡家一向是赶车拴马的人家，一向没有考过状元。

（大孙子媳妇，就让一些围观的闪开一点，她到梳头匣子里拿出一根画眉的柳条炭来。她说：

“快请把药方开给我们吧，好到药铺去赶早去抓药。”

（这个出药方的人，本是“李永春”药铺的厨子。三年前就离开“李永春”那里了。三年前他和一个妇人吊膀子，那妇人背弃了他，还带走了他半生所积下的那点钱财。因此一气而成了个半疯。虽然是个半疯了，但他在“李永春”那里所记住的药名字还没有全然忘记。

（他是不会写字的，他就用嘴说：

“车前子二钱，当归二钱，生地二钱，藏红花二钱，川贝母二钱，白术二钱，远志二钱，紫河车二钱……”

（他说着说着似乎就想不起来了，急得头顶一冒汗，张口就说红糖二斤，就算完了。

（说完了，他就和人家讨酒喝。

“有酒没有，给两盅喝喝。”

（这半疯，全呼兰河的人都晓得，只有老胡家不知道。因为老胡家是外来的户，所以受了他的骗了。家里没有酒，就给了他两吊钱的酒钱。那个药方是根本不能够用的，是他随意胡说了一阵的结果。）

团圆媳妇的病，一天比一天严重，据她家里的人说，夜里睡觉，她要忽然坐起来的。看了人她会害怕的。她的眼睛里边老是充满了眼泪。这团圆媳妇大概非出马不可了。若不让她出马，大概人要好不了的。

（这种传说，一传出来，东邻西邻的，又都去建了议，都说哪能够见死不救呢？

（有的说，让她出马就算了。有的说，还是不出马的好。年轻轻的就出马，这一辈子可得什么才能够到个头。

（她的婆婆则是绝对不赞成出马的，她说：

“大家可不要错猜了，以为我订这媳妇的时候花了几个钱，我不让她出马，好像我舍不得这几个钱似的。我也是那么想，一个小小的人出了马，这一辈子可什么时候才到个头。”

（于是大家就都主张不出马的好，想偏方的，请大神的，各种人才齐聚。东说东的好，西说西的灵。于是来了一个“抽帖儿的”。

（他说他不远千里而来，他是从乡下赶到的。他听城里的老胡家有一个团圆媳妇新接来不久就病了，经过多少名医，经过多少仙家也治不好，他特地赶来看看，万一要用得着，救一个人命也是好的。

（这样一说，十分使人感激。于是让到屋里，坐在奶奶婆婆的炕沿上。给他倒一杯水，给他装一袋烟。

（大孙子媳妇先过来说：

“我家的弟妹，年本十二岁，因为她长得太高，就说她十四岁。又说又笑，百病皆无。自接到我们家里就一天一天的黄瘦。到近来就水不想喝，饭不想吃，睡觉的时候睁着眼睛，一惊一乍的。什么偏方都吃过了，什么香火也都烧过了。就是百般的不好……”

（大孙子媳妇还没有说完，大娘婆婆就接着说：

“她来到我家，我没给她气受，哪家的团圆媳妇不受气，一天打八顿，骂三场。可是我也打过她，那是我要给她一个下马威。我只打了她一个多月，虽然说我打得狠了一点，可是不狠哪能够规矩出一个好人来。我也是不愿意狠打她的，打得连喊带叫的，我是为她着想，不打得狠一点，她是不能够中用的。有几回，我是把她吊在大梁上，让她叔公公用皮鞭子狠狠的抽了她几回，打得是着点狠了，打昏过去了。可是只昏了一袋烟的工夫，就用冷水把她浇过来了。是打狠了一点，全身也都打青了，也还出了点血。可是立刻就打了鸡蛋清子给她擦上了。也没有肿得怎样高，也就是十天半月的就好了。这孩子，嘴也是特别硬，我一打她，她就说她要回家。我就问她：‘哪儿是你的家？这儿不就是你的家吗？’她可就偏不这样说。她说回她的家。我一听就更生气。人在气头上还管得了这个那个，因此我也用烧红过的烙铁烙过她的脚心。谁知道来，也许是我把她打掉了魂啦？也许是我把她吓掉了魂啦，她一说她要回家，我不用打她，我就说看你回家，我用索链子把你锁起来。她就吓得直叫。大仙家也看过了，说是要她出马。一个团圆媳妇的花费也不少呢，你看她八岁我订下她的，一订就是八两银子，年年又是头绳钱，鞋面钱的，到如今又用火车把她从辽阳接来，这一路的盘费。到了这儿，就是今天请神，明天看香火，后天吃偏方。若是越吃越好，那还罢了。可是百般的不见好，将来谁知道来……到结果……”

（不远千里而来的这位抽帖儿的，端庄严肃，风尘仆仆，穿的是蓝袍大衫，罩着棉袄。头上戴的是皮耳四喜帽。使人一见了就要尊之为师。

（所以奶奶婆婆也说：

“快给我二孙子媳妇抽一个帖吧，看看她的命理如何。”

（那抽帖儿的一看，这家人家真是诚心诚意，于是他就把皮耳帽子从头上摘下来了。

（一摘下帽子来，别人都看得见，这人头顶上梳着发卷，戴着道帽。一看就知道他可不是市井上一般的平凡的人。别人正想要问，还不等开口，他就说他是某山上的道人，他下山来是为的奔向山东的泰山去，谁知路出波折，缺少盘程，就流落在这呼兰河的左右，已经不下半年之久了。

人家问他，既是道人，为什么不穿道士的衣裳。他回答说：

“你们哪里晓得，世间三百六十行，各有各的苦。这地方的警察特别厉害，他一看穿了道人的衣裳，他就说三问四，他们那些叛道的人，无理可讲，说抓就抓，说拿就拿。”

他还有一个别号，叫云游真人，他说一提云游真人，远近皆知。无管什么病痛或是吉凶，若一抽了他的帖儿，则生死存亡就算定了。他说他的帖法，是张天师所传。

他的帖儿并不多，只有四个。他从衣裳的口袋里一个一个的往外摸，摸出一帖来是用红纸包着，再一帖还是红纸包着，摸到第四帖也都是红纸包着。

他说帖上也没有字，也没有影。里边只包着一包药面，一包红，一包绿，一包蓝，一包黄。抽着黄的就是黄金富贵，抽着红的就是红颜不老。抽到绿的就不大好了，绿色的是鬼火。抽到蓝的也不大好，蓝的就是铁脸蓝青，张天师说过，铁脸蓝青，不死也得见阎王。

那抽帖的人念完了一套，就让病人的亲人伸出手来抽。

团圆媳妇的婆婆想，这倒也简单，容易，她想赶快抽一帖出来看看，命定是死是活，多半也可以看出来个大概。不曾想，刚一伸出手去，那云游真人就说：

“每帖十吊钱，抽着蓝的，若嫌不好，还可以再抽，每帖十吊……”

团圆媳妇的婆婆一听，这才恍然大悟，原来这可不是白抽的。十吊钱一张可不是玩的，一吊钱检豆腐可以检二十块。三天检一块豆腐，二十块，二三得六，六十天都有豆腐吃。若是隔十天检一块，一个月检三块，那就半年都不缺豆腐吃了。她又想，三天一块豆腐，哪有这么浪费的人家。依着她一个月检一块大家尝尝也就是了，那么办，二十块豆腐，每月一块，可以吃二十个月，这二十个月，就是一年半还多两个月。

若不是买豆腐，若养一口小肥猪，经心的喂着它，喂得胖胖的，喂到五六个月，那就是多少钱哪！喂到一年，那就是千八百吊了……

再说就是不买猪，买鸡也好，十吊钱的鸡，就是十来个，一年的鸡，第二年就可以下蛋，一个蛋，多少钱！就说不卖鸡蛋，就说拿鸡蛋换青菜吧，一个鸡蛋换来的青菜，够老少三辈吃一天的了……何况鸡会生蛋，蛋还会生鸡，永远这样循环的生下去，岂不有无数的鸡，无数的蛋了吗？岂不发了财吗？

（但她可并不是这么想，她想够吃也就算了，够穿也就算了。一辈子俭俭朴朴，多多少少积储了一点也就够了。她虽然是爱钱，若说让她发财，她可绝对的不敢。

（那是多么多呀！数也数不过来了。记也记不住了。假若是鸡生了蛋，蛋生了鸡，来回的不断的生，这将成个什么局面，鸡岂不和蚂蚁一样多了吗？看了就要眼花，眼花就要头痛。

（这团圆媳妇的婆婆，从前也养过鸡，就是养了十吊钱的。她也不多养，她也不少养。十吊钱的就是她最理想的。十吊钱买了十二个小鸡仔，她想：这就正好了，再多怕丢了，再少又不够十吊钱的。

（在她一买这刚出蛋壳的小鸡仔的时候，她就挨着个看，这样的不要，那样的不要。黑爪的不要，花膀的不要，脑门上带点的又不要。她说她亲娘就是会看鸡，那真是养了一辈子鸡呀！年年养，可也不多养。可是一辈子针啦，线啦，没有缺过，一年到头靡花过钱，都是拿鸡蛋换的。人家那眼睛真是认货，什么样的鸡短命，什么样的鸡长寿，一看就跑不了她老人家的眼睛的。就说哪样的鸡下蛋大，哪样的鸡下蛋小，她都一看就在心里了。

（她一边买着鸡，她就一边怨恨着自己没有用，想当年为什么不跟母亲好好学学呢！唉！年青的人哪里会虑后事。她一边买着，就一边感叹。她虽然对这小鸡仔的选择上边，也下了万分的心思，可以说是选无可选了，那卖鸡仔的人一共有二百多小鸡，她通通的选过了，但究竟她所选了的，是否都是顶优秀的，这一点，她自己也始终把握不定。

（她养鸡，是养得很经心的，她怕猫吃了，怕耗子咬了。她一看那小鸡仔，白天一打盹，她就给驱着苍蝇，怕苍蝇把小鸡咬醒了，她让它多睡一会，她怕小鸡睡眠不足。小鸡的腿上，若让蚊子咬了一块疤，她一发现了，她就立刻泡了艾蒿水来给小鸡来擦。她说若不及早的擦呀，那将来是公鸡，就要长不大，是母鸡就要下小蛋。小鸡蛋一个换两块豆腐，大鸡蛋换三块豆腐。

（这是母鸡。再说公鸡，公鸡是一刀菜，谁家杀鸡不想杀胖的。小公鸡是不好卖的。

（等她的小鸡，略微长大了一点，能够出了屋了，能够在院子里自己去找食吃去的时候，她就把它们给染了六匹红的，六匹绿的。都是在脑门上。

（至于把颜色染在什么地方，那就先得看邻居家的都染在什么地方，而后才能够决定。邻居家的小鸡把色染在膀梢上，那她就染在脑门上。邻居家的若染在了脑门上，那她就要染在肚囊上。大家切不要都染在一个地方，染在一个地方可怎么能够识别呢？你家的跑到我家来，我家的跑到你家去，那么岂不又要混乱了吗？

（小鸡仔染了颜色是十分好看的，红脑门的，绿脑门的，好像它们都戴了花帽子。好像不是养的小鸡，好像养的是小孩似的。

（这团圆媳妇的婆婆从前她养鸡的时候就说过：

“养鸡可比养小孩更娇贵，谁家的孩子还不就是扔在旁边他自己长大的，蚊子咬咬，臭虫咬咬，那怕什么的，哪家的孩子的身上没有个疤拉疖子的，没有疤拉疖子的孩子都不好养活。都要短命的。”

（据她说，她一辈子的孩子并不多，就是这一个儿子，虽然说是稀少，可是也没有娇养过。到如今那身上的疤也有二十多块。

（她说：

“不信，脱了衣裳给大家伙看看……那孩子那身上的疤拉，真是多大的都有，碗口大的也有一块。真不是说，我对孩子真没有娇养过。除了他自个儿跌的摔的不说，就说我用劈材柈子打的也落了好几个疤。养活孩子可不是养活鸡鸭的呀！养活小鸡，你不好好养它，它不下蛋。一个蛋，大的换三块豆腐，小的换两块豆腐，是闹着玩的吗？可不是闹着玩的。”

（有一次，她的儿子踏死了一个小鸡仔，她打了她儿子三天三夜，她说：

“我为什么不打他呢？一个鸡仔就是三块豆腐，鸡仔是鸡蛋变的呀！要想变一个鸡仔，就非一个鸡蛋不行，半个鸡蛋能行吗？不但半个鸡蛋不行，就是差一点也不行，坏鸡蛋不行，陈鸡蛋不行。一个鸡要一个鸡蛋，那么一个鸡不就是三块豆腐是什么呢？眼睁睁的把三块豆腐放在脚底踩了，这该多大的罪，不打他，哪儿能够不打呢？我越想越生气，我想起来就打，无管黑夜白日，我打了他三天。后来打出一场病来，半夜三更的，睡得好好的说哭就哭。可是我也没有当他是一回子事，我就拿饭勺子敲着门框，给他叫了叫魂。没理他也就好了。”

（她这有多少年没养鸡了，自从订了这团圆媳妇，把积存下的那点针头线脑的钱都花上了。这还不说，还得每年头绳钱啦，腿带钱的托人捎去，一年一个空，这几年来就紧得不得了。想养几个鸡，都狠心没有养。

（现在这抽帖的云游真人坐在她的眼前，一帖又是十吊钱。若是先不提钱，先让她把帖抽了，哪管抽完了再要钱呢，那也总算是没有花钱就抽了帖的。可是偏偏不先，那抽帖的人，帖还没让抽，就先提到了十吊钱。

（所以那团圆媳妇的婆婆觉得，一伸手，十吊钱。一张口，十吊钱。这不是眼看着钱往外飞吗？

（这不是飞，这是干什么，一点声响也没有，一点影子也看不见。还不比过河，往河里扔钱，往河里扔钱，还听一个响呢，还打起一个水泡呢。这是什么代价也没有的，好比自己发了昏，把钱丢了，好比遇了强盗，活活的把钱抢去了。

（团圆媳妇的婆婆，差一点没因为心内的激愤而流了眼泪。她一想十吊钱一帖，这哪里是抽帖，这是抽钱。

（于是她把伸出去的手缩回来了。她赶快跑到脸盆那里去，把手洗了，这可不是闹笑话的，这是十吊钱哪！她洗完了手又跪在灶王爷那里祷告了一番。祷告完了才能够抽帖的。

（她第一帖就抽了个绿的，绿的不大好，绿的就是鬼火。她再抽一帖，这一帖就更坏了，原来就是那最坏的不死也得见阎王的里边包着蓝色药粉的那张帖。

（团圆媳妇的婆婆一见两帖都坏，本该抱头大哭，但是她没有那么的。自从团圆媳妇病重了，说长的，道短的，说死的，说活的，样样都有。又加上已经左次右番的请胡仙，跳大神，闹神闹鬼，已经使她见过不少的世面了。说活虽然高兴，说去见阎王也不怎样悲哀，似乎一时也总像见不了的样子。

（于是她就问那云游真人，两帖抽的都不好，是否可以想一个方法可以破一破？云游真人就说了：

“拿笔拿墨来。”

（她家本也没有笔，大孙子媳妇就跑到大门洞子旁边那粮米铺去借去了。

（粮米铺的山东女老板，就用山东腔问她：

“你家做啥？”

（大孙子媳妇说：

“给弟妹画病。”

（女老板又说：

“你家的弟妹，这一病就可不浅，到如今好了点没？”

（大孙子媳妇本想端着砚台拿着笔就跑，可是人家关心，怎好不答，于是去了好几袋烟的工夫，还不见回来。

（等她抱了砚台回来的时候，那云游真人，已经把红纸都撕好了。于是拿起笔来，在他撕好的四块红纸上，一块上边写了一个大字，那红纸条也不过半寸宽，一寸长。他写的那字大得都要从红纸的四边飞出来了。

（这四个字，他家本没有识字的人，灶王爷上的对联还是求人写的，一模一样，好像一母所生，也许写的就是一个字。大孙子媳妇看看不认识，奶奶婆婆看看也不认识。虽然不认识，大概这个字一定也坏不了，不然就用这个字怎么能破开一个人不见阎王呢？于是都一齐点头称好。

（那云游真人又命拿浆糊来。她们家终年不用浆糊，浆糊多么贵，白面十多吊钱一斤。都是用黄米饭粒来黏鞋面的。

（大孙子媳妇到锅里去铲了一块黄黏米饭来。云游真人，就用饭粒贴在红纸上了。于是掀开团圆媳妇蒙在头上的破棉袄，让她拿出手来，一个手心上给她贴一张。又让她脱了袜子，一只脚心上给她贴上一张。

（云游真人一见，脚心上有一大片白色的疤痕，他一想就是方才她婆婆所说的用烙铁给她烙的。可是他假装不知，问说：

“这脚心可是生过什么病症吗？”

（团圆媳妇的婆婆连忙就接了过来说：

“我方才不是说过吗，是我用烙铁给她烙的。那里会见过的呢？走道像飞似的，打她，她记不住，我就给她烙一烙。好在也没什么，小孩子肉皮活，也就是十天半月的下不来地，过后也就好了。”

（那云游真人想了一想，好像要吓唬她一下，就说这脚心的疤，虽说是贴了红帖，也怕贴不住，阎王爷是什么都看得见的，这疤怕是就给了阎王爷以特殊的记号，有点不大好办。

（云游真人说完了，看一看她们怕不怕，好像是不怎样怕。于是他就说得严重一些：

“这疤不掉，阎王爷在三天之内就能够找到她，一找到她，就要把她活捉了去的。刚才抽的那帖是再准也没有的了，这红帖也绝没有用处。”

（他如此的吓唬着她们，似乎她们从奶奶婆婆到孙子媳妇都不大怕。那云游真人，连想也没有想，于是开口就说：

“阎王爷不但要捉了团圆媳妇去，还要捉了团圆媳妇的婆婆去，现世现报，拿烙铁烙脚心，这不是虐待，这是什么？婆婆虐待媳妇！做婆婆的死了下油锅，老胡家的婆婆虐待媳妇……”

（他就越说越声大，似乎要喊了起来，好像他是专打抱不平的好汉，而变了他原来的态度了。

（一说到这里，老胡家的老少三辈都害怕了，毛骨悚然，以为她家里又是撞进来了什么恶魔。而最害怕的是团圆媳妇的婆婆，吓得乱哆嗦，这是多么骇人听闻的事情，虐待媳妇！世界上能有这样的事情吗?

（于是团圆媳妇的婆婆赶快跪下了，面向着那云游真人，眼泪一对一双的往下落：

“这都是我一辈子没有积德，有孽遭到儿女的身上，我哀告真人，请真人诚心的给我化散化散，借了真人的灵法，让我的媳妇死里逃生吧。”

（那云游真人立刻就不说见阎王了，说她的媳妇一定见不了阎王，因为他还有一个办法一办就好的；说来这法子也简单得很，就是让团圆媳妇把袜子再脱下来，用笔在那疤痕上一画，阎王爷就看不见了。当场就脱下袜子来在脚心上画了。一边画着还嘴里嘟嘟的念着咒语。这一画不知费了多大力气，旁边看着的人倒觉十分的容易。可是那云游真人却冒了满头的汗，他故意的咬牙切齿，皱眉瞪眼。这一画也并不是容易的事情，好像他在上刀山似的。

（画完了，把钱一算，抽了两帖二十吊。写了四个红纸贴在脚心手心上，每帖五吊是半价出售的，一共是四五等于二十吊。外加这一画，这一画本来是十吊钱，现在就给打个对折吧，就算五吊钱画一只脚心，一共画了两只脚心，又是十吊。

（二十吊加二十吊，再加十吊。一共是五十吊。

（云游真人拿了这五十吊钱乐乐呵呵的走了。

（团圆媳妇的婆婆，在她刚要抽帖的时候，一听每帖十吊钱，她就心痛得了不得，又要想用这钱养鸡，又要想用这钱养猪。等到现在五十吊钱拿出去了，她反而也不想养鸡了，也不想养猪了。因为她想，事到临头，不给也是不行了。帖也抽了，字也写了，要想不给人家钱也是不可能的了。事到临头，还有什么办法呢？别说五十吊，就是一百吊钱也得算着吗？不给还行吗？

（于是她心安理得的把五十吊钱给了人家了。这五十吊钱，是她秋天出城去豆田里拾黄豆粒，一共拾了二升豆子卖了几十吊钱。在田上拾黄豆粒也不容易，一片大田，经过主人家的收割，还能够剩下多少豆粒呢？而况穷人聚了那么大的一群，孩子，女人，老太太……你抢我夺的，你争我打的。为了二升豆子就得在田上爬了半月二十天的。爬得腰酸腿疼。唉，为着这点豆子，那团圆媳妇的婆婆还到“李永春”药铺，去买过二两红花的。那就是因为在土上爬豆子的时候，有一棵豆秧刺了她的手指甲一下。她也没有在乎，把刺拔出来也就去他的了。该拾豆子还是拾豆子。就因此那指甲可就不知怎么样，睡了一夜那指甲就肿起来了，肿得和茄子似的。

（这肿一肿又算什么呢？又不是皇上娘娘，说起来可真娇惯了，哪有一个人吃天靠天，而不生点天灾的？

（闹了好几天，夜里痛得火喇喇的不能睡觉了。这才去买了二两红花来。

（说起买红花来，是早就该买的。奶奶婆婆劝她买，她不买。大孙子媳妇劝她买，她也不买。她的儿子想用孝顺来争服他的母亲，他强硬的要去给她买，因此还挨了他妈的一烟袋锅子。这一烟袋锅子就把儿子的脑袋给打了鸡蛋大的一个包。

“你这小子，你不是败家吗？你妈还没死，你就作了主了。小兔仔子，我看着你再说买红花的，大兔仔子我看着你的。”

（就这一边骂着，一边烟袋锅子就打下来了。

（后来也到底还是买了，大概是惊动了东邻西舍，这家说说，那家讲讲的，若再不买点红花来，也太不好看了，让人家说老胡家的大儿媳妇，一年到头，就能够寻寻觅觅的积钱，钱一到她的手里，就好像掉了地缝了，一个豆也再不用想从她的手里拿出来。假若这样的说开去，也是不太好听，何况这检来的豆子能卖好几十吊呢，花个三吊两吊的就花了吧。一咬牙，去买上二两红花来擦擦。

（想虽然是这样想过了，但到底还没有决定，延持了好几天还没有“一咬牙”。

（最后也毕竟是买了，她选择了一个顶严重的日子，就是她的手，不但一个指头，而是整个的手都肿起来了。那原来肿得像茄子的指头，现在更大了，已经和一个小冬瓜似的了。而且连手掌也无限度的胖了起来，胖得和张小簸箕似的。她多少年来，就嫌自己太瘦，她总说，太瘦的人没有福分。尤其是瘦手瘦脚的，一看就不带福相。尤其是精瘦的两只手，一伸出来和鸡爪似的，真是轻薄的样子。

（现在她的手是胖了，但这样胖法，是不大舒服的。同时她也发了点热，她觉得眼睛和嘴都干，脸也发烧，身上也时冷时热，她就说：

“这手是要闹点事吗？这手……”

（一清早起，她就这样的念了好几遍。那胖得和小簸箕似的手，是一动也不能动了，好像一匹大猫或者一个小孩的头似的，她把它放在枕头上和她一齐的躺着。

“这手是要闹点事的吧！”

（当她的儿子来到她旁边的时候，她就这样说。

（她的儿子一听她母亲的口气，就有些了解了。大概这回她是要买红花的了。

（于是她的儿子跑到奶奶的面前，去商量着要给她母亲去买红花。她们家住的是南北对面的炕，那商量的话声，虽然不甚大，但是他的母亲是听到的了，听到了，也假装没有听到。好表示这买红花可到底不是她的意思，可并不是她的主使，她可没有让他们去买红花。

（在北炕上，祖孙二人商量了一会，孙子说向她妈去要钱去。祖母说：

“拿你奶奶的钱先去买吧，你妈好了再还我。”

（祖母故意把这句说得声音大一点，似乎故意让她的大儿媳妇听见。

（大儿媳妇是不但这句话，就是全部的话也都了然在心了，不过装着不动就是了。

(红花买回来了，儿子坐到母亲的旁边，儿子说：

“妈，你把红花酒擦上吧。”

(母亲从枕头上转过脸儿来，似乎买红花这件事情她事先一点也不晓得，说：

“哟！这小鬼羔子，到底买了红花来……”

(这回可并没有用烟袋锅子打，倒是安安静静的把手伸出来，让那浸了红花的酒，把一只胖手完全染上了。

(这红花到底是二吊钱的，还有三吊钱的？若是二吊钱的倒给的不算少，若是三吊钱的，那可贵了一点。若是让她自己去买，她可绝对的不能买这么多，也不就是红花吗！红花就是红的就是了，治病不治病，谁晓得？也不过就是解解心疑就是了。

(她想着想着，因为手上涂了酒觉得凉爽，就要睡一觉，又加上烧酒的气味香扑扑的，红花的气味药乎乎的，她觉得实在是舒服了不少。于是她一闭眼睛就做了一个梦。

(这梦做的是她买了两块豆腐，这豆腐又白又大。是用什么钱买的呢？就是用买红花剩来的钱买的。因为在梦里边她梦见是她自己去买的红花。她自己也不买三吊钱的，也不买两吊钱的，是买了一吊钱的。在梦里边她还算着，不但今天有两块豆腐吃，哪天一高兴还有两块吃的！三吊钱才买了一吊钱的红花呀！

(现在她一遭就拿了五十吊钱给了云游真人。若照她的想法来说，这五十吊钱可该买多少豆腐了呢？

(但是她没有想，一方面因为团圆媳妇的病也实在病得缠绵，在她身上花钱也花得大手大脚的了。另一方面就是那云游真人的来势也过于猛了点，竟打抱不平来，说她虐待团圆媳妇。还是赶快的给了他钱，让他滚蛋吧。

(真是家里有病人是什么气都受得呵。团圆媳妇的婆婆左思右想，越想越是自己遭了无妄之灾，满心的冤屈，想骂又没有对象，想哭又哭不出来，想打也无处下手了。

(那小团圆媳妇再打也就受不住了。

(若是那小团圆媳妇刚来的时候，那就非先抓过她来打一顿再说。做婆婆的打了一只饭碗，也抓过来把小团圆媳妇打一顿。她丢了一根针也抓过来把小团圆媳妇打一顿。她跌了一个筋斗，把单裤膝盖的地方跌了一个洞，她也抓过来把小团圆媳妇打一顿。总之，她一不顺心，她就觉得她的手就想要打人。她打谁呢？谁能够让她打呢？于是就轮到小团圆媳妇了。

（有娘的，她不能够打。她自己的儿子也舍不得打。打猫，她怕把猫打丢了。打狗，她怕把狗打跑了。打猪，怕猪掉了斤两。打鸡，怕鸡不下蛋。

（惟独打这小团圆媳妇是一点毛病没有，她又不能跑掉，她又不能丢了，她又不会下蛋。反正也不是猪，打掉了一些斤两也不要紧，反正也不过秤。

（可是这小团圆媳妇，一打也就吃不下饭去。吃不下饭去不要紧，多喝一点饭米汤好啦，反正饭米汤剩下也是要喂猪的。

（可是这都成了已往的她的光荣的日子了，那种自由的日子恐怕一时不会再来了。现在她不用说打，就连骂也不大骂她了。

（现在她别的都不怕，她就怕她死，她心里总有一个阴影，她的小团圆媳妇可不要死了呵。

（于是她碰到了多少的困难，她都克服了下去，她咬着牙根，她忍住眼泪，她要骂不能骂，她要打不能打。她要哭，她又止住了。无限的伤心，无限的悲哀，常常一齐会来到她的心中的。她想，也许是前生没有做了好事，此生找到她了。不然为什么连一个团圆媳妇的命都没有。她想一想，她一生没有做过恶事，面软，心慈，凡事都是自己吃亏，让着别人。虽然没有吃斋念佛，但是初一十五的素口也自幼就吃着。虽然不怎样拜庙烧香，但四月十八的庙会，也没有拉下过。娘娘庙前一把香，老爷庙前三个头。哪一年也都是烧香磕头的没有拉过“过场”。虽然是自小没有读过诗文，不认识字，但是《金刚经》《灶王经》也会念上两套。虽然说不曾做过舍善的事情，没有补过路，没有修过桥，但是逢年过节，对那些讨饭的人，也常常给过他们剩汤剩饭的。虽然过日子不怎样俭省，但也没有多吃过一块豆腐。拍拍良心对天对得起，对地也对得住。那为什么老天爷明明白白的却把祸根种在她身上？

（她越想，她越心烦意乱。

“都是前生没有做了好事，今生才找到了。”

（她一想到这里，她也就不再想了，反正事到临头，瞎想一阵又能怎样呢？

于是她自己劝着自己就又忍着眼泪，咬着牙根，把她那兢兢业业的，养猪喂狗所积下来的那点钱，又一吊一吊的一五一十的，往外拿着。

（东家说，看个香火，西家说，吃个偏方。偏方，野药，大神，赶鬼，看香，扶乩，样样都已经试过，钱也不知花了多少，但是都不怎样见效。

（那小团圆媳妇夜里说梦话，白天发烧。一说起梦话来，总是说她要回家。

（“回家”这两个字，她的婆婆觉得最不祥，就怕她是阴间的花姐，阎王奶奶要把她叫了回去。于是就请了一个圆梦的。那圆梦的一圆，果然不错，“回家”就是回阴间地狱的意思。

（所以那小团圆媳妇，做梦的时候，一梦到她的婆婆打她，或者是用梢子绳把她吊在房梁上了，或是梦见婆婆用烙铁烙她的脚心，或是梦见婆婆用针刺她的手指尖，一梦到这些，她就大哭大叫，而且嚷着她要“回家”。

（婆婆一听她嚷回家，就伸出手去在大腿上拧着她。日子久了，拧来，拧去，那小团圆媳妇的大腿被拧得像一个梅花鹿似的青一块，紫一块的了。

（她是一份善心，怕是真的她回了阴间地狱，赶快的把她叫醒来。

（可是小团圆媳妇睡得朦里朦胧的，她以为她的婆婆可又真的在打她了，于是她大叫着，从炕上翻身起来，就跳下地去，拉也拉不住她，按也按不住她。

（她的力气大得惊人，她的声音喊得怕人。她的婆婆于是觉得更是见鬼了，着魔了。

（不但她的婆婆，全家的人也都相信这孩子的身上一定有鬼。

（谁听了能够不相信呢？半夜三更的喊着回家，一招呼醒了，她就跳下地去，瞪着眼睛，张着嘴，连哭带叫的，那力气比牛还大，那声音好像杀猪似的。

（谁能够不相信呢？又加上她婆婆的渲染，说她眼珠子是绿的，好像两颗鬼火似的，说她的喊声，是直声拉气的，不是人声。

（所以一传出去，东邻西舍的，没有不相信的。

（于是一些善人们，就觉得这小女孩子也实在让鬼给捉弄得可怜了。哪个孩儿是没有娘的，哪个人不是肉生肉长的。谁家不都是养老育小，……于是大动恻忍之心。东家二姨，西家三姑，她说她有奇方，她说她有妙法。

（于是就又跳神赶鬼，看香，扶乩，老胡家闹得非常热闹，传为一时之盛。

若有不去看跳神赶鬼的，竟被指为落伍。

（因为老胡家跳神跳得花样翻新，是自古也没有这样跳的，打破了跳神的纪录了，给跳神开了一个新纪元。若不去看看，耳目因此是会闭塞了的。

（当地没有报纸，不能记录这桩盛事。若是患了半身不遂的人，患了瘫病的人，或是大病卧床不起的人，那真是一生的不幸，大家也都为他惋惜，怕是他此生也要寡陋孤闻，因为这样的隆重的盛举，他究竟不能够参加。

（呼兰河这地方，到底是太闭塞，文化是不大有的。虽然当地的官、绅，认为已经满意了，而且请了一位满清的翰林，作了一首歌，歌曰：

溯呼兰天然森林，自古多奇材

5553 | 5511 | 21232

（这首歌还配上了从东洋流来的乐谱，使当地的小学都唱着。这歌不止这两句这么短，不过只唱这两句就已经够好的了。所好的是使人听了能够引起一种自负的感情来，尤其当清明植树节的时候，几个小学堂的学生都排起队来在大街上游行，并唱这首歌。使老百姓听了，也觉得呼兰河是个了不起的地方，一开口说话就：“我们呼兰河”，那在街道上检粪蛋的孩子，手里提着粪耙子，他还说，“我们呼兰河！”可不知道呼兰河给了他什么好处。也许那粪耙子就是呼兰河给了他的。

（呼兰河这地方，尽管奇才很多，但到底太闭塞，竟不会办一张报纸。以至于把当地的奇闻妙事都没有记载，任其风散了。

（老胡家跳大神，就实在跳得出奇。用大缸给团圆媳妇洗澡。而且是当众就洗的。

（这种奇闻盛举一经传了出来，大家都想去开开眼界，就是那些患了半身不遂的，患了瘫病的人，人们觉得他们瘫了倒没有什么，只是不能够前来看老胡家团圆媳妇大规模的洗澡，真是一生的不幸。）

五

天一黄昏，老胡家就打起鼓来了。大缸，开水，公鸡，都预备好了。

公鸡抓来了，开水烧滚了，大缸摆好了。

看热闹的人，络绎不绝的来看。我和祖父也来了。

小团圆媳妇躺在炕上，黑乎乎的，笑呵呵的。我给她一个玻璃球，又给她一片碗碴，她说这碗碴很好看，她拿在眼睛前照一照。她说这玻璃球也很好玩，她用手指甲弹着。她看一看她的婆婆不在旁边，她就起来了，她想要坐起来在炕上弹这玻璃球。

还没有弹，她的婆婆就来了，就说：

"小不知好歹的，你又起来疯什么？"

说着走近来，就用破棉袄把她蒙起来了，蒙得没头没脑的，连脸也露不出来。

我就问祖父为什么不让她玩？

祖父说：

"她有病。"

我说：

"她没有病，她好好的。"

我伸手去把棉袄给她掀开了。

掀开一看，她的眼睛早就睁着。她问我，她的婆婆走了没有，我说走了，于是她又起来了。

她一起来，她的婆婆又来了。又把她给蒙了起来说：

"也不怕人家笑话，病得跳神赶鬼的，哪有的事情，说起来，就起来。"

这是她婆婆向她小声说的，等婆婆回过头去向着众人，就又那么说：

"她是一点也着不得凉的，一着凉就犯病。"

屋里屋外，越张罗越热闹了，小团圆媳妇跟我说：

"等一会你看吧，就要洗澡了。"

她说着的时候，好像说着别人地一样。

果然，不一会工夫就洗起澡来了，洗得吱哇乱叫。

大神打着鼓，命令她当众脱了衣裳。衣裳她是不肯脱的。她的婆婆抱住了她，还请了几个帮忙的人，就一齐上来，把她的衣裳撕掉了。

她本来是十二岁，却长得十五六岁那么高，所以一时看热闹的姑娘媳妇们，看了她，都难为情起来。

很快的小团圆媳妇就被抬进大缸里去。大缸里满是热水。是滚熟的热水。

她在大缸里边，叫着，跳着，好像她要逃命似的狂喊。她的旁边站着三四个人从缸里搅起热水来往她的头上浇。不一会，浇得满脸通红，她再也不能够挣扎了，她安稳的在大缸里边站着，她再不往外边跳了，大概她觉得跳也跳不出来了。那大缸是很大的，她站在里边仅仅露着一个头。

我看了半天，到后来她连动也不动，哭也不哭，笑也不笑。满脸的汗珠，满脸通红，红得像一张红纸。

我跟祖父说：

“小团圆媳妇不叫了。”

我再往大缸里一看，小团圆媳妇没有了。她昏倒在大缸里了。

这时候，看热闹的人们，一声狂喊，都以为小团圆媳妇是死了，大家都跑过去拯救她，竟有心慈的人，流下眼泪来。

（小团圆媳妇还活着的时候，她像要逃命似的前一刻她还求救于人的时候，并没有一个人上前去帮忙她，把她从热水里解救出来。）

（现在她是什么也不知道了，什么也不要求了。可是一些人，偏要去救她。）

（把她从大缸里抬出来，给她浇一点冷水。这小团圆媳妇一昏过去，可把那些看热闹的人可怜得不得了，就是前一刻她还主张着“用热水浇哇！用热水浇哇！”的人，现在也心痛起来。怎能够不心痛呢，活蹦乱跳的孩子，一会工夫就死了。）

小团圆媳妇摆在炕上，浑身像火炭那般热，东家的婶子，伸出一只手来，到她身上去摸一摸，西家大娘也伸出手来到她身上去摸一摸。

都说：

“哟哟，热得和火炭似的。”

有的说，水太热了一点；有的说，不应该往头上浇，大热的水，一浇哪有不昏的。

大家正在谈说之间，她的婆婆过来，赶快拉了一张破棉袄给她盖上了，说：

“赤身裸体的羞不羞！”

（小团圆媳妇怕羞不肯脱下衣裳来，她婆婆喊着号令给她撕下来了。现在她什么也不知道了，她没有感觉了，婆婆反而替她着想了。）

（大神打了几阵鼓，二神向大神对了几阵话。看热闹的人，你望望他，他望望你。虽然不知道下文如何，这小团圆媳妇到底是死是活，但却没有白看一场热闹，到底是开了眼界，见了世面，总算是不无所得的。）

有的竟觉得困了，问着别人，三星是否打了横梁，说他要回家睡觉去了。

（大神一看这场面不大好，怕是看热闹的人都要走了，就卖一点力气叫一叫座。于是痛打了一阵鼓，喷了几口酒在团圆媳妇的脸上。从腰里拿出银针来，刺着小团圆媳妇的手指尖。）

不一会，小团圆媳妇就活转来了。

大神说，洗澡必得连洗三次，还有两次要洗的。

（于是人心大为振奋，困的也不困了，要回家睡觉的也精神了。这来看热闹的，不下三十人，个个眼睛发亮，人人精神百倍。看吧，洗一次就昏过去了，洗两次又该怎样呢？洗上三次：那可就不堪想象了。所以看热闹的人的心里，都满着秘密。）

（果然的，小团圆媳妇一被抬到大缸里去，被热水一烫，就又大声的怪叫了起来，一边叫着一边还伸出手来把着缸沿想要跳出来。这时候，浇水的浇水，按头的按头，总算让大家压服又把她昏倒在缸底里了。）

这次她被抬出来的时候，她的嘴里还往外吐着水。

（于是一些善心的人，是没有不可怜这小女孩子的。）东家的二姨，西家的三婶，就都一齐围拢过去，都去设法施救去了。

她们围拢过去，看看有气没有？（若还有气，那就不用救。若是死了，那就赶快浇凉水。）

（若是有气，她自己就会活转来的。若是断了气，那就赶快施救，不然怕她真的死了。）

六

小团圆媳妇当晚被热水烫了三次，烫一次昏一次。

（闹到三更天才散了场。大神回家去睡觉去了。看热闹的人也都回家去睡觉去了。

（星星月亮，出满了一天，冰天雪地正是个冬天。雪扫着墙根，风刮着窗棂。鸡在架里边睡觉，狗在窝里边睡觉，猪在栏里边睡觉，全呼兰河都睡着了。

（只有远远的狗叫，那或许是从白旗屯传来的，或者是呼兰河的南岸那柳条林子里的野狗的叫唤。总之，那声音是来得很远，那已经是呼兰河城以外的事情了。而呼兰河全城，就都一齐睡着了。

（前半夜那跳神打鼓的事情一点也没有留下痕迹。那连哭带叫的小团圆媳妇，好像在这世界上她也并未曾哭过叫过，因为一点痕迹也并未留下。家家户户都是黑洞洞的，家家户户都睡得沉实实的。

（团圆媳妇的婆婆也睡得打呼了。

（因为三更已经过了，就要来到四更天了。）

七

（第二天小团圆媳妇昏昏沉沉的睡了一天，第三天，第四天，也都是昏昏沉沉的睡着，眼睛似睁非睁的，留着一条小缝，从小缝里边露着白眼珠。

（家里的人，看了她那样子，都说，这孩子经过一番操持，怕是真魂就要附体了，真魂一附了体，病就好了。不但她的家里人这样说，就是邻人也都这样说。所以对于她这种不饮不食，似睡非睡的状态，不但不引以为忧，反而觉得应该庆幸。她昏睡了四五天，她家的人就快乐了四五天，她睡了六七天，她家的人就快乐了六七天。在这期间，绝对的没有使用偏方，也绝对的没有采用野药。

（但是过了六七天，她还是不饮不食的昏睡，要好起来的现象一点也没有。

（于是又找了大神来，大神这次不给她治了，说这团圆媳妇非出马当大神不可。

（于是又采用了正式的赶鬼的方法，到扎彩铺去，扎了一个纸人，而后给纸人缝起布裳来穿上，——穿布衣裳为的是绝对的像真人——擦胭抹粉，手里提着花手巾，很是好看。穿了满身花洋布的衣裳，打扮成一个十七八岁的大姑娘。用人抬着，抬到南河沿旁边那大土坑去烧了。

（这叫做烧“替身”，据说把这“替身”一烧了，她可以替代真人，真人就可以不死。

（烧“替身”的那天，团圆媳妇的婆婆为着表示虔诚，她还特意的请了几个吹鼓手，前边用人举着那扎彩人，后边跟着几个吹鼓手，呜哑哨，呜哑哨的向着南大土坑走去了。

（那景况说热闹也很热闹，喇叭曲子吹的是《句句双》。说凄凉也很凄凉。前边一个扎彩人，后边三五个吹鼓手，出丧不像出丧，报庙不像报庙。

（跑到大街上来看这热闹的人也不很多，因为天太冷了，探头探脑的跑出来的人一看，觉得没有什么可看的，就关上大门回去了。

（所以就孤孤单单的，凄凄凉凉在大土坑那里把那扎彩人烧了。

（团圆媳妇的婆婆一边烧着还一边后悔，若早知道没有什么看热闹的人，那又何必给这扎彩人穿上真衣裳，她想要从火堆中把衣裳抢出来。但又来不及了。就眼看着让它烧去了。这一套衣裳，一共花了一百多吊钱。于是她看着那衣裳的烧去，就像眼看着烧去了一百多吊钱。

（她心里是又悔又恨，她简直忘了这是她的团圆媳妇烧替身。她本来打算念一套祷神告鬼的词句，她回来的时候，走在路上才想起来。但想起来也晚了，于是她自己感到大概要白白的烧了个替身，灵不灵谁晓得呢！）

八

后来又听说那团圆媳妇的大辫子，睡了一夜觉就掉下来了。

就掉在枕头旁边，这可不知是怎么回事。

她的婆婆说这团圆媳妇一定是妖怪。

把那掉下来的辫子留着，谁来给谁看。

看那样子一定是什么人用剪刀给她剪下来的。但是她的婆婆偏说不是，就说，睡了一夜觉就自己掉下来了。

（于是这奇闻又远近的传开去了。不但她的家人不愿意和妖怪在一起，就是同院住的人也都觉得太不好。）

（夜里关门关窗户的，一边关着于是就都说：

“老胡家那小团圆媳妇一定是个小妖怪。”）

我家的老厨夫是个多嘴的人，他和祖父讲老胡家的团圆媳妇又怎样怎样了。又出了新花头，辫子也掉了。

我说：

“不是的，是用剪刀剪的。”

老厨夫看我小，他欺侮我，他用手指住了我的嘴。他说：

“你知道什么，那小团圆媳妇是个妖怪呀！”

我说：

“她不是妖怪，我偷着问她，她头发是怎么掉了的？她还跟我笑呢！她说她不知道。”

祖父说：“好好的孩子快让他们捉弄死了。”

过了些日子，老厨子又说：

“老胡家要‘休妻’了，要‘休’了那小妖怪。”

祖父以为老胡家那人家不大好。

祖父说：“二月让他搬家。把人家的孩子快捉弄死了，又不要了。”

九

还没有到二月，那黑乎乎的，笑呵呵的小团圆媳妇就死了。是一个大清早晨，老胡家的大儿子，那个黄脸大眼睛的车老板子就来了。一见了祖父，他就双手举在胸前作了一个揖。

祖父问他什么事？

他说：

“请老太爷施舍一块地方，好把小团圆媳妇埋上……”

祖父问他：

“什么时候死的？”

他说：

“我赶着车，天亮才到家。听说半夜就死了。”

祖父答应了他，让他埋在城外的地边上。并且招呼有二伯来，让有二伯领着他们去。

有二伯临走的时候，老厨子也跟去了。

我说，我也要去，我也跟去看看，祖父百般的不肯。祖父说：

“咱们在家下压拍子打小雀吃……”

我于是就没有去。虽然没有去，但心里边总惦着有一回事。等有二伯也不回来，等那老厨子也不回来。等他们回来，我好听一听那情形到底怎样？

十点多钟，他们两个在人家喝了酒，吃了饭才回来的。前边走着老厨子，后边走着有二伯。好像两个胖鸭子似的，走也走不动了，又慢又得意。

走在前边的老厨子，眼珠通红，嘴唇发光。走在后边的有二伯，面红耳热，一直红到他脖子下边的那条大筋。

进到祖父屋来，一个说：

“酒菜真不错……”

一个说：

“……鸡蛋汤打得也热乎。”

关于埋葬团圆媳妇的经过，却先一字未提。好像他们两个是过年回来的，充满了欢天喜地的气象。

我问有二伯，那小团圆媳妇怎么死的，埋葬的情形如何。

有二伯说：

“你问这个干什么，人死还不如一只鸡……一伸腿就算完事……”

我问：

“有二伯，你多暂死呢？”

他说：

“你二伯死不了的……那家有万贯的，那活着享福的，越想长寿，就越活不长……上庙烧香，上山拜佛的也活不长。像你有二伯这条穷命，越老越结实。好比个石头疙疸似的，哪儿死啦！俗语说得好，‘有钱三尺寿，穷命活不够’。你二伯就是这穷命，穷命鬼阎王爷也看不上眼儿来的。”

到晚饭，老胡家又把有二伯他们二位请去了。又在那里喝的酒。因为他们帮了人家的忙，人家要酬谢他们。

十

老胡家的团圆媳妇死了不久，他家的大孙子媳妇就跟人跑了。

奶奶婆婆后来也死了。

他家的两个儿媳妇，一个为着那团圆媳妇瞎了一只眼睛。因为她天天哭，哭她那花在团圆媳妇身上的倾家荡产的五千多吊钱。

另外的一个因为她的儿媳妇跟着人家跑了，要把她羞辱死了，一天到晚的，不梳头，不洗脸的坐在锅台上抽着烟袋，有人从她旁边过去，她高兴的时候，她向人说：

“你家里的孩子，大人都好哇？”

她不高兴的时候，她就向着人脸，吐一口痰。

她变成一个半疯了。

老胡家从此不大被人记得了。

十一

我家的背后有一个龙王庙，庙的东角上有一座大桥。人们管这桥叫“东大桥”。

那桥下有些冤魂枉鬼，每当阴天下雨，从那桥上经过的人，往往听到鬼哭的声音。

据说，那团圆媳妇的灵魂，也来到了东大桥下。说她变了一只很大的白兔，隔三差五的就到桥下来哭。

有人问她哭什么？

她说她要回家。

那人若说：

“明天，我送你回去……”

那白兔子一听，拉过自己的大耳朵来，擦擦眼泪，就不见了。

若没有人理她，她就一哭，哭到鸡叫天明。

第六章

一

我家的有二伯，性情很古怪。

有东西，你若不给他吃，他就骂。若给他送上去，他就说：

“你二伯不吃这个，你们拿去吃吧！”

家里买了落花生，冻梨之类，若不给他，除了让他看不见，若让他找着了一点影子，他就没有不骂的：

“他妈的……王八蛋……兔羔子，有猫狗吃的，有蟑螂、耗子吃的，他妈的就是没有人吃的……兔羔子，兔羔子……”

若给他送上去，他就说：

“你二伯不吃这个，你们拿去吃吧。”

二

有二伯的性情真古怪，他很喜欢和天空的雀子说话，他很喜欢和大黄狗谈天。他一和人在一起，他就一句话没有了，就是有话也是很古怪的，使人听了常常不得要领。

夏天晚饭后大家坐在院子里乘凉的时候，大家都是嘴里不停的讲些个闲话，讲得很热闹，就连蚊子也嗡嗡的，就连远处的蛤蟆也呱呱的叫着。只是有二伯一声不响的坐着。他手里拿着蝇甩子，东甩一下，西甩一下。

若有人问他的蝇甩子是马鬃的还是马尾的？他就说：

“啥人玩啥鸟，武大郎玩鸭子……马鬃，那是贵东西，那是穿绸穿缎的人拿着，腕上戴着藤萝镯，指上戴着大攀指。什么人玩什么物。穷人，野鬼，不要自不量力，让人家笑话。……”

传说天上的那颗大昴星，就是灶王爷骑着毛驴上西天的时候，他手里打着的那个灯笼，因为毛驴跑得太快，一不加小心灯笼就掉在天空了。我就常常把这个话题来问祖父，说那灯笼为什么被掉在天空，就永久长在那里了，为什么不落在地上来？

这话题，我看祖父也回答不出的，但是因为我的非问不可，祖父也就非答不可了。他说，天空里有一个灯笼杆子，那才高呢，大昴星就挑在那灯笼杆子上。并且那灯笼杆子，人的眼睛是看不见的。

我说：

“不对，我不相信……”

我说：

“没有灯笼杆子，若是有为什么我看不见？”

于是祖父又说：

“天上有一根线，大昴星就被那线系着。”

我说：

“我不信，天上没有线的，有为什么我看不见？”

祖父说：

“线是细的么，你哪能看见，就是谁也看不见的。”

我就问祖父：

“谁也看不见，你怎么看见啦？”

乘凉的人都笑了，都说我真厉害。

于是祖父被逼得东说西说，说也说不上来了。眼看祖父是被我逼得胡诌起来，我也知道他是说不清楚的了。不过我越看他胡诌我就越逼他。

到后来连大昴星是龙王爷的灯笼这回事，我也推翻了。我问祖父大昴星到底是个什么？

别人看我纠缠不清了，就有出主意的让我问有二伯去。

我跑到了有二伯坐着的地方，我还没有问，我就刚一碰了他的蝇甩子，他就把我吓了一跳。他把蝇甩子一抖，嗝唠一声：

“你这孩子，远点去吧……”

使我不得不站得远一点，我说：

“有二伯，你说那天上的大昴星到底是个什么？”

他没有立刻回答我，他似乎想了一想，才说：

“穷人不观天象。狗咬耗子，猫看家，多管闲事。”

我又问，我以为他没有听准：

“大昴星是龙王爷的灯笼吗？”

他说：

“你二伯虽然也长了眼睛，但是一辈子没有看见什么。你二伯虽然也长了耳朵，但是一辈子也没有听见什么。你二伯是又聋又瞎，这话可怎么说呢？比方那亮亮堂堂的大瓦房吧，你二伯也有看见了的，可是看见了怎么样，是人家的，看见了也是白看。听也是一样，听见了又怎样，与你不相干……你二伯活着是个不相干……星星，月亮，刮风，下雨，那是天老爷的事情，你二伯不知道……”

有二伯真古怪，他走路的时候，他的脚踢到了一块砖头，那砖头把他的脚碰痛了。他就很小心的弯下腰去把砖头拾起来，他细细的端相着那砖头，看看那砖头长得是否瘦胖合适，是否顺眼，看完了，他才和那砖头开始讲话：

“你这小子，我看你也是没有眼睛，也是跟我一样，也是瞎模糊眼的。不然你为啥往我脚上撞，若有胆子撞，就撞那个耀武扬威的，脚上穿着靴子，鞋的……你撞我，你撞我还不是个白撞，撞不出一大二小来，臭泥坑子滚石头，越滚越臭……”

他和那砖头把话谈完了，他才顺手把它抛开去，临抛开的时候，他还最后嘱咐了它一句：

“下回你往那穿鞋，穿袜的脚上去碰呵。”

他这话说完了，那砖头也就拍搭的落到了地上。原来他没有抛得多远，那砖头又落到原来的地方。

有二伯走在院子里，天空飞着的麻雀或是燕子若落了一点粪在他的身上，他就停下脚来，站在那里不走了。他扬着头，他骂着那早已飞过去了的雀子，大意是：那雀子怎样怎样不该把粪落在他身上，应该落在那穿绸穿缎的人的身上。不外骂那雀子糊涂瞎眼之类。

可是那雀子很敏捷的落了粪之后，早已飞得无影无踪了，于是他就骂着他头顶上那块蓝瓦瓦的天空。

三

有二伯说话的时候，把“这个”说成“介个”。

“那个人好。”

“介个人坏。”

“介个人狼心狗肺。”

“介个物，不是物。”

“家雀也往身上落粪，介个年头是啥年头。”

四

还有，

有二伯不吃羊肉。

五

祖父说，有二伯在三十年前他就来到了我们家里，那时候他才三十多岁。

而今有二伯六十多岁了。

他的乳名叫“有子”，他已经六十多岁了，还叫着乳名。祖父叫他“有子做这个”，“有子做那个”。

我们叫他“有二伯”。

老厨子叫他“有二爷”。

他到房户，地户那里去，人家叫他“有二东家”。

他到北街头的烧锅去，人家叫他“有二掌柜的”。

他到油房去抬油，人家也叫他“有二掌柜的”。

他到肉铺子上去买肉，人家也叫他“有二掌柜的”。

一听人家叫他“二掌柜的”，他就笑逐颜开。叫他“有二爷”叫他“有二东家”，叫他“有二伯”也都是一样的笑逐颜开。

有二伯最忌讳人家叫他的乳名，比方街上的孩子们，那些讨厌的，就常常在他的背后抛一颗石子，掘一捧灰土，嘴里边喊着“有二子”“大有子”“小有子”。

有二伯一遇到这机会，就没有不立刻打了过去的。他手里若是拿着蝇甩子，他就用蝇甩子把去打。他手里若是拿着烟袋，他就用烟袋锅子去打。

把他气得像老母鸡似的，把眼睛都气红了。

那些顽皮的孩子们一看他打了来，就立刻说，“有二爷，有二东家，有二掌柜的，有二伯。”并且举起手来作着揖，向他朝拜着。

有二伯一看他们这样子，立刻就笑逐颜开，也不打他们了，就走自己的路去了。

可是他走不了多远，那些孩子们就在后边又吵起来了，什么：

“有二爷，兔儿爷。”

“有二伯，打桨杆。”

“有二东家，捉大王八。”

他在前边走，孩子们还在他背后的远处喊。一边喊着一边扬着街道上的灰土，灰土高飞着，一会工夫，街上闹成个小旋风似的了。

有二伯不知道听见了这个与否，但孩子们以为他是听见了的。

有二伯却很庄严的，连头也不回的一步一步的沉着的向前走去了。

“有二爷，”老厨子总是一开口“有二爷”一闭口“有二爷”的叫着。

“有二爷的蝇甩子……”

“有二爷的烟袋锅子……”

“有二爷的烟合包……”

“有二爷的烟合包疙疸……”

“有二爷吃饭啦……”

“有二爷，天下雨啦……”

“有二爷快看吧，院子里的狗打仗啦……”

“有二爷，猫上墙头啦……”

“有二爷，你的蝇甩子掉了毛啦。”

“有二爷，你的草帽顶落了家雀粪啦。”

老厨子一向是叫他“有二爷”的。唯独他们两个一吵起架来的时候，老厨子就说：

“我看你这个‘二爷’一丢了，就只剩下个‘有’字了。”

“有字”和“有子”差不多，有二伯一听正好是他的乳名。

于是他和老厨子骂了起来，他骂他一句，他骂他两句。越骂声音越大。有时他们两个也就打了起来。

但是过了不久，他们两个又照旧的好了起来。又是：

“有二爷这个。”

“有二爷那个。”

老厨子一高起兴来，就说：

“有二爷，我看你的头上去了个‘有’字，不就只剩了‘二爷’吗？”

有二伯于是又笑逐颜开了。

祖父叫他“有子”，他不生气，他说：

“向皇上说话，还称自己是奴才呢！总也得有个大小。宰相大不大？可是他见了皇上也得跪下，在万人之上，在一人之下。”

有二伯的胆子是很大的，他什么也不怕。我问他怕狼不怕？

他说：

“狼有什么怕的，在山上，你二伯小的时候上山放猪去，那山上就有狼。”

我问他敢走黑路不敢？

他说：

“走黑路怕啥的，没有愧心事，不怕鬼叫门。”

我问他夜里一个人，敢过那东大桥吗？

他说：

“有啥不敢的，你二伯就是愧心事不敢做，别的都敢。”

有二伯常常说，跑毛子的时候（日俄战时）他怎样怎样的胆大，全城都跑空了，我们家也跑空了。那毛子拿着大马刀在街上跑来跑去，骑在马身上。那真是杀人无数。见了关着大门的就敲，敲开了，抓着人就杀。有二伯说：

“毛子在街上跑来跑去，那大马蹄子跑得呱呱的响，我正自己煮面条吃呢，毛子就来敲大门来了，在外边喊着‘里边有人没有？’若有人快点把门打开，不打开毛子就要拿刀把门劈开的，劈开门进来，那就没有好，非杀不可……”

我就问：

“有二伯你可怕？”

他说：

“你二伯烧着一锅开水，正在下着面条。那毛子在外边敲，你二伯还在屋里吃面呢……”

我还是问他：

“你可怕？”

他说：

“怕什么？”

我说：

“那毛子进来，他不拿马刀杀你？”

他说：

“杀又怎么样！不就是一条命吗。”

可是每当他和祖父算起账来的时候，他就不这么说了。他说：

“人是肉长的呀！人是爹娘养的呀！谁没有五脏六腑。不怕，怎么能不怕！也是吓得抖抖乱颤，……眼看着那是大马刀，一刀上来，一条命就完了。”

我一问他：

“你不是说过，你不怕吗？”

这种时候，他就骂我：

“没心肝的，远的去着罢！不怕，是人还有不怕的……”

不知怎么的，他一和祖父提起跑毛子来，他就胆小了，他自己越说越怕。有的时候他还哭了起来。说那大马刀闪光湛亮，说那毛子骑在马上乱杀乱砍。

六

有二伯的行李，是零零碎碎的，一掀动他的被子就从被角往外流着棉花，一掀动他的褥子，那所铺着的毡片，就一片一片的好像活动地图似的一省一省的割据开了。

有二伯的枕头，里边装的是荞麦壳，每当他一抡动的时候，那枕头就在角上或是在肚上漏了馅了，花花的往外流着荞麦壳。

有二伯是爱护他这一套行李的，没有事的时候，他就拿起针来缝它们。缝缝枕头，缝缝毡片，缝缝被子。

不知他的东西，怎那样的不结实，有二伯三天两天的就要动手缝一次。

有二伯的手是很粗的，因此他拿着一颗很大的大针，他说太小的针他拿不住的。他的针是太大了点，迎着太阳，好像一颗女人头上的银簪子似的。

他往针鼻里穿线的时候，那才好看呢。他把针线举得高高的，睁着一个眼睛，闭着一个眼睛，好像是在瞄准，好像他在半天空里看见了一样东西，他想要快快的拿它，又怕拿不准跑了，想要研究一会再去拿，又怕过一会就没有了。于是他的手一着急就哆嗦起来，那才好看呢。

有二伯的行李，睡觉起来，就卷起来的。卷起来之后，用绳子捆着。好像他每天要去旅行的样子。

有二伯没有一定的住处，今天住在那咣咣响着房架子的粉房里，明天住在养猪的那家的小猪倌的炕梢上，后天也许就和那磨房里的冯歪嘴子一条炕睡上了。反正他是什么地方有空他就在什么地方睡。

他的行李他自己背着。老厨子一看他背起行李，就大嚷大叫的说：

“有二爷，又赶集去了……”

有二伯也就远远的回答着他：

“老王，我去赶集，你有啥捎的没有呵？”

于是有二伯又自己走自己的路，到房户的家里的方便地方去投宿去了。

七

有二伯的草帽没有边沿，只有一个帽顶。他的脸焦焦黑，他的头顶雪雪白。黑白分明的地方，就正是那草帽扣下去被切得溜齐的脑盖的地方。他每一摘下帽子来，是上一半白，下一半黑。就好像后园里的倭瓜，晒着太阳的那半是绿的，背着阴的那半是白的一样。

不过他一戴起草帽来也就看不见了。他戴帽的尺度是很准确的，一戴就把帽边很准确的切在了黑白分明的那条线上。不高不低，就正正的在那条线上。偶尔也戴得略微高了一点，但是这种时候很少，不大被人注意。那就是草帽与脑盖之间，好像镶了一趟窄窄的白边似的，有那么一趟白线。

八

有二伯穿的是大半截子的衣裳。不是长衫，也不是短衫，而是齐到膝头那么长的衣裳。那衣裳是鱼蓝色竹布的，带着四方的大尖托领，宽衣大袖，怀前带着大麻铜钮子。

这衣裳本是前清的旧货，压在祖父的箱底里，祖母一死了，就陆续的穿在有二伯的身上了。

所以有二伯一走在街上，都不知他是哪个朝代的人。

老厨子常说：

“有二爷，你宽衣大袖的，和尚看了像和尚，道人看了像道人。”

有二伯是喜欢卷着裤脚的，所以耕田种地的庄稼人看了，又以为他是一个庄稼人，一定是插秧了刚刚回来。

九

有二伯的鞋子，不是前边掉了底，就是后边缺了跟。

他自己前边掌掌，后边钉钉，似乎钉也钉不好，掌也掌不好，过了几天又是掉底缺跟仍然照旧。

走路的时候拖拖的，再不然就搭搭的。前边掉了底，那鞋就张着嘴，他的脚好像舌头似的，每一迈步，就在那大嘴里边活动着。后边缺了跟，每一走动，就踢踢踏踏的脚跟打着鞋底发响。

有二伯的脚，永远离不开地面，母亲说他的脚下了千斤闸。

老厨子说有二伯的脚上了绊马锁。

有二伯自己则说：

“你二伯挂了绊脚丝了。”

绊脚丝是人临死的时候挂在两只脚上的绳子。有二伯就这样的说着自己。

十

有二伯虽然作弄成一个要猴不像要猴的，讨饭不像讨饭的，可是他一走起路来，却是端庄，沉静，两个脚跟非常有力，打得地面冬冬的响，而且是慢吞吞的前进，好像一位大将军似的。

有二伯一进了祖父的屋子，那摆在琴桌上的那口黑色的座钟，钟里边的钟摆，就常常格衮衮，格衮衮的响了一阵就停下来了。

原来有二伯的脚步过于沉重了点，好像大石头似的打着地板，使地板上所有的东西，一时都起了跳动。

十一

有二伯偷东西被我撞见了。

秋末，后园里的大榆树也落了叶子，园里荒凉了。没有什么好玩的了。

长在前院的蒿草，也都败坏了而倒了下来，房后菜园上的各种秧棵完全挂满了白霜，老榆树全身的叶子已经没有多少了，可是秋风还在摇动着它。天空是发灰的，云彩也失了形状，好像被洗过砚台的水盆，有深有浅，混洞洞的。这样的云彩，有的带来了雨点，有时带来了细雪。

这样的天气，我为着外边没有好玩的，我就在藏乱东西的后房里玩着。我爬上了装旧东西的屋顶去。

我是登着箱子上去的，我摸到了一个小琉璃罐，那里边装的完全是墨枣。

等我抱着这罐子要下来的时候，可就下不来了。方才上来的时候，我登着的那箱子，有二伯站在那里正在开着它。

他不是用钥匙开，他是用铁丝在开。

我看着他开了很多时候，他用牙齿咬着他手里的那块小东西……他歪着头，咬得格格拉拉的发响。咬了之后又放在手里扭着它，而后又把它触到箱子上去试一试。

他显然不知道我在棚顶上看着他，他既打开了箱子，他就把没有边沿的草帽脱下来，把那块咬了半天的小东西就压在帽顶里面。

他把箱子翻了好几次，红色的椅垫，蓝色粗布的绣花围裙，女人的绣花鞋子……还有一团滚乱的花色的丝线，在箱子底上还躺着一只湛黄的铜酒壶。

有二伯用他满都是脉络的粗手把绣花鞋子，乱丝线，抓到一边去，只把铜酒壶从那一堆之中抓出来了。

太师椅上的红垫子，他把它放在地上，用腰带捆了起来。铜酒壶放在箱子盖上，而后把箱子锁了。

看样子好像他要带着这些东西出去，不知为什么，他没有带东西，他自己出去了。

我一看他出去，我赶快的登着箱子就下来了。

我一下来，有二伯就又回来了，这一下子可把我吓了一跳，因为我是在偷墨枣，若让母亲晓得了，母亲非打我不可。平常我偷着把鸡蛋馒头之类，拿出去和邻居家的孩子一块去吃，有二伯一看见就没有不告诉母亲的，母亲一晓得就打我。

他先提起门旁的椅垫子，而后又来拿箱子盖上的铜酒壶。等他掀着衣襟把铜酒壶压在肚子上边，他才看到墙角上站着的是我。

他的肚子前压着铜酒壶，我的肚子前抱着一罐墨枣。他偷，我也偷，所以两边害怕。

有二伯一看见我，立刻头盖上就冒着很大的汗珠。他说：

“你不说么？”

“说什么……”

“不说，好孩子……”他拍着我的头顶。

“那么，你让我把这琉璃罐拿出去。”

他说，“拿吧。”

他一点没有阻挡我。我看他不阻挡我，我还在门旁的筐子里抓了四五个大馒头，就跑了。

有二伯还在粮食仓子里边偷米，用小口袋背着，背到大桥东边那粮米铺去卖了。

有二伯还偷各种东西，锡火锅，大铜钱，烟袋嘴……反正家里边一丢了东西，就说有二伯偷去了。有的东西是老厨子偷去的，也就赖上了有二伯。有的东西是我偷着拿出去玩了，也赖上了有二伯。还有比方一个镰刀头，根本没有丢，只不过放忘了地方，等用的时候一找不到，就说有二伯偷去了。

有二伯带着我上公园的时候，他什么也不买给我吃。公园里边卖什么的都有，油炸糕，香油掀饼，豆腐脑，碗砸。他一点也不买给我吃。

我若是稍稍在那卖东西吃的旁边一站，他就说：

“快走吧，快往前走。”

逛公园就好像赶路似的，他一步也不让我停。

公园里变把戏的，耍熊瞎子的都有，敲锣打鼓，非常热闹。而他不让我看。我若是稍稍的在那变把戏的前边停了一停，他就说：

“快走吧，快往前走。”

不知为什么他时时在追着我。

等走到一个卖冰水的白布篷前边，我看见那玻璃瓶子里边泡着两个焦黄的大佛手，这东西我没有见过，我就问有二伯那是什么？

他说：

“快走吧，快往前走。”

好像我若再多看一会工夫，人家就要来打我了似的。

等来到了跑马戏的近前，那里边连喊带唱的，实在热闹，我就非要进去看不可。有二伯则一定不进去，他说：

“没有什么好看的……”

他说：

“你二伯不看介个……”

他又说：

“家里边吃饭了。”

他又说：

“你再闹，我打你。”

到了后来，他才说：

“你二伯也是愿意看，好看的有谁不愿意看。你二伯没有钱，没有钱买票人家不让咱进去。”

在公园里边，当场我就拉住了有二伯的口袋，给他施以检查，检查出几个铜板来，买票是不够的。有二伯又说：

“你二伯没有钱……”

我一急就说：

“没有钱你不会偷？”

有二伯听了我这话，脸色雪白，可是一转眼之间又变成通红的了。他通红的脸上，他的小眼睛故意的笑着，他的嘴唇颤抖着，好像他又要照着他的习惯，一串一串的说一大套的话。但是他没有说。

“回家吧！”

他想了一想之后，他这样的招呼着我。

我还看见过有二伯偷过一个大澡盆。

我家院子里本来一天到晚是静的，祖父常常睡觉，父亲不在家里，母亲也只是在屋子里边忙着，外边的事情，她不大看见。

尤其是到了夏天睡午觉的时候，全家都睡了，连老厨子也睡了。连大黄狗也睡在有荫凉的地方了。所以前院，后园，静悄悄的一个人也没有，一点声音也没有。

就在这样的一个白天，一个大澡盆被一个人掮着在后园里边走起来了。

那大澡盆是白洋铁的，在太阳下边闪光湛亮。大澡盆有一人多长，一边走着还一边光郎光郎的响着。看起来，很害怕，好像瞎话上的白色的大蛇。

那大澡盆太大了，扣在有二伯的头上，一时看不见有二伯，只看见了大澡盆。好像那大澡盆自己走动了起来似的。

再一细看，才知道是有二伯顶着它。

有二伯走路，好像是没有眼睛似的，东倒一倒，西斜一斜，两边歪着。我怕他撞到了我，我就靠住了墙根上。

那大澡盆是很深的，从有二伯头上扣下来，一直扣到他的腰间。所以他看不见路了，他摸着往前走。

有二伯偷了这澡盆之后，就像他偷了那铜酒壶之后的一样。一被发现了之后，老厨子就天天戏弄他，用各种的话戏弄着有二伯。

有二伯偷了铜酒壶之后，每当他一拿着酒壶喝酒的时候，老厨子就问他：

“有二爷，喝酒还是铜酒壶好呀，还是锡酒壶好？”

有二伯说：

“什么的还不是一样，反正喝的是酒。”

老厨子说：

“不见得吧，大概还是铜的好呢……”

有二伯说：

“铜的有啥好！”

老厨子说：

“对了，有二爷。咱们就是不要铜酒壶，铜酒壶拿去卖了也不值钱。”

旁边的人听到这里都笑了，可是有二伯还不自觉。

老厨子问有二伯：

“一个铜酒壶卖多少钱？”

有二伯说：

“没卖过，不知道。”

到后来老厨子又说五十吊，又说七十吊。

有二伯说：

“哪有那么贵的价钱，好大一个铜酒壶还卖不上三十吊呢。”

于是把大家都笑坏了。

自从有二伯偷了澡盆之后，那老厨子就不提酒壶，而常常问有二伯洗澡不洗澡，问他一年洗几次澡，问有二伯一辈子洗几次澡。他还问人死了到阴间也洗澡的吗？

有二伯说：

“到阴间，阴间阳间一样，活着是个穷人，死了是条穷鬼。穷鬼阎王爷也不爱惜，不下地狱就是好的，还洗澡呢！别玷污了那洗澡水。”

老厨子于是说：

“有二爷，照你说的穷人是用不着澡盆的啰！”

有二伯有点听出来了，就说：

“阴间没去过，用不用不知道。”

“不知道？”

“不知道。”

“我看你是明明知道，我看你是昧着良心说瞎话……”老厨子说。

于是两个人打起来了。

有二伯逼着问老厨子，他哪儿昧过良心。有二伯说：

“一辈子没昧过良心。走得正，行得端，一步两脚窝……”

老厨子说：

“两脚窝，看不透……”

有二伯正颜厉色的说：

“你有什么看不透的？”

老厨子说：

“说出来怕你羞死。”

有二伯说：

"死，死不了，你别看我穷，穷人还有个穷活头。"

老厨子说：

"我看你也是死不了。"

有二伯说：

"死不了。"

老厨子说：

"死不了，老不死，我看你也是个老不死的。"

有的时候，他们两个能接续着骂了一两天，每次到后来，都是有二伯打了败仗。老厨子骂他是个老"绝后"。

有二伯每一听到这两个字，就甚于一切别的字，比"见阎王"更坏。于是他哭了起来，他说：

"可不是么！死了连个添坟上土的人也没有。人活一辈子是个白活，到了归终是一场空……无家无业，死了连个打灵头幡的人也没有。"

于是他们两个又和和平平的，笑笑嘻嘻的照旧的过着和平的日子。

十二

后来我家在五间正房的旁边，造了三间东厢房。

这新房子一造起来，有二伯就搬回家里来住了。

我家是静的，尤其是夜里，连鸡鸭都上了架，房头的鸽子，檐前的麻雀也都各自回到自己的窝里去睡觉了。

这时候就常常听到厢房里的哭声。

有一回父亲打了有二伯，父亲三十多岁，有二伯快六十岁了。他站起来就被父亲打倒下去，他再站起来，又被父亲打倒下去，最后他起不来了，他躺在院子里边了，而他的鼻子也许是嘴还流了一些血。

院子里一些看热闹的人都站得远远的，大黄狗也吓跑了，鸡也吓跑了。老厨子该收柴收柴，该担水担水，假装没有看见。

有二伯孤冷冷的躺在院心，他的没有边的草帽，也被打掉了，所以看得见有二伯的头部的上一半是白的，下一半是黑的，而且黑白分明的那条线就在他的前额上，好像西瓜的“阴阳面”。

有二伯就这样自己躺着，躺了许多时候，才有两个鸭子来啄食撒在有二伯身边的那些血。

那两个鸭子，一个是花脖，一个是绿头顶。

有二伯要上吊，就是这个夜里。他先是骂着，后是哭着，到后来也不哭也不骂了。又过了一会，老厨子一声喊起，几乎是发现了什么怪物似的大叫：

“有二爷上吊啦！有二爷上吊啦！”

祖父穿起衣裳来，带着我。等我们跑到厢房去一看，有二伯不在了。

老厨子在房子外边招呼着我们。我们一看南房梢上挂了绳子，是黑夜，本来看不见，是老厨子打着灯笼我们才看到的。

南房梢上有一根两丈来高的横杆，绳子在那横杆上托托落落的垂着。

有二伯在哪里呢？等我们拿灯笼一照，才看见他在房墙的根边，好好的坐着。他也没有哭，他也没有骂。

等我再拿灯笼向他脸上一照，我看他用哭红了的小眼睛瞪了我一下。

过了不久，有二伯又跳井了。

是同院住的挑水的来报的信，又敲窗户又打门。我们跑到井边上一看，有二伯并没有在井里边，而是坐在井外边。而是离开井口五十步之外的安安稳稳的柴堆上。他在那柴堆上安安稳稳的坐着。

我们打着灯笼一照，他还在那里拿着小烟袋抽烟呢。

老厨子，挑水的，粉房里的漏粉的都来了，惊动了不少的邻居。

他开初是一动不动。后来他看人们来全了，他站起来就往井边上跑，于是许多人就把他抓住了，那许多人，哪里会眼看着他去跳井的。

有二伯去跳井，他的烟合包，小烟袋都带着，人们推劝着他回家的时候，那柴堆上还有一枝小洋蜡，他说：

“把那洋蜡给我带着。”

后来有二伯“跳井”“上吊”这些事，都成了笑话，街上的孩子都给编成了一套歌在唱着：“有二爷跳井，没那么回事。”“有二伯上吊，白吓唬人。”

老厨子说他贪生怕死，别人也都说他死不了。

以后有二伯再“跳井”“上吊”也都没有人看他了。

有二伯还是活着。

十三

我家的院子是荒凉的，冬天一片白雪，夏天则满院蒿草。风来了，蒿草发着声响，雨来了，蒿草梢上冒烟了。

没有风，没有雨，则关着大门静静的过着日子。

狗有狗窝，鸡有鸡架，鸟有鸟笼，一切各得其所。唯独有二伯夜夜不好好的睡觉。在那厢房里边，他自己半夜三更的就讲起话来。

“说我怕‘死’我也不是吹，叫过三个两个来看！问问他们见过‘死’没有！那俄国毛子的大马刀闪光湛亮，说杀就杀，说砍就砍。那些胆大的，不怕死的，一听说俄国毛子来了，只顾逃命连家业也不要了。那时候，若不是这胆小的给他守着，怕是跑毛子回来连条裤子都没有穿的。到了如今，吃得饱，穿得暖，前因后果连想也不想，早就忘到九霄云外去了。良心长到肋条上，黑心荔，铁面人，……”

“……说我怕死，我也不是吹，兵马刀枪我见过，霹雷，黄风我见过。就说那俄国毛子的大马刀吧，见人就砍，可是我也没有怕过，说我怕死……介年头是啥年头，……”

那东厢房里，有二伯一套套的讲着，又是河沟涨水了，水涨得多么大，别人没有敢过的，有二伯说他敢过。又是什么时候有一次着大火，别人都逃了，有二伯上去抢了不少的东西。又是他的小时候，上山去打柴，遇见了狼，那狼是多么凶狠，他说：

“狼心狗肺，介个年头的人狼心狗肺的，吃香的喝辣的。好人在介个年头，是个王八蛋，兔羔子……”

“兔羔子，兔羔子……”

有二伯夜里不睡，有的时候就来在院子里没头没尾的“兔羔子兔羔子”自己说着话。

半夜三更的，鸡、鸭、猫、狗都睡了。唯独有二伯不睡。

祖父的窗子上了帘子，看不见天上的星星月亮，看不见大昴星落了没有，看不见三星是否打了横梁。只见白萨萨的窗帘子被星光月光照得发白通亮。

等我睡醒了，我听见有二伯“兔羔子兔羔子”的自己在说话，我要起来掀起窗帘来往院子里看一看他，祖父不让我起来，祖父说：

“好好睡吧，明天早晨早早起来，咱们烧包米吃。”

祖父怕我起来，就用好话安慰着我。

等再睡觉了，就在梦中听到了呼兰河的南岸，或是呼兰河城外远处的狗咬。

于是我做了一个梦，梦见了一个大白兔，那兔子的耳朵，和那磨房里的小驴的耳朵一般大。我听见有二伯说“兔羔子”，我想到一个大白兔，我听到了磨房的梆子声，我想到了磨房里的小毛驴，于是梦见了白兔长了毛驴那么大的耳朵。

我抱着那大白兔，我越看越喜欢，我一笑笑醒了。

醒来一听，有二伯仍旧“兔羔子兔羔子”的坐在院子里。后边那磨房里的梆子也还打得很响。

我梦见的这大白兔，我问祖父是不是就是有二伯所说的“兔羔子”？

祖父说：

“快睡觉吧，半夜三更不好讲话的。”

说完了，祖父也笑了，他又说：

“快睡吧，夜里不好多讲话的。”

我和祖父还都没有睡着，我们听到那远处的狗咬，慢慢的由远而近，近处的狗也有的叫了起来。大墙之外，已经稀疏疏的有车马经过了。原来天已经快亮了。可是有二伯还在骂“兔羔子！”后边磨房里的磨倌还在打着梆子。

十四

第二天早晨一起来，我就跑去问有二伯，“兔羔子”是不是就是大白兔？

有二伯一听就生气了：

“你们家里没好东西，尽是些耗子，从上到下，都是良心长在肋条上，大人是大耗子，小孩是小耗子……”

我不知道他说的是什么，我听了一会，没有听懂。

第七章

一

磨房里边住着冯歪嘴子。

冯歪嘴子打着梆子，半夜半夜的打，一夜一夜的打。冬天还稍微好一点，夏天就更打得厉害。

那磨房的窗子临着我家的后园。我家的后园四周的墙根上都种着倭瓜，西葫芦或是黄瓜等类会爬蔓子的植物。倭瓜爬上墙头了，在墙头上开起花来了，有的竟越过了高墙爬到街上去，向着大街开了一朵大黄的黄花。

因此那磨房的窗子上也就爬满了那顶会爬蔓子的黄瓜了。黄瓜的小细蔓，细得像银丝似的，太阳一来了的时候，那小细蔓闪眼湛亮，那蔓梢干净得好像用黄蜡抽成的丝子，一棵黄瓜秧上伸出来无数的这样的丝子。丝蔓的尖顶每棵都是掉转头来向回卷曲着，好像是说它们虽然勇敢，大树，野草，墙头，窗棂，到处的乱爬，但到底它们也怀着恐惧的心理。

太阳一出来了，那些在夜里冷清清的丝蔓，一变而为温暖了。于是它们向前发展的速率更快了，好像眼看着那丝蔓就长了，就向前跑去了。因为种在磨房窗根下的黄瓜秧，一天爬上了窗台，两天爬上了窗棂，等到第三天就在窗棂上开起花来了。

再过几天，一不留心，那黄瓜梗经过了磨房的窗子，爬上房顶去了。

后来那黄瓜秧就像它们彼此招呼着似的，成群结队的就都一齐把那磨房的窗给瞒住了。

从此那磨房里边的磨倌就见不着天日了。磨房就有一张窗子，而今被黄瓜掩遮得风雨不透。从此那磨房里黑沉沉的，园里，园外，分成两个世界了。冯歪嘴子就被分到花园以外去了。

但是从外边看起来，那窗子实在好看，开花的开花，结果的结果。满窗是黄瓜了。

还有一棵倭瓜秧，也顺着磨房的窗子爬到房顶去了，就在房檐上结了一个大倭瓜。那倭瓜不像是从秧子上长出来的，好像是由人搬着坐在那屋瓦上晒太阳似的。实在好看。

夏天，我在后园里玩的时候，冯歪嘴子就喊我，他向我要黄瓜。

我就摘了黄瓜，从窗子递进去。那窗子被黄瓜秧封闭得严密得很，冯歪嘴子用手扒开那满窗的叶子，从一条小缝中伸出手来把黄瓜拿进去。

有时候，他停止了打他的梆子，他问我，黄瓜长了多大了？西红柿红了没有？他与这后园只隔了一张窗子，就像离着多远似的。

祖父在园子里的时候，他和祖父谈话。他说拉着磨的小驴，驴蹄子坏了，一走一瘸。祖父说请个兽医给它看看。冯歪嘴子说，看过了，也不见好。祖父问那驴吃的什么药？冯歪嘴子说是吃的黄瓜子拌高粱醋。

冯歪嘴子在窗里，祖父在窗外，祖父看不见冯歪嘴子，冯歪嘴子看不见祖父。

有的时候，祖父走远了，回屋去了，只剩下我一个人在磨房的墙根下边坐着玩，我听到了冯歪嘴子还说：

“老太爷今年没下乡去看看哪！”

有的时候，我听了这话，我故意的不出声，听听他往下还说什么。

有的时候，我心里觉得可笑，忍也不能忍住，我就跳了起来了，用手敲打着窗子，笑得我把窗上挂着的黄瓜都敲打掉了。而后我一溜烟的跑进屋去，把这情形告诉了祖父。祖父也一样和我似的，笑得不能停了，眼睛笑出眼泪来。但是总是说，不要笑啦，不要笑啦，看他听见。有的时候祖父竟把后门关起来再笑。祖父怕冯歪嘴子听见了不好意思。

但是老厨子就不然了。有的时候，他和冯歪嘴子谈天，故意谈到一半他就溜掉了。因为冯歪嘴子隔着爬满了黄瓜秧的窗子，看不见他走了，就自己独自说了一大篇话，而后让他故意得不到反响。

老厨子提着筐子到后园去摘茄子，一边摘着一边就跟冯歪嘴子谈话，正谈到半路，老厨子蹑手蹑足的，提着筐子就溜了，回到屋里去烧饭去了。

这时冯歪嘴子还在磨房里大声的说：

“西公园来了跑马戏的，我还没得空去看，你去看过了吗？老王。”

其实后花园里一个人也没有了，蜻蜓，蝴蝶随意的飞着，冯歪嘴子的话声，空空的落到花园里来，又空空的消失了。

烟消火灭了。

等他发现了老王早已不在花园里，他这才又打起梆子来，看着小驴拉磨。

有二伯一和冯歪嘴子谈话，可从来没有偷着溜掉过，他问下雨天，磨房的房顶漏得厉害不厉害？磨房里的耗子多不多？

冯歪嘴子同时也问着有二伯，今年后园里雨水大吗？茄子，云豆都快罢园了吧？

他们两个彼此说完了话，有二伯让冯歪嘴子到后园里来走走，冯歪嘴子让有二伯到磨房去坐坐。

“有空到园子里来走走。”

“有空到磨房里来坐坐。”

有二伯于是也就告别走出园子来。冯歪嘴子也就照旧打他的梆子。

秋天，大榆树的叶子黄了，墙头上的狗尾草干倒了，园里一天一天的荒凉起来了。

这时候冯歪嘴子的窗子也露出来了。因为那些纠纠缠缠的黄瓜秧也都蔫败了舍弃了窗棂而脱落下来了。

于是站在后园里就可看到冯歪嘴子，扒着窗子就可以看到在拉磨的小驴。那小驴竖着耳朵，戴着眼罩。走了三五步就响一次鼻子，每一抬脚那只后腿就有点瘸。每一停下来，小驴就用三条腿站着。

冯歪嘴子说小驴的一条腿坏了。

这窗子上的黄瓜秧一干掉了，磨房里的冯歪嘴子就天天可以看到的。

冯歪嘴子喝酒了，冯歪嘴子睡觉了，冯歪嘴子打梆子了。冯歪嘴子拉胡琴了，冯歪嘴子唱唱本了，冯歪嘴子摇风车了。只要一扒着那窗台，就什么都可以看见的。

一到了秋天，新鲜黏米一下来的时候，冯歪嘴子就三天一拉磨，两天一卖黏糕。黄米黏糕，撒上大云豆。一层黄，一层红，黄的金黄，红的通红。三个铜板一条，两个铜板一片的用刀切着卖。愿意加红糖的有红糖，愿意加白糖的有白糖。又甜又香，加了糖不另要钱。

冯歪嘴子推着单轮车在街上一走，小孩子们就在后边跟了一大帮，有的花钱买，有的围着看。

祖父最喜欢吃这黏糕，母亲也喜欢，而我更喜欢。母亲有时让老厨子去买，有的时候让我去买。

不过买了来是有数的，一人只能吃手掌那么大的一片，不准多吃，吃多了怕不能消化。

祖父一边吃着，一边说够了够了。意思是怕我多吃。母亲吃完了也说够了，意思是怕我还要去买。其实我真的觉得不够，觉得再吃两块也还不多呢！不过经别人这样一说，我也就没有什么办法了，也就不好意思喊着再去买。但是实在话是没有吃够的。

当我在大门外玩的时候，推着单轮车的冯歪嘴子总是在那块大黏糕上切下一片来送给我吃。于是我就接受了。

当我在院子里玩的时候，冯歪嘴子一喊着“黏糕”“黏糕”的从大墙外经过，我就爬上墙头去了。

因为西南角上的那段土墙，因为年久了出了一个豁，我就扒着那墙豁往外看着。果然冯歪嘴子载着黏糕的单轮车由远而近了。来到我的旁边，就问着：

“要吃一片吗？”

而我也不说吃，也不说不吃。但我也不从墙头上下来，还是若无其事的呆在那里。

冯歪嘴子把车子一停，于是切好一片黏糕送上来了。

一到了冬天，冯歪嘴子差不多天天出去卖一锅黏糕的。

这黏糕在做的时候，需要很大的一口锅，里边烧着开水，锅口上坐着竹帘子。把碾碎了的黄米粉就撒在这竹帘子上，撒一层粉，撒一层豆。冯歪嘴子就在磨房里撒的，弄得满屋热气蒸蒸。进去买黏糕的时候，刚一开门，只听屋里火柴烧得批巴的响，竟看不见人了。

我去买黏糕的时候，我总是去得早一点，我在那边等着，等着刚一出锅，好买热的。

那屋里的蒸气实在大，是看不见人的。每次我一开门，我就说：

“我来了。”

冯歪嘴子一听我的声音就说：

“这边来，这边来。”

二

有一次母亲让我去买黏糕，我略微的去得晚了一点，黏糕已经出锅了。我慌慌忙忙的买了就回来了。回到家里一看，不对了。母亲让我买的是加白糖的，而我买回来的是加红糖的。当时我没有留心，回到家里一看，才知道错了。

错了，我又跑回去换。冯歪嘴子又另外切了几片，撒上白糖。

接过黏糕来，我正想拿着走的时候，一回头，看见了冯歪嘴子的那张小炕上挂着一张布帘。

我想这是做什么，我跑过去看一看。

我伸手就掀开布帘了，往里边一看，呀！里边还有一个小孩呢！

我转身就往家跑，跑到家里就跟祖父讲，说那冯歪嘴子的炕上不知谁家的女人睡在那里，女人的被窝里边还有一个小孩，那小孩还露着小头顶呢，那小孩头还是通红的呢！

祖父听了一会觉得纳闷，就说让我快吃黏糕罢，一会冷了，不好吃了。

可是我哪里吃得下去。觉得这事情真好玩，那磨房里边，不单有一个小驴，还有一个小孩呢。

这一天早晨闹得黏糕我也没有吃，又戴起皮帽子来，跑去看了一次。

这一次，冯歪嘴子不在屋里，不知他到哪里去了，黏糕大概也没有去卖，推黏糕的车子还在磨盘的旁边扔着。

我一开门进去，风就把那挂着的白布帘吹开了，那女人仍旧躺着不动，那小孩也一声不哭。我往屋子的四边观察一下，屋子的别处没有什么变动，只是磨盘上放着一个黄铜盆，铜盆里泡着一点破布，盆里的水已经结冰了。其余的没有什么变动。

小驴一到冬天就住在磨房的屋里，那小驴还是照旧的站在那里，并且还是安安敦敦的和每天一样的抹搭着眼睛。其余的磨房里的风车子，罗柜，磨盘，都是照旧的在那里呆着，就是墙根下的那些耗子也出来和往日一样的乱跑，耗子一边跑着还一边吱吱喳喳的叫着。

我看了一会，看不出所以然来，觉得十分无趣。正想转身出来的时候，被我发现了一个瓦盆就在炕沿上已经像小冰山似的冻得鼓鼓的了。于是我想起这屋的冷来了，立刻觉得要打寒颤，冷得不能站脚了。我一细看那扇通到后园去的窗子也通着大洞，瓦房的房盖也透着青天。

我开门就跑了，一跑到家里，家里的火炉正烧得通红，一进门就热气扑脸。

我正想要问祖父，那磨房里是谁家的小孩，这时冯歪嘴子从外边来了。

戴着他的四耳帽子，他未曾说话先笑的样子，一看就是冯歪嘴子。

他进了屋来，他坐在祖父旁边的太师椅上，那太师椅垫着红毛哔叽的厚垫子。

冯歪嘴子坐在那里，似乎有话说不出来，右手不住的摸擦着椅垫子，左手不住的拉着他的左耳朵。他未曾说话先笑的样子，笑了好几阵也没说出话来。

我们家里的火炉太热，把他的脸烤得通红的了。他说：

“老太爷，我摊了点事。……”

祖父就问他摊了什么事呢？

冯歪嘴子坐在太师椅上扭扭曲曲的，摘下他那狗皮帽子来，手里玩弄着那皮帽子。未曾说话他先笑了，笑了好一阵工夫，他才说出一句话来：

“我成了家啦。”

说着冯歪嘴子的眼睛就流出眼泪来，他说：

“请老太爷帮帮忙，现下她们就在磨房里呢！她们没有地方住。”

我听到了这里，就赶快抢住了向祖父说，我说：

“爷爷，那磨房里冷呵！炕沿上的瓦盆都冻裂了。”

祖父往一边推着我，似乎他在思索的样子。我又说：

“那炕上还睡着一个小孩呢！”

祖父答应了让他搬到磨房南头那个装草的房子里去暂住。

冯歪嘴子一听，连忙就站起来了，说：

“道谢，道谢。”

一边说着，他的眼睛又一边来了眼泪。而后戴起狗皮帽子来，眼泪汪汪的就走了。

冯歪嘴子刚一走出屋去，祖父回头就跟我说：

“你这孩子当人面不好多说话的。”

我那时也不过六七岁，不懂这是什么意思，我问着祖父：

“为什么不准说，为什么不准说？”

祖父说：

“你没看冯歪嘴子的眼泪都要掉下来了吗？冯歪嘴子难为情了。”

我想可有什么难为情的，我不明白。

三

晌午，冯歪嘴子那磨房里就吵起来了。

冯歪嘴子一声不响的站在磨盘的旁边，他的掌柜的拿着烟袋在他的眼前骂着，掌柜的太太一边骂着一边拍着风车子，她说：

“破了风水了，我这碾磨房岂是你那不干不净的野老婆住的地方！”

“青龙白虎也是女人可以冲的吗！”

“冯歪嘴子，从此我不发财，我就跟你算账，你是什么东西，你还算个人吗？你没有脸，你若有脸你还能把个野老婆弄到大面上来。弄到人的眼皮下边来……你赶快给我滚蛋……”

冯歪嘴子说：

“我就要叫她们搬的，就搬……”

掌柜的太太说：

“叫她们搬，她们是什么东西，我不知道。我是叫你滚蛋的，你可把人糟踏苦了……”

说着她往炕上一看：

“唉呀！面口袋也是你那野老婆盖得的！赶快给我拿下来。我说冯歪嘴子，你可把我糟踏苦了。你可把我糟踏苦了。”

那个刚生下来的小孩是盖着盛面口袋在睡觉的，一齐盖着四五张，厚敦敦的压着小脸。

掌柜的太太在旁边喊着：

“给我拿下来，快给我拿下来！”

冯歪嘴子过去把面口袋拿下来了，立刻就露出孩子通红的小手来，而且那小手还伸伸缩缩的摇动着，摇动了几下就哭起来了。

那孩子一哭从孩子的嘴里冒着雪白的白气。

那掌柜的太太把面口袋接到手里说：

“可冻死我了，你赶快搬罢，我可没工夫跟你吵了……”

说着开了门缩着肩膀就跑回上屋去了。

王四掌柜的，就是冯歪嘴子的东家，他请祖父到上屋去喝茶。

我们坐在上屋的炕上，一边烤着炭火盆，一边听到磨房里的那小孩的哭声。

祖父问我的手烤暖了没有？我说还没烤暖，祖父说：

“烤暖了，回家吧。”

从王四掌柜的家里出来，我还说要到磨房里去看看。祖父说，没有什么的，要看回家暖过来再看。

磨房里没有寒暑表，我家里是有的。我问祖父：

“爷爷你说磨房的温度在多少度上？”

祖父说在零度以下。

我问：

“在零度以下多少？”

祖父说：

“没有寒暑表，哪儿知道呵！”

我说：

“到底在零度以下多少？”

祖父看一看天色就说：

“在零下七八度。”

我高兴起来了，我说：

“嗳呀，好冷呵！那不和室外寒度一样了吗。”

我抬脚就往家里跑，井台，井台旁边的水槽子，井台旁边的大石头碾子，房户老周家的大玻璃窗子，我家的大高烟筒，在我一溜烟的跑起来的时候，我看它们都移移动动的了，它们都像往后退着。我越跑越快，好像不是我在跑，而像房子和大烟筒在跑似的。

我自己煊惑得我跑得和风一般快。

我想那磨房的温度在零度以下，岂不是等于露天地了吗？这真笑话，房子和露天地一样。我越想越可笑，也就越高兴。

于是连喊带叫的也就跑到家了。

四

下半天冯歪嘴子就把小孩搬到磨房南头那草棚子里去了。

那小孩哭的声音很大，好像他并不是刚一出生，好像他已经长大了的样子。

那草房里吵得不得了，我又想去看看。

这回那女人坐起来了，身上披着被子，很长的大辫子垂在背后，面朝里，坐在一堆草上不知在干什么，她一听门响，她一回头。我看出来了，她就是我们同院住着的老王家的大姑娘，我们都叫她王大姐的。

这可奇怪，怎么就是她呢？她一回头几乎是把我吓了一跳。

我转身就想往家里跑。跑到家里好赶快的告诉祖父，这到底是怎么回事。

她看是我，她就先向我一笑。她长的是很大的脸孔，很尖的鼻子，每笑的时候，她的鼻梁上就皱了一堆的褶。今天她的笑法还是和从前的一样，鼻梁处堆满了皱褶。

平常我们后园里的菜吃不了的时候，她就提着筐到我们后园来摘些茄子，黄瓜之类回家去。她是很能说能笑的人，她是很响亮的人，她和别人相见之下，她问别人：

“你吃饭了吗？”

那声音才大呢，好像房顶上落了鹊雀似的。

她的父亲是赶车的，她牵着马到井上去饮水，她打起水来，比她父亲打的更快。三绕两绕就是一桶。别人看了都说：

“这姑娘将来兴家立业好手！”

她在我家后园里摘菜，摘完临走的时候，常常就折一朵马蛇菜花戴在头上。

她那辫子梳得才光呢，红辫根，绿辫梢，干干净净，又加上一朵马蛇菜花戴在鬓角上，非常好看。她提着筐子前边走了，后边的人就都指指划划的说她的好处。

老厨子说她大鼻子大眼睛长得怪好的。

有二伯说她膀大腰圆的带点福相。

母亲说她：

“我没有这么大的儿子，有儿子我娶她，这姑娘真响亮。”

同院住的老周家三奶奶则说：

“哟哟，这姑娘真是一棵大葵花，又高又大，你今年十几啦？”

周三奶奶一看到王大姐就问她十几岁？已经问了不知几遍了，好像一看见就必得这么问，若不问就好像没有话说似的。

每逢一问，王大姐也总是说：

“二十了。”

“二十了，可得给说一个媒了。”再不然就是：“看谁家有这么大的福气，看吧，将来看吧。”

隔院的杨家的老太太，扒着墙头一看见王大姐就说：

“这姑娘的脸红得像一盆火似的。”

现在王大姐一笑还是一皱鼻子，不过她的脸有一点清瘦，颜色发白了许多。

她怀里抱着小孩。我看一看她，她也不好意思了，我也不好意思了。我的不好意思是因为好久不见的缘故，我想她也许是和我一样吧。我想要走，又不好意思立刻就走开。想要多呆一会又没有什么话好说的。

我就站在那里静静的站了一会儿，我看她用草把小孩盖了起来，把小孩放到炕上去。其实也看不见什么是炕，乌七沼沼的都是草，地上是草，炕上也是草，草捆子堆得房梁上去了。那小炕本来不大，又都叫草捆子给占满了。那小孩也就在草中偎了个草窝，铺着草盖着草的就睡着了。

我越看越觉得好玩，好像小孩睡在鹊雀窝里了似的。

到了晚上，我又把全套我所见的告诉了祖父。

祖父什么也不说。但我看出来祖父晓得的比我晓得的多的样子。我说：

“那小孩还盖着草呢！”

祖父说：

“嗯！”

我说：

“那不是王大姐吗？”

祖父说：

“嗯。”

祖父是什么也不问，什么也不听的样子。

等到了晚上在煤油灯的下边，我家全体的人都聚齐了的时候，那才热闹呢！连说带讲的。这个说，王大姑娘这么的。那个说王大姑娘那么着……说来说去，说得不成样子了。

说王大姑娘这样坏，那样坏，一看就知道不是好东西。

说她说话的声音那么大，一定不是好东西。哪有姑娘家家的，大说大讲的。

有二伯说：

“好好的一个姑娘，看上了一个磨房的磨倌，介个年头是啥年头！”

老厨子说：

“男子要长个粗壮，女子要长个秀气。没见过一个姑娘长得和一个抗大个的

（扤工）似的。”

有二伯也就接着说：

“对呀！老爷像老爷，娘娘像娘娘，你没四月十八去逛过庙吗，那老爷庙上的老爷，威风八面，娘娘庙上的娘娘，温柔典雅。”

老厨子又说：

“哪有的勾当，姑娘家家的，打起水来，比个男子大丈夫还有力气。没见过，姑娘家家的那么大的力气。”

有二伯说：

“那算完，长的是一身穷骨头穷肉，那穿绸穿缎的她不去看，她看上了个灰秃秃的磨倌。真是武大郎玩鸭子，啥人玩啥鸟。”

第二天左邻右居的都晓得了王大姑娘生了小孩了。

周三奶奶跑到我家来探听了一番，母亲说就在那草棚子里，让她去看。她说：

“哟哟！我可没那么大的工夫去看的，什么好勾当。”

西院的杨老太太听了风也来了。穿了一身浆得闪光发亮的鱼蓝大布衫，头上扣着银扁方，手上戴着白铜的戒指。

一进屋母亲就告诉她冯歪嘴子得了儿子了。杨老太太连忙就说：

“我可不是来探听他们那些猫三狗四的，我是来问问那广和银号的利息到底是大加一呢，还是八成？因为昨天西荒上的二小子打信来说他老丈人要给一个亲戚拾几万吊钱。”

说完了，她庄庄严严的坐在那里。

我家的屋子太热，杨老太太一进屋来就把脸热的通红。母亲连忙打开了北边的那通气窗。

通气窗一开，那草棚子里的小孩的哭声就听见了，那哭声特别吵闹。

“听听啦，”母亲说，“这就是冯歪嘴子的儿子。”

“怎么的啦？那王大姑娘我看就不是个好东西，我就说，那姑娘将来好不了。”杨老太太说，“前些日子那姑娘忽然不见了，我就问她妈，‘你们大姑娘哪儿去啦？’她妈说，‘上她姥姥家去了。’一去去了这么久没回来，我就有点觉景。”

母亲说：

“王大姑娘夏天的时候常常哭，把眼圈都哭红了，她妈说她脾气大，跟她妈吵架气的。”

杨老太太把肩膀一抱说：

“气的，好大的气性，到今天都丢了人啦怎么没气死呢。那姑娘不是好东西，你看她那俩眼睛，多么大！我早就说过，这姑娘好不了。”

而后在母亲的耳朵上曲曲喳喳了一阵，又说又笑的走了。

把她那原来到我家里来的原意，大概也忘了。她来是为了广和银号利息的问题，可是一直到走也没有再提起那广和银号来。

杨老太太，周三奶奶，还有同院住的那些粉房里的人，没有一个不说王大姑娘坏的。

说王大姑娘的眼睛长得不好，说王大姑娘的力气太大，说王大姑娘的辫子长得也太大。

五

（这事情一发，全院子的人给王大姑娘做论的做论，做传的做传，还有给她做日记的。

（做传的说，她从小就在外祖母家里养着，一天尽和男孩子在一块，没男没女，有一天她竟拿着烧火的叉子把她的表弟给打伤了。又是一天刮大风，她把外祖母的二十多个鸭蛋一次给偷着吃光了。又是一天她在河沟子里边采菱角，她自己采的少，她就把别人的菱角倒在她的筐里了，就说是她采的。说她强横得不得了，没有人敢去和她分辩，一分辩，她开口就骂，举手就打。

（那给她做传的人，说着就好像看见过似的，她说腊月二十三，过小年的那天，王大姑娘因为外祖母少给了她一块肉吃，她就跟外祖母打了一仗，就跑回家里来了。

“你看看吧，她的嘴该多馋。”

（于是四边听着的人，没有不笑的。

（那给王大姑娘做传的人，材料的确搜集得不少。

（自从团圆媳妇死了，院子里似乎寂寞了很长的一个时期，现在虽然不能说十分热闹，但大家都总要尽力的鼓吹一番。虽然不跳神打鼓，但也总应该给大家多少开一开心。

（于是吹风的，把眼的，跑线的，绝对的不辞辛苦，在飘着白白的大雪的夜里，也就戴着皮帽子，穿着大毡靴，站在冯歪嘴子的窗户外边，在那里守候着，为的是偷听一点什么消息。若能听到一点点，哪怕针孔那么大一点，也总算没有白挨冻，好做为第二天宣传的材料。

（所以冯歪嘴子那门下在开初的几天，竟站着不少的探访员。

（这些探访员往往没有受过教育，他们最喜欢造谣生事。

（比方我家的老厨子出去探访了一阵，回家报告说：

"那草棚子才冷呢！五风楼似的，那小孩一声不响了，大概是冻死了，快去看热闹吧！"

（老厨子举手舞脚的，他高兴得不得了。

（不一会他又戴上了狗皮帽子，他又去探访了一阵，这一回他报告说：

"他妈的，没有死，那小孩还没冻死呢！还在娘怀里吃奶呢。"

（这新闻发生的地点，离我家也不过五十步远，可是一经探访员们这一探访，事情本来的面目可就大大的两样了。

（有的看了冯歪嘴子的炕上有一段绳头，于是就传说着冯歪嘴子要上吊。

（这"上吊"的刺激，给人们的力量真是不小。女的戴上风帽，男的穿上毡靴，要来这里参观的，或是准备着来参观的人不知有多少。

（西院老杨家就有三十多口人，小孩不算在内，若算在内也有四十口了。就单说这三十多人若都来看上吊的冯歪嘴子，岂不把我家的那小草棚挤翻了吗！就说他家那些人中有的老的病的，不能够来，就说最低限度来上十个人吧。那么西院老杨家来十个，同院的老周家来三个——周三奶奶，周四婶子，周老婶子——外加周四婶子怀抱着一个孩子，周老婶子手里牵着个孩子——她们是有这样的习惯的——那么一共周家老少三辈总算五口了。

（还有磨房里的漏粉匠，烧火的，跑街送货的等等，一时也数不清是几多人，总之这全院好看热闹的人也不下二三十。还有前后街上的，一听了消息也少不了来了不少的。

（“上吊”，为啥一个好好人，活着不愿意活，而愿意“上吊”呢？大家快去看看吧，其中必是趣味无穷，大家快去看看吧。

（再说开开眼也是好的，反正也不是去看跑马戏的，又要花钱，又要买票。

（所以呼兰河城里是凡一有跳井投河的，或是上吊的，那看热闹的人就特别多，我不知道中国别的地方是否这样，但在我的家乡确是这样的。

（投了河的女人，被打捞上来了，也不赶快的埋，也不赶快的葬。摆在那里一两天，让大家围着观看。

（跳了井的女人，从井里捞出来，也不赶快的埋，也不赶快的葬，好像国货展览会似的，热闹得车水马龙了。

（其实那没有什么好看的，假若冯歪嘴子上了吊，那岂不是看了很害怕吗！

（有一些胆小的女人，看了投河的，跳井的，三天五夜的不能睡觉。但是下次，一有这样的冤魂，她仍旧是去看的，看了回来就觉得那恶劣的印象就在眼前，于是又是睡觉不安，吃饭也不香。但是不去看，是不行的，第三次仍旧去看，哪怕去看了之后，心里觉得恐怖，而后再买一匹黄钱纸，一扎线香到十字路口上去烧了，向着那东西南北的大道磕上三个头，同时嘴里说：

“邪魔野鬼可不要上我的身哪，我这里香纸的也都打发过你们了。”

（有的谁家的姑娘，为了去看上吊的，回来吓死了。听说不但看上吊的，就是看跳井的，也有被吓死的。吓出一场病来，千医百治的治不好，后来死了。

（但是人们还是愿意看，男人也许特别胆子大，不害怕，女人却都是胆小的多，都是振着胆子看。

（还有小孩，女人也把他们带来看。他们还没有长成为一个人，母亲就提早把他们带来了，也许在这热闹的世界里，还是提早的演习着一点的好，免得将来对于跳井上吊太外行了。

（有的探访员晓得了冯歪嘴子从街上买来了一把家常用的切菜的刀，于是就大放冯歪嘴子要自刎的空气。

六

冯歪嘴子，没有上吊，没有自刎，还是好好的活着。过了一年，他的孩子长大了。

过年我家杀猪的时候，冯歪嘴子还到我家里来帮忙的，帮着刮猪毛。到了晚上他吃了饭，喝了酒之后，临回去的时候，祖父说，让他带了几个大馒头去。他把馒头挟在腰里就走了。

人们都取笑着冯歪嘴子，说：

“冯歪嘴子有了大少爷了。”

冯歪嘴子平常给我家做一点小事，磨半斗豆子做小豆腐，或是推二斗上好的红黏谷，撒黏糕吃，祖父都是招呼他到我家里来吃饭的。就在饭桌上，当着众人，老厨子就说：

“冯歪嘴子少吃两个馒头吧，留着馒头带给大少爷去吧……”

冯歪嘴子听了也并不难为情，也不觉得这是嘲笑他的话，他很庄严的说：

“他在家里有吃的，他在家里有吃的。”

等吃完了，祖父说：

“还是带上几个吧！”

冯歪嘴子拿起几个馒头来，往哪儿放呢？放在腰里，馒头太热。放在袖筒里怕掉了。

于是老厨子说：

“你放在帽兜子里呵！”

于是冯歪嘴子用帽子兜着馒头回家去了。

东邻西舍谁家若是办了红白喜事，冯歪嘴子若也在席上的话，肉丸子一上来，别人就说：

“冯歪嘴子，这肉丸子你不能吃，你家里有大少爷的是不是？”

于是人们说着，就把冯歪嘴子应得的那一份的两个肉丸子，用筷子夹出来，放在冯歪嘴子旁边的小碟里。来了红烧肉，也是这么照办，来了干果碟，也是这么照办。

冯歪嘴子一点也不感到羞耻，等席散之后，用手巾包着，带回家来，给他的儿子吃了。

七

（他的儿子也和普通的小孩一样，七个月出牙，八个月会爬，一年会走，两年会跑了。）

夏天，那孩子浑身不穿衣裳，只戴着一个花兜肚，在门前的水坑里捉小蛤蟆。他的母亲坐在门前给他绣着花兜肚嘴。他的父亲在磨房打着梆子看管着小驴拉着磨。

八

又过了两三年，冯歪嘴子的第二个孩子又要出生了。冯歪嘴子欢喜得不得了，嘴都闭不上了。

在外边，有人问他：

“冯歪嘴子又要得儿子了？”

他呵呵呵。他故意的平静着自己。

他在家里边，他一看见他的女人端一个大盆，他就说：

“你这是干什么，你让我来拿不好么！”

他看见他的女人抱一捆柴火，他也这样阻止着她：

“你让我来拿不好么！”

可是那王大姐，却一天比一天瘦，一天比一天苍白，她的眼睛更大了，她的鼻子也更尖了似的。冯歪嘴子说，过后多吃几个鸡蛋好好养养就身子好起来了。

他家是快乐的，冯歪嘴子把窗子上挂了一张窗帘。这张白布是新从铺子里买来的。冯歪嘴子的窗子，三五年也没有挂过帘子，这是第一次。

冯歪嘴子买了二斤新棉花。买了好几尺花洋布，买了二三十个上好的鸡蛋。

冯歪嘴子还是照旧的拉磨，王大姐就剪裁着花洋布做成小小的衣裳。

二三十个鸡蛋，用小筐装着，挂在二梁上。每一开门开窗的，那小筐就在高处游荡着。

门口一来担挑卖鸡蛋的，冯歪嘴子就说：

“你身子不好，我看还应该多吃几个鸡蛋。”

冯歪嘴子每次都想再买一些，但都被孩子的母亲阻止了，冯歪嘴子说：

“你从生了这小子以来，身子就一直没养过来。多吃几个鸡蛋算什么呢！我多卖几斤黏糕就有了。”

祖父一到他家里去串门。冯歪嘴子就把这一套话告诉了祖父。他说：

“那个人才俭省呢，过日子连一根柴草也不肯多烧。要生小孩子，多吃一个鸡蛋也不肯。看着吧，将来会发家的……”

冯歪嘴子说完了，是很得意的。

九

七月一过去，八月乌鸦就来了。

其实乌鸦七月里已经来了。不过没有八月那样多就是了。

七月的晚霞，红得像火似的，奇奇怪怪的，老虎，大狮子，马头，狗群。这一些云彩，一到了八月，就都没有。那满天红洞洞的，那满天金黄的，满天绛紫的，满天朱砂色的云彩，一齐都没有了，无论早晨或黄昏，天空就再也没有它们了，就再也看不见它们了。

八月的天空是静悄悄的，一丝不挂。六月的黑云，七月的红云，都没有了。一进了八月雨也没有了，风也没有了。白天就是黄金的太阳，夜里就是雪白的月亮。

天气有些寒了，人们都穿起夹衣来。

晚饭之后，乘凉的人没有了。院子里显得冷清寂寞了许多。

鸡鸭都上架去了，猪也进了猪栏，狗也进了狗窝。院子里的蒿草，因为没有风，就都一动不动的站着。因为没有云，大昴星一出来就亮得和一盏小灯似的了。

在这样的一个夜里，冯歪嘴子的女人死了。第二天早晨，正过着乌鸦的时候，就给冯歪嘴子的女人送殡了。

乌鸦是黄昏的时候，或黎明的时候才飞过。不知道这乌鸦从什么地方来，飞到什么地方去，但这一大群遮天蔽瓦的，吵着叫着，好像一大片黑云似的从远处来了，来到头上，不一会又过去了。终究过到什么地方去，也许大人知道，孩子们是不知道的，我也不知道。

听说那些乌鸦就过到呼兰河南岸那柳条林里去的，过到那柳条林里去做什么，所以我不大相信。不过那柳条林，乌烟瘴气的，不知那里有些什么，或者是过了那柳条林，柳条林的那边更是些个什么。站在呼兰河的这边，只见那乌烟瘴气的，有好几里路远的柳条林上，飞着白白的大鸟，除了那白白的大鸟之外，究竟还有什么，那就不得而知了。

据说乌鸦就往那边过，乌鸦过到那边又怎样，又从那边究竟飞到什么地方去，这个人们不大知道了。

冯歪嘴子的女人是产后死的，传说上这样的女人死了，大庙不收，小庙不留，是将要成为游魂的。

我要到草棚子去看，祖父不让我去看。

我在大门口里等着。

我看见了冯歪嘴子的儿子，打着灵头幡送他的母亲。

灵头幡在前，棺材在后，冯歪嘴子在最前边，他在最前边领着路向东大桥那边走去了。

那灵头幡是用白纸剪的，剪成络络网，剪成葫椒眼，剪成不少的轻飘飘的穗子，用一根杆子挑着，扛在那孩子的肩上。

那孩子也不哭，也不表示什么，只好像他扛不动那灵头幡，使他扛得非常吃力似的。

他往东边越走越远了，我在大门外看着，一直看着他走过了东大桥。几乎是看不见了，我还在那里看着。

乌鸦在头上呱呱的叫着。

过了一群，又一群，等我们回到了家里，那乌鸦还在天空里叫着。

十

（冯歪嘴子的女人一死，大家觉得这回冯歪嘴子算完了。扔下了两个孩子，一个四五岁，一个刚生下来。）

看吧，看他可怎样办！

老厨子说：

“看热闹吧，冯歪嘴子又该喝酒了，又该坐在磨盘上哭了。”

（东家西舍的也都说冯歪嘴子这回可非完不可了。那些好看热闹的人，都在准备着看冯歪嘴子的热闹。

（可是冯歪嘴子自己，并不像旁观者眼中的那样的绝望，好像他活着还很有把握的样子似的，他不但没有感到绝望已经洞穿了他，因为他看见了他的两个孩子，他反而镇定下来。他觉得在这世界上，他一定要生根的。要长得牢牢的。他不管他自己有这份能力没有，他看看别人也都是这样做的，他觉得他也应该这样做。

（于是他照常的活在世界上，他照常的负着他那份责任。

（于是他自己动手喂他那刚出生的孩子，他用筷子喂他，他不吃，他用调匙喂他。

（喂着小的，带着大的。他该担水，担水。该拉磨，拉磨。

（早晨一起来，一开门，看见邻人到井口去打水的时候，他总说一声：

“去挑水吗！”

（若遇见了卖豆腐的，他也说一声：

“豆腐这么早出锅啦！”

（他在这世界上他不知道人们都用悲观绝望的眼光来看他，他不知道他已经处在了怎样的一种艰难的境地。他不知道他自己已经完了。他没有想过。

（他虽然也有悲哀，他虽然也常常满满含着眼泪，但是他一看见他的大儿子会拉着小驴饮水了，他就立刻把那含着眼泪的眼睛笑了起来。

他说：

“慢慢的就中用了。”

他的小儿子，一天一天的喂着，越喂眼睛越大。胳臂，腿，越来越瘦。

（在别人的眼里，这孩子非死不可。这孩子一直不死，大家都觉得惊奇。

（到后来大家简直都莫明其妙了，对于冯歪嘴子的这孩子的不死，别人都起了恐惧的心理，觉得，这是可能的吗？这是世界上应该有的？）

但是冯歪嘴子，一休息下来就抱着他的孩子。天太冷了，他就烘了一堆火给他烤着。那孩子刚一咧嘴笑，那笑得才难看呢，因为又像笑，又像哭。其实又不像笑，又不像哭，而是介乎两者之间的那么一咧嘴。

但是冯歪嘴子却喜欢得不得了了。

他说：

“这小东西会哄人了。”

或是：

“这小东西懂人事了。”

（那孩子到了七八个月才会拍一拍掌，其实别人家的孩子到七八个月，都会爬了，会坐着了，要学着说话了。冯歪嘴子的孩子都不会，只会拍一拍掌，别的都不会。）

冯歪嘴子一看见他的孩子拍掌，他就眉开眼笑的。

他说：

“这孩子眼看着就大了。”

（那孩子在别人的眼睛里看来，并没有大，似乎一天更比一天小似的。因为越瘦那孩子的眼睛就越大，只见眼睛大，不见身子大，看起来好像那孩子始终也没有长一般地。那孩子好像是泥做的，而不是孩子了。两个月之后，和两个月之前，完全一样。两个月之前看见过那孩子，两个月之后再看见，也绝不会使人惊讶，时间是快的，大人虽不见老，孩子却一天一天的不同。

（看了冯歪嘴子的儿子，绝不会给人以时间上的观感。大人总喜欢在孩子的身上去触到时间。但是冯歪嘴子的孩子是不能给人这个满足的。因为两个月前看见过他那么大，两个月后看见他还是那么大。还不如去看后花园里的黄瓜，那黄瓜三月里下种，四月里爬蔓，五月里开花，五月末就吃大黄瓜。

（但是冯歪嘴子却不这样的看法，他看他的孩子是一天比一天大。

（大的孩子会拉着小驴到井边上去饮水了。小的会笑了，会拍手了，会摇头了。给他东西吃，他会伸手来拿。而且小牙也长出来了。

（微微的一咧嘴笑，那小白牙就露出来了。）

尾声

呼兰河这小城里边，以前住着我的祖父，现在埋着我的祖父。

我生的时候，祖父已经六十多岁了，我长到四五岁，祖父就快七十了。我还没有长到二十岁，祖父就八十岁了。祖父一过了八十，祖父就死了。

从前那后花园的主人，而今不见了。老主人死了，小主人逃荒去了。

那园里的蝴蝶，蚂蚱，蜻蜓，也许还是年年仍旧，也许现在完全荒凉了。

小黄瓜，大倭瓜，也许还是年年的种着，也许现在根本没有了。

那早晨的露珠是不是还落在花盆架上。那午间的太阳是不是还照着那大向日葵。那黄昏时候的红霞是不是还会一会工夫会变出来一匹马来，一会工夫会变出来一匹狗来。那么变着。

那一些不能想象了。

听说有二伯死了。

老厨子就是活着年纪也不小了。

东邻西舍也都不知怎样了。

至于那磨房里的磨倌，至今究竟如何，则完全不晓得了。

以上我所写的并没有什么幽美的故事，只因他们充满我幼年的记忆，忘却不了，难以忘却，就记在这里了。

一九四〇年十二月廿日香港完稿。

生死场

序　言

记得已是四年前的事了，时为二月，我和妇孺正陷在上海闸北的火线中，眼见中国人因为逃走或死亡而绝迹。后来仗着几个朋友的帮助，这才得进平和的英租界，难民虽然满路，居人却很安闲。和闸北相距不过四五里罢，就是一个这么不同的世界，我们又怎么会想到哈尔滨。

这本稿子到了我的桌上，已是今年的春天，我早重回闸北，周围又复熙熙攘攘的时候了，但却看见了五年以前，以及更早的哈尔滨。这自然还不过是略图，叙事和写景，胜于人物的描写，然而北方人民的对于生的坚强，对于死的挣扎，却往往已经力透纸背；女性作者的细致的观察和越轨的笔致，又增加了不少明丽和新鲜。精神是健全的，就是深恶文艺和功利有关的人，如果看起来，他不幸得很，他也难免不能毫无所得。

听说文学社曾经愿意给她付印，稿子呈到中央宣传部书报检查委员会那里去，搁了半年，结果是不许可。人常常会事后才聪明，回想起来，这正是当然的事；对于生的坚强和死的挣扎，恐怕也确是大背“训政”之道的。今年五月，只为了《略谈皇帝》这一篇文章，这一个气焰万丈的委员会就忽然烟消火灭，便是“以身作则”的实地大教训。

奴隶社以汗血换来的几文钱，想为这本书出版，却又在我们的上司“以身作则”的半年之后了，还要我写几句序。然而这几天，却又谣言蜂起，闸北的熙熙攘攘的居民，又在抱头鼠窜了，路上是络绎不绝的行李车和人，路旁是黄白两色的外人，含笑在赏鉴这礼让之邦的盛况。自以为居于安全地带的报馆的报纸，则称这些逃命者为“庸人”或“愚民”。我却以为他们也许是聪明的，至少，是已经凭着经验，知道了煌煌的官样文章之不可信。他们还有些记性。

现在是一九三五年十一月十四日的夜里，我在灯下再看完了《生死场》，周围像死一般寂静，听惯的邻人的谈话声没有了，食物的叫卖声也没有了，不过偶有远远的几声犬吠。想起来，英法租界当不是这情形，哈尔滨也不是这情形；我和那里的居人，彼此都怀着不同的心情，住在不同的世界。然而我的心现在却好像古井中水，不生微波，麻木地写了以上那些字。这正是奴隶的心！但是，如果还是扰乱了读者的心呢？那么，我们还决不是奴才。

不过与其听我还在安坐中的牢骚话，不如快看下面的《生死场》，她才会给你们以坚强和挣扎的力气。

一　麦场

一只山羊在大道边啮嚼榆树的根端。

城外一条长长的大道，被榆树荫打成荫片。走在大道中，像是走进一个动荡遮天的大伞。

山羊嘴嚼榆树皮，黏沫从山羊的胡子流延着。被刮起的这些黏沫，仿佛是胰子的泡沫，又像粗重浮游着的丝条；黏沫挂满羊腿。榆树显然是生了疮疖，榆树带着偌大的疤痕。山羊却睡在荫中，白囊一样的肚皮起起落落。

菜田里一个小孩慢慢地踱走。在草帽的盖伏下，像是一棵大形的菌类。捕蝴蝶吗？捉蚱虫吗？小孩在正午的太阳下。

很短时间以内，跌脚的农夫也出现在菜田里。一片白菜的颜色有些相近山羊的颜色。

毗连着菜田的南端生着青穗的高粱的林。小孩钻入高粱之群里，许多穗子被撞着，在头顶打坠下来。有时也打在脸上。叶子们交结着响，有时刺痛着皮肤。那里绿色的甜味的世界，显然凉爽一些。时间不久，小孩子争斗着又走出最末的那棵植物。立刻太阳烧着他的头发，机灵的他把帽子扣起来，高空的蓝天，遮覆住菜田上跳跃着的太阳，没有一块行云。一株柳条的短枝，小孩挟在腋下，走路时他的两腿膝盖远远地分开，两只脚尖向里勾着，勾得腿在抱着个盆样。跌脚的农夫早已看清是自己的孩子了，他远远地完全用喉音在问着。

“罗圈腿，唉呀！不能找到？”

这个孩子的名字十分象征着他。他说：“没有。”

菜田的边道，小小的地盘，绣着野菜。经过这条短道，前面就是二里半的房窝，他家门前种着一株杨树，杨树翻摆着自己的叶子。每日二里半走在杨树下，总是听一听杨树的叶子怎样响，看一看杨树的叶子怎样摆动；杨树每天这样……他也每天停脚。今天是他第一次破例，什么他都忘记，只见跌脚跌得更深了！每一步像在踏下一个坑去。

土屋周围，树条编做成墙，杨树一半荫影洒落到院中；麻面婆在荫影中洗濯衣裳。正午田圃间只留着寂静，唯有蝴蝶们为着花，远近的翩飞，不怕太阳烧毁它们的翅膀。一切都回藏起来，一只狗也寻着有荫的地方睡了！虫子们也回藏不鸣！

汗水在麻面婆的脸上，如珠如豆，渐渐浸着每个麻痕而下流。麻面婆不是一只蝴蝶，她生不出磷膀来，只有印就的麻痕。

两只蝴蝶飞戏着闪过麻面婆，她用湿的手把飞着的蝴蝶打下来，一个落到盆中溺死了！她的身子向前继续伏动，汗流到嘴了，她舐尝一点盐的味，汗流到眼睛的时候，那是非常辣，她急切用湿手揩拭一下，但仍不停地洗濯。她的眼睛好像哭过一样，揉擦出脏污可笑的圈子，若远看一点，那正合乎戏台上的丑角；眼睛大得那样可怕，比起牛的眼睛来更大，而且脸上也有不定的花纹。

土房的窗子，门，望去那和洞一样。麻面婆踏进门，她去找另一件要洗的衣服，可是在炕上，她抓到了日影，但是不能拿起，她知道她的眼睛是晕花了！好像在光明中忽然走进灭了灯的夜。她休息下来，感到非常凉爽。过了一会在席子下面她抽出一条自己的裤子。她用裤子抹着头上的汗，一面走回树荫放着盆的地方，她把裤子也浸进泥浆去。

裤子在盆中大概还没有洗完，可是搭到篱墙上了！也许已经洗完？麻面婆做事是一件跟紧一件，有必要时，她放下一件又去做别的。

邻屋的烟囱，浓烟冲出，被风吹散着，布满全院。烟迷着她的眼睛了！她知道家人要回来吃饭，慌张着心弦，她用泥浆浸过的手去墙角拿茅草，她贴了满手的茅草，就那样，她烧饭，她的手从来不用清水洗过。她家的烟囱也走着烟了。过了一会，她又出来取柴，茅草在手中，一半拖在地面，另一半在围裙下，她是拥着走。头发飘了满脸，那样，麻面婆是一只母熊了！母熊带着草类进洞。

浓烟遮住太阳，院中一霎幽暗，在空中烟和云似的。

篱墙上的衣裳在滴水滴，蒸着污浊的气。全个村庄在火中窒息。午间的太阳权威着一切了！

“他妈的，给人家偷着走了吧？”

二里半跌脚厉害的时候，都是把屁股向后面斜着，跌出一定的角度来。他去拍一拍山羊睡觉的草棚，可是羊在哪里？

“他妈的，谁偷了羊……混账种子！”麻面婆听着丈夫骂，她走出来凹着眼睛。

“饭晚啦吗？看你不回来，我就洗些个衣裳。”

让麻面婆说话，就像让猪说话一样，也许她喉咙组织法和猪相同，她总是发着猪声。

“唉呀！羊丢啦！我骂你那个傻老婆干什么？”

听说羊丢了，她去扬翻柴堆，她记得有一次羊是钻过柴堆。但，那在冬天，羊为着取暖。她没有想一想，六月天气，只有和她一样傻的羊才要钻柴堆取暖。她翻着，她没有想。全头发撒着一些细草，她丈夫想止住她，问她什么理由，她始终不说。她为着要做出一点奇迹，为着从这奇迹，今后要人看重她。表明她不傻，表明她的智慧是在必要的时节出现，于是像狗在柴堆上耍得疲乏了！手在扒着发间的草秆，她坐下来。她意外地感到自己的聪明不够用，她意外地对自己失望。

过了一会，邻人们在太阳底下四面出发，四面寻羊；麻面婆的饭锅冒着气，但，她也跟在后面。

二里半走出家门不远，遇见罗圈腿，孩子说：

“爸爸，我饿！”

二里半说：“回家去吃饭吧！”

可是二里半转身时老婆和一捆稻草似的跟在后面。

“你这老婆，来干什么？领他回家去吃饭。”

他说着不停地向前跌走。

黄色的，近黄色的麦地只留下短短的根苗。远看来麦地使人悲伤。在麦地尽端，井边什么人在汲水。二里半一只手遮在眉上，东西眺望，他忽然决定到那井的地方，在井沿看下去，什么也没有，用井上汲水的桶子向水底深深地探试，什么也没有。最后，绞上水桶，他伏身到井边喝水，水在喉中有声，像是马在喝。

老王婆在门前草场上休息。

“麦子打得怎么样啦？我的羊丢了！”

二里半青色的面孔为了丢羊更青色了！

“咩……咩……”羊叫？不是羊叫，寻羊的人叫。

林荫一排砖车经过，车夫们哗闹着。山羊的午睡醒转过来，它迷茫着用犄角在周身剔毛。为着树叶绿色的反映，山羊变成浅黄。卖瓜的人在道旁自己吃瓜。那一排砖车扬起浪般的灰尘，从林荫走上进城的大道。山羊寂寞着，山羊完成了它的午睡，完成了它的树皮餐，而回家去了。山羊没有归家，它经过每棵高树，也听遍了每张叶子的刷鸣，山羊也要进城吗？它奔向进城的大道。

“咩……咩……”羊叫？不是羊叫，寻羊的人叫。二里半比别人叫出来更大声，那不像是羊叫，像是一条牛了！

最后，二里半和地邻动打，那样，他的帽子，像断了线的风筝，飘摇着下降，从他头上飘摇到远处。

“你踏碎了俺的白菜！你……你……”

那个红脸长人，像是魔王一样，二里半被打得眼睛晕花起来，他去抽拔身边的一棵小树；小树无由地被害了，那家的女人出来，送出一只搅酱缸的耙子，耙子滴着酱。

他看见耙子来了，拔着一棵小树跑回家去，草帽是那般孤独地丢在井边，草帽他不知戴过了多少年头。

二里半骂着妻子：“混蛋，谁吃你的焦饭！”

他的面孔和马脸一样长。麻面婆惊惶着，带着愚蠢的举动，她知道山羊一定没能寻到。

过了一会，她到饭盆那里哭了！“我的……羊，我一天一天喂，喂……大的，我抚摸着长起来的！”

麻面婆的性情不会抱怨。她一遇到不快时，或是丈夫骂了她，或是邻人与她拌嘴，就连小孩子们扰烦她时，她都是像一摊蜡消融下来。她的性情不好反抗，不好争斗，她的心像永远贮藏着悲哀似的，她的心永远像一块衰弱的白棉。她哭抽着，任意走到外面把晒干的衣裳搭进来，但她绝对没有心思注意到羊。

可是会旅行的山羊在草棚不断地搔痒，弄得板房的门扇快要掉落下来，门扇摔摆地响着。

下午了，二里半仍在炕上坐着。

“妈的，羊丢了就丢了吧！留着它不是好兆相。”

但是妻子不晓得养羊会有什么不好的兆相，她说：

“哼！那么白白地丢了？我一会去找，我想一定在高粱地里。”

“你还去找？你别找啦！丢就丢了吧！”

“我能找到它呢！”

“唉呀，找羊会出别的事哩！”

他脑中回旋着挨打的时候：——草帽像断了线的风筝飘摇着下落，酱耙子滴着酱。快抓住小树，快抓住小树。……二里半心中翻着这不好的兆相。

他的妻子不知道这事。她朝向高粱地去了。蝴蝶和别的虫子热闹着，田地上有人工作了。她不和田上的妇女们搭话，经过留着根的麦地时，她像微点的爬虫在那里。阳光比正午钝了些，虫鸣渐多了；渐飞渐多了！

老王婆工作剩余的时间，尽是述说她无穷的命运。她的牙齿为着述说常常切得发响，那样她表示她的愤恨和潜怒。在星光下，她的脸纹绿了些，眼睛发青，她的眼睛是大的圆形。有时她讲到兴奋的话句，她发着嘎而没有曲折的直声。邻居的孩子们会说她是一头“猫头鹰”，她常常为着小孩子们说她“猫头鹰”而愤激：她想自己怎么会成个那样的怪物呢？像啐着一件什么东西似的，她开始吐痰。

孩子们的妈妈打了他们，孩子跑到一边去哭了！这时王婆她该终止她的讲说，她从窗洞爬进屋去过夜。但有时她并不注意孩子们哭，她不听见似的，她仍说着那一年麦子好，她多买了一条牛，牛又生了小牛，小牛后来又怎样，……她的讲话总是有起有落；关于一条牛，她能有无量的言词：牛是什么颜色，每天要吃多少水草，甚至要说到牛睡觉是怎样的姿势。

但是今夜院中一个讨厌的孩子也没有。王婆领着两个邻妇，坐在一条喂猪的槽子上，她们的故事便流水一般地在夜空里延展开。

天空一些云忙走，月亮陷进云围时，云和烟样，和煤山样，快要燃烧似的。再过一会，月亮埋进云山，四面听不见蛙鸣；只是萤虫闪闪着。

屋里，像是洞里，响起鼾声来，布遍了的声波旋走了满院。天边小的闪光不住的在闪合。王婆的故事对比着天空的云：

"……一个孩子三岁了，我把她摔死了，要小孩子我会成了个废物。……那天早晨……我想一想！……是早晨，我把她坐在草堆上，我去喂牛；草堆是在房后。等我想起孩子来，我跑去抱她，我看见草堆上没有孩子；我看见草堆下有铁犁的时候，我知道，这是恶兆，偏偏孩子跌在铁犁一起，我以为她还活着呀！等我抱起来的时候……啊呀！"

一条闪光裂开来，看得清王婆是一个兴奋的幽灵。全麦田，高粱地，菜圃，都在闪光下出现。妇人们被惶惑着，像是有什么冷的东西，扑向她们的脸去。闪光一过，王婆的话声又连续下去：

"……啊呀！……我把她丢到草堆上，血尽量向草堆上流呀！她的小手颤颤着，血在冒着气从鼻子流出，从嘴也流出，好像喉管被切断了。我听一听她的肚子还有响；那和一条小狗给车轮压死一样。我也亲眼看过小狗被车轮轧死，我什么都看过。这庄上的谁家养小孩，一遇到孩子不能养下来，我就去拿着钩子，也许用那个掘菜的刀子，把孩子从娘的肚里硬搅出来。孩子死，不算一回事，你们以为我会暴跳着哭吧？我会号叫吧？起先我心也觉得发颤，可是我一看见麦田在我眼前时，我一点都不后悔，我一滴眼泪都没淌下。以后麦子收成很好，麦子是我割倒的，在场上一粒一粒我把麦子拾起来，就是那年我整个秋天没有停脚，没讲闲话，像连口气也没得喘似的，冬天就来了！到冬天我和邻人比着麦粒，我的麦粒是那样大呀！到冬天我的背曲得有些厉害，在手里拿着大的麦粒。可是，邻人的孩子却长起来了！……到那时候，我好像忽然才想起我的小钟。”

王婆推一推邻妇，荡一荡头：

“我的孩子小名叫小钟呀！……我接连着熬苦了几夜没能睡，什么麦粒？从那时起，我连麦粒也不怎样看重了！就是如今，我也不把什么看重。那时我才二十几岁。”

闪光相连起来，能言的幽灵默默坐在闪光中。邻妇互望着，感到有些寒冷。

狗在麦场张狂着咬过来，多云的夜什么也不能告诉人们。忽然一道闪光，看见黄狗卷着尾巴向二里半叫去，闪光一过，黄狗又回到麦堆，草茎折动出细微的声音。

“三哥不在家里？”

“他睡着哩！”王婆又回到她的默默中，她的答话像是从一个空瓶子或是从什么空的东西发出。猪槽上她一个人化石一般地留着。

“三哥！你又和三嫂闹嘴吗？你常常和她闹嘴，那会坏了平安的日子的。”

二里半，能宽容妻子，以他的感觉去衡量别人。

赵三点起烟火来，他红色的脸笑了笑：“我没和谁闹嘴哩！”

二里半他从腰间解下烟袋，从容着说：

“我的羊丢了！你不知道吧？它又走了回来。要替我说出买主去，这条羊留着不是什么好兆相。”

赵三用粗嘎的声音大笑，大手和红色脸在闪光中伸现出来：

“哈……哈，倒不错，听说你的帽子飞到井边团团转呢！”

忽然二里半又看见身边长着一棵小树，快抓住小树，快抓住小树。他幻想终了，他知道被打的消息是传布出来，他捻一捻烟火，辩解着说：

“那家子不通人情，哪有丢了羊不许找的勾当？他硬说踏了他的白菜，你看，我不能和他动打。”

摇一摇头，受着辱一般地冷没下去，他吸烟管，切心地感到羊不是好兆相，羊会伤着自己的脸面。

来了一道闪光，大手的高大的赵三，从炕沿站起，用手掌擦着眼睛。他忽然响叫：

“怕是要落雨吧！——坏啦！麦子还没打完，在场上堆着！”

赵三感到养牛和种地不足，必须到城里去发展。他每日进城，他渐渐不注意麦子，他梦想着另一桩有望的事业。

“那老婆，怎不去看麦子？麦子一定要给水冲走呢！”

赵三习惯地总以为她会坐在院心。闪光更来了！雷响，风声。一切翻动着黑夜的村庄。

“我在这里呀！到草棚拿席子来，把麦子盖起吧！”

喊声在有闪光的麦场响出，声音像碰着什么似的，好像在水上响出。王婆又震动着喉咙：“快些，没有用的，睡觉睡昏啦！你是摸不到门啦！”

赵三为着未来的大雨所恐吓，没有同她拌嘴。

高粱地像要倒折，地端的榆树吹啸起来，有点像金属的声音，为着闪的原故，全庄忽然裸现，忽然又沉埋下去。全庄像是海上浮着的泡沫。邻家和距离远一点的邻家有孩子的哭声，大人在嚷吵，什么酱缸没有盖啦！驱赶着鸡雏啦！种麦田的人家嚷着麦子还没有打完啦！农家好比鸡笼，向着鸡笼投下火去，鸡们会翻腾着。

黄狗在草堆开始做窝，用腿扒草，用嘴扯草。王婆一边颤动，一边手里拿着耙子。

“该死的，麦子今天就应该打完，你进城就不见回来，麦子算是可惜啦！”

二里半在电光中走近家门，有雨点打下来，在植物的叶子上稀疏地响着。

雨点打在他的头上时，他摸一下头顶而没有了草帽。关于草帽，二里半一边走路一边怨恨山羊。

早晨了，雨还没有落下。东边一道长虹悬起来，感到湿的气味的云掠过人头，东边高粱头上，太阳走在云后，那过于艳明，像红色的水晶，像红色的梦。远看高粱和小树林一般森严着；村家在早晨趁着气候的凉爽，各自在田间忙。

赵三门前，麦场上小孩子牵着马，因为是一条年轻的马，它跳着荡着尾巴跟它的小主人走上场来。小马欢喜用嘴撞一撞停在场上的“石磙”，它的前腿在平滑的地上踩打几下，接着它必然像索求什么似的叫起不很好听的声音来。

王婆穿的宽袖的短袄，走上平场。她的头发毛乱而且绞卷着，朝晨的红光照着她，她的头发恰像田上成熟的玉米缨穗，红色并且蔫卷。

马儿把主人呼唤出来，它等待给它装置“石磙”，“石磙”装好的时候，小马摇着尾巴，不断地摇着尾巴，它十分驯顺和愉快。

王婆摸一摸席子潮湿一点，席子被拉在一边了；孩子跑过去，帮助她。麦穗布满平场，王婆拿着耙子站到一边。小孩欢跑着立到场子中央，马儿开始转跑。小孩在中心地点也是转着。好像画圆周时用的圆规一样，无论马儿怎样跑，孩子总在圆心的位置。因为小马发疯着，飘扬着跑，它和孩子一般地贪玩，弄得麦穗溅出场外。王婆用耙子打着马，可是走了一会它游戏够了，就和斯耍着的小狗需要休息一样，休息下来。王婆着了疯一般地又挥着耙子，马暴跳起来，它跑了两个圈子，把石磙带着离开铺着麦穗的平场，并且嘴里咬嚼一些麦穗。系住马勒带的孩子挨着骂：“啊！你总偷着把它拉上场，你看这样的马能以打麦子吗？死了去吧！别烦我吧！”

小孩子拉马走出平场的门；到马槽子那里，去拉那个老马。把小马束好在杆子间。老马差不多完全脱了毛，小孩子不爱它，用勒带打着它走，可是它仍和一块石头或是一棵生了根的植物那样不容搬运。老马是小马的妈妈，它停下来，用鼻头偎着小马肚皮间破裂的流着血的伤口。小孩子看见他爱的小马流血，心中惨惨的眼泪要落出来，但是他没能晓得母子之情，因为他还没能看见妈妈，他是私生子。脱着光毛的老动物，催逼着离开小马，鼻头染着一些血，走上麦场。

村前火车经过河桥，看不见火车，听见隆隆的声响。王婆注意着旋上天空的黑烟。前村的人家，驱着白菜车去进城，走过王婆的场子时，从车上抛下几个柿子来，一面说：“你们是不种柿子的，这是贱东西，不值钱的东西，麦子是发财之道呀！”驱着车子的青年结实的汉子过去了，鞭子甩响着。

老马看着墙外的马不叫一声，也不响鼻子。小孩去拿柿子吃，柿子还不十分成熟，半青色的柿子，永远被人们摘取下来。

马静静地停在那里，连尾巴也不甩摆一下。也不去用嘴触一触石磙；就连眼睛它也不远看一下，同时它也不怕做什么工，工作起来的时候，它就安心去开始；一些绳索束上身时，它就跟住主人的鞭子。主人的鞭子很少落到它的皮骨，有时它过分疲惫而不能支持，行走过分缓慢；主人打了它，用鞭子，或是用别的什么，但是它并不暴跳，因为一切过去的年代规定了它。

麦穗在场上渐渐不成形了！

“来呀！在这儿拉一会马呀！平儿！”

“我不愿意和老马在一块，老马整天像睡着。”

平儿囊中带着柿子走到一边去吃，王婆怨怒着：

“好孩子呀！我管不好你，你还有爹哩！”

平儿没有理谁，走出场子，向着东边种着花的地端走去。他看着红花，吃着柿子走。

灰色的老幽灵暴怒了：“我去唤你的爹爹来管教你呀！”

她像一只灰色的大鸟走出场去。

清早的叶子们，树的叶子们，花的叶子们，闪着银珠了！太阳不着边际的圆轮在高粱棵的上端；左近的家屋在预备早饭了。

老马自己在滚压麦穗，勒带在嘴下拖着，它不偷食麦粒，它不走脱了轨，转过一个圈，再转过一个，绳子和皮条有次序地向它光皮的身子磨擦，老动物自己无声地动在那里。

种麦的人家，麦草堆得高涨起来了！福发家的草堆也涨过墙头。福发的女人吸起烟管。她是健壮而短小，烟管随意冒着烟；手中的耙子，不住地耙在平场。

侄儿打着鞭子行经在前面的林荫，静静悄悄地他唱着寂寞的歌声；她为歌声感动了！耙子快要停下来，歌声仍起在林端：

昨晨落着毛毛雨……

小姑娘，披蓑衣……

小姑娘……去打鱼。

二　菜圃

菜圃上寂寞的大红的西红柿，红着了。小姑娘们摘取着柿子，大红大红的柿子，盛满她们的筐篮；也有的在拔青萝卜，红萝卜。

金枝听着鞭子响，听着口哨响，她猛然站起来，提好她的筐子惊惊怕怕地走出菜圃。在菜田东边，柳条墙的那个地方停下，她听一听口笛渐渐远了！鞭子的响声与她隔离着了！她忍耐着等了一会，口笛婉转地从背后的方向透过来；她又将与他接近着了！菜田上一些女人望见她，远远的呼唤：

“你不来摘柿子，干什么站到那儿？”

她摇一摇她成双的辫子，她大声摆着手说：“我要回家了！”

姑娘假装着回家，绕过人家的篱墙，躲避一切菜田上的眼睛，朝向河湾去了。筐子挂在腕上，摇摇搭搭。口笛不住地在远方催逼她，仿佛她是一块被引的铁跟住了磁石。

静静的河湾有水湿的气味，男人等在那里。

五分钟过后，姑娘仍和小鸡一般，被野兽压在那里。男人着了疯了！他的大手敌意一般地捉紧另一块肉体，想要吞食那块肉体，想要破坏那块热的肉。尽量的充涨了血管，仿佛他是在一条白的死尸上面跳动，女人赤白的圆形的腿子，不能盘结住他。于是一切音响从两个贪婪着的怪物身上创造出来。

迷迷荡荡的一些花穗颤在那里，背后的长茎草倒折了！不远的地方打柴的老人在割野草。他们受着惊扰了，发育完强的青年的汉子，带着姑娘，像猎犬带着捕捉物似的，又走下高粱地去。他手是在姑娘的衣裳下面展开着走。

吹口哨，响着鞭子，他觉得人间是温存而愉快。他的灵魂和肉体完全充实着，婶婶远远地望见他，走近一点，婶婶说：“你和那个姑娘又遇见吗？她真是个好姑娘。……唉……唉！”

婶婶像是烦躁一般紧紧靠住篱墙。侄儿向她说：

“婶娘你唉唉什么呢？我要娶她哩！”

“唉……唉……”

婶婶完全悲伤下去，她说：“等你娶过来，她会变样，她不和原来一样，她的脸是青白色；你也再不把她放在心上，你会打骂她呀！男人们心上放着女人，也就是你这样的年纪吧！”

婶婶表示出她的伤感，用手按住胸膛，她防止着心脏起什么变化，她又说：

“那姑娘我想该有了孩子吧？你要娶她，就快些娶她。”

侄儿回答："她娘还不知道哩！要寻一个做媒的人。"

牵着一条牛，福发回来。婶婶望见了，她急旋着走回院中，假意收拾柴栏。叔叔到井边给牛喝水，他又拉着牛走了！婶婶好像小鼠一般又抬起头来，又和侄儿讲话：

"成业，我告诉你吧！年轻的时候，姑娘的时候，我也到河边去钓鱼，九月里落着毛毛雨的早晨，我披着蓑衣坐在河沿，没有想到，我也不愿意那样；我知道给男人做老婆是坏事，可是你叔叔，他从河沿把我拉到马房去，在马房里，我什么都完啦！可是我心也不害怕，我欢喜给你叔叔做老婆。这时节你看，我怕男人，男人和石块一般硬，叫我不敢触一触他。"

"你总是唱什么'落着毛毛雨，披蓑衣去打鱼……'，我再也不愿听这曲子，年轻人什么也不可靠，你叔叔也唱这曲子哩！这时他再也不想从前了！那和死过的树一样不能再活。"

年轻的男人不愿意听婶婶的话，转走到屋里，去喝一点酒。他为着酒，大胆把一切告诉了叔叔。福发起初只是摇头，后来慢慢地问着：

"那姑娘是十七岁吗？你是二十岁。小姑娘到咱们家里，会做什么活计？"

争夺着一般地，成业说："她长得好看哩！她有一双亮油油的黑辫子。什么活计她也能做，很有气力呢！"

成业的一些话，叔叔觉得他是喝醉了，往下叔叔没有说什么，坐在那里沉思过一会，他笑着望着他的女人。

"啊呀……我们从前也是这样哩！你忘记吗？那些事情，你忘记了吧！……哈……哈，有趣的呢，回想年轻真有趣的哩。"

女人过去拉着福发的臂，去抚媚他。但是没有动，她感到男人的笑脸不是从前的笑脸，她心中被他无数生气的面孔充塞住，她没有动，她笑一下赶忙又把笑脸收了回去。她怕笑得时间长，会要挨骂。男人叫把酒杯拿过去，女人听了这话，听了命令一般把杯子拿给他。于是丈夫也昏沉地睡在炕上。

女人悄悄地蹑着脚走出了，停在门边，她听着纸窗在耳边鸣，她完全无力，完全灰色下去。场院前，蜻蜓们闹着向日葵的花。但这与年轻的妇人绝对隔碍着。

纸窗渐渐地发白，渐渐可以分辨出窗棂来了！进过高粱地的姑娘一边幻想着一边哭，她是那样的低声，还不如窗纸的鸣响。

她的母亲翻转身时，哼着，有时也锉响牙齿。金枝怕要挨打，连忙在黑暗中把眼泪也拭得干净。老鼠一般地整夜好像睡在猫的尾巴下。通夜都是这样，每次母亲翻动时，像爆裂一般地，向自己的女孩的枕头的地方骂了一句：

“该死的！”

接着她便要吐痰，通夜是这样，她吐痰，可是她并不把痰吐到地上；她愿意把痰吐到女儿的脸上。这次转身她什么也没有吐，也没骂。

可是清早，当女儿梳好头辫，要走上田的时候，她疯着一般夺下她的筐子：

“你还想摘柿子吗？金枝，你不像摘柿子吧？你把筐子都丢啦！我看你好像一点心肠也没有，打柴的人幸好是朱大爷，若是别人拾去还能找出来吗？若是别人拾得了筐子，名声也不能好听哩！福发的媳妇，不就是在河沿坏的事吗？全村就连孩子们也是传说。唉！……那是怎样的人呀？以后婆家也找不出去。她有了孩子，没法做了福发的老婆，她娘为这事羞死了似的，在村子里见人，都不能抬起头来。”

母亲看着金枝的脸色马上苍白起来，脸色变成那样脆弱。母亲以为女儿可怜了，但是她没晓得女儿的手从她自己的衣裳里边偷偷地按着肚子，金枝感到自己有了孩子一般恐怖。母亲说：

“你去吧！你可再别和小姑娘们到河沿去玩，记住，不许到河边去。”

母亲在门外看着姑娘走，她没立刻转回去，她停住在门前许多时间，眼望着姑娘加入田间的人群，母亲回到屋中一边烧饭，一边叹气，她体内像染着什么病患似的。

农家每天从田间回来才能吃早饭。金枝走回来时，母亲看见她手在按着肚子：“你肚子疼吗？”

她被惊着了，手从衣裳里边抽出来，连忙摇着头：“肚子不疼。”

“有病吗？”

“没有病。”

于是她们吃饭。金枝什么也没有吃下去，只吃过粥饭就离开饭桌了！母亲自已收拾了桌子说："连一片白菜叶也没吃呢！你是病了吧？"

等金枝出门时，母亲呼唤着："回来，再多穿一件夹袄，你一定是着了寒，才肚子疼。"

母亲加一件衣服给她，并且又说："你不要上地吧？我去吧！"

金枝一面摇着头走了！披在肩上的母亲的小袄没有扣钮子，被风吹飘着。

金枝家的一片柿地，和一个院宇那样大的一片。走进柿地嗅到辣的气味，刺人而说不定是什么气味。柿秧最高的有两尺高，在枝间挂着金红色的果实。每棵，每棵挂着许多，也挂着绿色或是半绿色的一些。除了另一块柿地和金枝家的柿地接连着，左近全是菜田了！八月里人们忙着扒土豆；也有的砍着白菜，装好车子进城去卖。

二里半就是种菜田的人。麻面婆来回地搬着大头菜，送到地端的车子上。罗圈腿也是来回向地端跑着，有时他抱了两棵大形的圆白菜，走起来两臂像是架着两块石头样。

麻面婆看见身旁别人家的倭瓜红了。她看一下，近处没有人，起始把靠菜地长着的四个大倭瓜都摘落下来了。两个和小西瓜一样大的，她叫孩子抱着。罗圈腿脸累得涨红，和倭瓜一般红，他不能再抱动了！两臂像要被什么压掉一般。还没能到地端，刚走过金枝身旁，他大声求救似的：

"爹呀，西……西瓜快要摔啦，快要摔碎啦！"

他着忙把倭瓜叫西瓜。菜田许多人，看见这个孩子都笑了！凤姐望着金枝说：

"你看这个孩子，把倭瓜叫成西瓜。"

金枝看了一下，用面孔无心地笑了一下。二里半走过来，踢了孩子一脚；两个大的果实坠地了！孩子没有哭，发愣地站到一边。二里半骂他："混蛋，狗娘养的，叫你抱白菜，谁叫你摘倭瓜啦？……"

麻面婆在后面走着，她看到儿子遇了事，她巧妙地弯下身去，把两个更大的倭瓜丢进柿秧中。谁都看见她作这种事，只是她自己感到巧妙。二里半问她：

"你干的吗？胡涂虫！错非你……"

麻面婆哆嗦了一下，口齿比平常更不清楚了："……我没……"

孩子站在一边尖锐地嚷着："不是你摘下来叫我抱着送上车吗？不认账！"

麻面婆使着眼神，她急得要说出口来："我是偷的呢！该死的……别嚷叫啦，要被人抓住啦！"

平常最没有心肠看热闹的，不管田上发生了什么事，也沉埋在那里的人们，现在也来围住他们了！这里好像唱着武戏，戏台上要着他们一家三人。二里半骂着孩子。

"他妈的混账，不能干活，就能败坏，谁叫你摘倭瓜？"

罗圈腿那个孩子，一点也不服气地跑过去，从柿秧中把倭瓜滚弄出来了！大家都笑了，笑声超过人头。可是金枝好像患着传染病的小鸡一般，着眼睛蹲在柿秧下，她什么也没有理会，她逃出了眼前的世界。

二里半气愤得几乎不能呼吸，等他说出"倭瓜"是自家种的，为着留种子的时候，麻面婆站在那里才松了一口气，她以为这没有什么过错，偷摘自己的倭瓜。她仰起头来向大家表白："你们看，我不知道，实在不知道倭瓜是自家的呢！"

麻面婆不管自己说话好笑不好笑，挤过人围，结果把倭瓜抱到车子那里。于是车子走向进城的大道，弯腿的孩子拐拐歪歪跑在后面。马，车，人渐渐消失在道口了！

田间不断地讲着偷菜棵的事。关于金枝也起着流言：

"那个丫头也算完啦！"

"我早看她起了邪心，看她摘一个柿子要半天工夫；昨天把柿筐都忘在河沿！"

"河沿不是好人去的地方。"

凤姐身后，两个中年的妇人坐在那里扒胡萝卜。可是议论着，有时也说出一些淫污的话，使凤姐不大明白。

金枝的心总是悸动着，时间像蜘蛛缕着丝线那样绵长；心境坏到极点。

金枝脸色脆弱朦胧得像罩着一块面纱。她听一听口哨还没有响。辽远地可以看到福发家的围墙，可是她心中的哥儿却永不见出来。她又继续摘柿子，无论青色的柿子她也摘下。她没能注意到柿子的颜色，并且筐子也满着了！她不把柿子送回家去，一些杂色的柿子，被她散乱地铺了满地。那边又有女人故意大声议论她：

"上河沿去跟男人，没羞的，男人扯开她的裤子！……"

金枝关于眼前的一切景物和声音，她忽略过去；她把肚子按得那样紧，仿佛肚子里面跳动了！忽然口哨传来了！她站起来，一个柿子被踏碎，像是被踏碎的蛤蟆一样，发出水声。她跌倒了，口哨也跟着消灭了！以后无论她怎样听，口哨也不再响了。

金枝和男人接触过三次：第一次还是在两个月以前，可是那时母亲什么也不知道，直到昨天筐子落到打柴人手里，母亲算是渺渺茫茫地猜度着一些。

金枝过于痛苦了，觉得肚子变成个可怕的怪物，觉得里面有一块硬的地方，手按得紧些，硬的地方更明显。等她确信肚子有了孩子的时候，她的心立刻发呕一般颤栗起来，她被恐怖把握着了。奇怪的，两个蝴蝶叠落着贴落在她的膝头。金枝看着这邪恶的一对虫子而不拂去它。金枝仿佛是米田上的稻草人。

母亲来了，母亲的心远远就系在女儿的身上。可是她安静地走来，远看她的身体几乎呈出一个完整的方形，渐渐可以辨得出她尖形的脚在袋口一般的衣襟下起伏的动作。在全村的老妇人中什么是她的特征呢？她发怒和笑着一般，眼角集着愉悦的多形的皱纹。嘴角也完全愉快着，只是上唇有些差别，在她真正愉快的时候，她的上唇短了一些；在她生气的时候，上唇特别长，而且唇的中央那一小部分尖尖的，完全像鸟雀的嘴。

母亲停住了。她的嘴是显着她的特征——全脸笑着，只是嘴和鸟雀的嘴一般。因为无数青色的柿子惹怒她了！金枝在沉想的深渊中被母亲踢打了：

“你发傻了吗？啊……你失掉了魂啦？我撕掉你的辫子……”

金枝没有挣扎，倒了下来；母亲和老虎一般捕住自己的女儿。金枝的鼻子立刻流血。

她小声骂她，大怒的时候她的脸色更畅快，笑着慢慢地掀着尖唇，眼角的线条更加多地组织起来。

“小老婆，你真能败毁。摘青柿子。昨夜我骂了你，不服气吗？”

母亲一向是这样，很爱护女儿，可是当女儿败坏了菜棵，母亲便去爱护菜棵了。农家无论是菜棵，或是一株茅草也要超过人的价值。

该睡觉的时候了！火绳从门边挂手巾的铁丝上倒垂下来，屋中听不着一个蚊虫飞了！夏夜每家挂着火绳。那绳子缓慢而绵长地燃着。惯常了，那像庙堂中燃着的香火，沉沉的一切使人无所听闻，渐渐催人入睡。艾蒿的气味渐渐织入一些疲乏的梦魂去。蚊虫被艾蒿烟驱走。金枝同母亲还没有睡的时候，有人来在窗外，轻慢地咳嗽着。

母亲忙点灯火，门响开了！是二里半来了。无论怎样母亲不能把灯点着，灯心处爆着水的炸响，母亲手中举着一支火柴，把小灯举得和眉头一般高，她说：

“一点点油也没有了呢！”

金枝到外房去倒油。这个时间，他们谈说一些突然的事情。

母亲关于这事惊恐似的，坚决地，感到羞辱一般地荡着头：

“那是不行，我的女儿不能配到那家子人家。”

二里半听着姑娘在外房盖好油罐子的声音，他往下没有说什么。金枝站在门限向妈妈问：“豆油没有了，装一点水吧？”

金枝把小灯装好，摆在炕沿，燃着了！可是二里半到她家来的意义是为着她，她一点不知道。二里半为着烟袋向倒悬的火绳取火。

母亲，手在按住枕头，她像是想什么，两条直眉几乎相连起来。女儿在她身边向着小灯垂下头。二里半的烟火每当他吸过了一口便红了一阵。艾蒿烟混加着烟叶的气味，使小屋变作地下的窖子一样黑重！二里半作窘一般地咳嗽了几声。金枝把流血的鼻子换上另一块棉花。因为没有言语，每个人起着微小的潜意识的动作。

就这样坐着，灯火又响了。水上的浮油烧尽的时候，小灯又要灭，二里半沉闷着走了！二里半为人说媒被拒绝，羞辱一般地走了。

中秋节过去，田间变成残败的田间；太阳的光线渐渐从高空忧郁下来，阴湿的气息在田间到处撩走。南部的高粱完全睡倒下来，远远地望去，黄豆秧和揉乱的头发一样蓬蓬在地面，也有的地面完全拔秃似的。

早晨和晚间都是一样，田间憔悴起来。只见车子，牛车和马车轮轮滚滚地载满高粱的穗头，和大豆的秆秧。牛们流着口涎，头愚直地挂下着，发出响动的车子前进。

福发的侄子驱着一条青色的牛，向自家的场院载拖高粱。他故意绕走一条曲道，那里是金枝的家门，她的心胀裂一般地惊慌，鞭子于是响来了。

金枝放下手中红色的辣椒，向母亲说：

“我去一趟茅屋。”

于是老太太自己串辣椒，她串辣椒和纺织一般快。

金枝的辫子毛毛着，脸是完全充了血。但是她患着病的现象，把她变成和纸人似的，像被风飘着似的出现在房后的围墙。

你害病吗？倒是为什么呢？但是成业是乡村长大的孩子，他什么也不懂得问。他丢下鞭子，从围墙宛如飞鸟落过墙头，用腕力掳住病的姑娘；把她压在墙角的灰堆上，那样他不是想要接吻她，也不是想要热情地讲些情话，他只是被本能支使着想要动作一切。金枝打厮着一般地说：

“不行啦！娘也许知道啦，怎么媒人还不见来？”

男人回答：“嗳，李大叔不是来过吗？你一点不知道！他说你娘不愿意。明天他和我叔叔一道来。”

金枝按着肚子给他看，一面摇头：“不是呀！……不是呀！你看到这个样子啦！”

男人完全不关心，他小声响起：“管他妈的，活该愿意不愿意，反正是干啦！”

他的眼光又失常了，男人仍被本能不停地要求着。

母亲的咳嗽声，轻轻地从薄墙透出来。墙外青牛的角上挂着秋空的游丝，轻轻地浮荡着……

母亲和女儿在吃晚饭，金枝呕吐起来，母亲问她：“你吃了苍蝇吗？”

她摇头。母亲又问：“是着了寒吧！怎么你总有病呢？你连饭都咽不下去。不是有痨病啦？！”

母亲说着去按女儿的腹部，手在夹衣上来回的摸了阵。手指四张着在肚子上思索了又思索：

“你有了痨病吧？肚子里有一块硬呢！有痨病人的肚子才是硬一块。”

女儿的眼泪要垂流一般地挂到眼毛的边缘。最后滚动着从眼毛滴下来了！就是在夜里，金枝也起来到外边去呕吐，母亲迷蒙中听着叫娘的声音。

窗上的月光差不多和白昼一般明，看得清金枝的半身拖在炕下，另半身是弯在枕上。头发完全埋没着脸面。等母亲拉她手的时候，她抽扭着说起：

“娘……把女儿嫁给福发的侄子吧！我肚里不是……病，是……”

到这样时节母亲更要打骂女儿了吧？可不是那样，母亲好像本身有了罪恶，听了这话，立刻麻木着了，很长的时间她像不存在一样。过了一刻母亲用她从不用过温和的声调说：

“你要嫁过去吗？二里半那天来说媒，我是顶走他的，到如今这事怎么办呢？”

母亲似乎是平息了一下，她又想说，但是泪水塞住了她的嗓子，像是女儿窒息了她的生命似的，好像女儿把她羞辱死了！

三　老马走进屠场

老马走上进城的大道，私宰场就在城门的东边。那里的屠刀正张着，在等待这个残老的动物。

老王婆不牵着她的马儿，在后面用一条短枝驱着它前进。

大树林子里有黄叶回旋着，那是些呼叫着的黄叶。望向林子的那端，全林的树棵，仿佛是关落下来的大伞。凄沉的阳光，晒着所有的秃树。田间望遍了远近的人家。深秋的田地好像没有感觉的光了毛的皮带，远近平铺着。夏季埋在植物里的家屋，现在明显地好像突出地面一般，好像新从地面突出。

深秋带来的黄叶，赶走了夏季的蝴蝶。一张叶子落到王婆的头上，叶子是安静地伏贴在那里。王婆驱着她的老马，头上顶着飘落的黄叶；老马，老人，配着一张老的叶子，他们走在进城的大道。

道口渐渐看见人影，渐渐看见那个人吸烟，二里半迎面来了。他长形的脸孔配起摆动的身子来，有点像一个驯顺的猿猴。他说：“唉呀！起得太早啦！进城去有事吗？怎么，驱着马进城，不装车粮拉着？”

振一振袖子，把耳边的头发向后抚弄一下，王婆的手颤抖着说了：“到日子了呢！下汤锅去吧！”王婆什么心情也没有，她看着马在吃道旁的叶子。她用短枝驱着又前进了。

二里半感到非常悲痛。他痉挛着了。过了一个时刻转过身来，他赶上去说：

“下汤锅是下不得的……下汤锅是下不得……”但是怎样办呢？二里半连半句语言也没有了！他扭歪着身子跨到前面，用手摸一摸马儿的鬃发。老马立刻响着鼻子了！它的眼睛哭着一般，湿润而模糊。悲伤立刻掠过王婆的心孔。哑着嗓子，王婆说：“算了吧！算了吧！不下汤锅，还不是等着饿死吗？”

深秋秃叶的树，为了惨厉的风变，脱去了灵魂一般吹啸着。马行在前面，王婆随在后面，一步一步屠场近着了；一步一步风声送着老马归去。

王婆她自己想着：一个人怎么变得这样厉害？年轻的时候，不是常常为着送老马或是老牛进过屠场吗？她颤寒起来，幻想着屠刀像要穿过自己的背脊，于是，手中的短枝脱落了！她茫然晕昏地停在道旁，头发舞着好像个鬼魂样。等她重新拾起短枝来，老马不见了！它到前面小水沟的地方喝水去了！这是它最末一次饮水吧！老马需要饮水，它也需要休息，在水沟旁倒卧下了！它慢慢呼吸着。王婆用低音、慈和的音调呼唤着：“起来吧！走进城去吧，有什么法子呢？”马仍然仰卧着。王婆看一看日午了，还要赶回去烧午饭，但，任她怎样拉缰绳，马仍是没有移动。

王婆恼怒着了！她用短枝打着它起来。虽是起来，老马仍然贪恋着小水沟。王婆因为苦痛的人生，使她易于暴怒，树枝在马儿的脊骨上断成半截。

又安然走在大道上了！经过一些荒凉的家屋，经过几座颓败的小庙。一个小庙前躺着个死了的小孩，那是用一捆谷草束扎着的。孩子小小的头顶露在外面，可怜的小脚从草梢直伸出来；他是谁家的孩子，睡在这旷野的小庙前？

屠场近着了，城门就在眼前；王婆的心更翻着不停了。

五年前它也是一匹年轻的马，为了耕种，伤害得只有毛皮蒙遮着骨架。

现在它是老了！秋末了！收割完了！没有用处了！只为一张马皮，主人忍心把它送进屠场。就是一张马皮的价值，地主又要从王婆的手里夺去。

王婆的心自己感觉得好像悬起来；好像要掉落一般，当她看见板墙钉着一张牛皮的时候。那一条小街尽是一些要坍落的房屋；女人啦，孩子啦，散集在两旁。地面踏起的灰粉，污没着鞋子，冲上人的鼻孔。孩子们拾起土块，或是垃圾团打击着马儿，王婆骂道：

“该死的呀！你们这该死的一群。”

这是一条短短的街。就在短街的尽头，张开两张黑色的门扇。再走近一点，可以发见门扇斑斑点点的血印。被血痕所恐吓的老太婆好像自己踏在刑场了！她努力镇压着自己，不让一些年轻时所见到的刑场上的回忆翻动。但，那回忆却连续地开始织张——一个小伙子倒下来了，一个老头也倒下来了！挥刀的人又向第三个人做着势子。

仿佛是箭，又像火刺烧着王婆，她看不见那一群孩子在打马，她忘记怎样去骂那一群顽皮的孩子。走着，走着，立在院心了。四面板墙钉住无数张毛皮。靠近房檐立了两条高杆，高杆中央横着横梁；马蹄或是牛蹄折下来用麻绳把两只蹄端扎连在一起，做一个叉形挂在上面，一团一团的肠子也搅在上面；肠子因为日久了，干成黑色不动而僵直的片状的绳索。并且那些折断的腿骨，有的从折断处涔滴着血。

在南面靠墙的地方也立着高杆，杆头晒着在蒸气的肠索。这是说，那个动物是被杀死不久哩！肠子还热着呀！

满院在蒸发腥气，在这腥味的人间，王婆快要变做一块铅了！沉重而没有感觉了！

老马——棕色的马，它孤独地站在板墙下，它借助那张钉好的毛皮在搔痒。此刻它仍是马，过一会它将也是一张皮了！

一个大眼睛的恶面孔跑出来，裂着胸襟。说话时，可见它胸膛在起伏：

“牵来了吗？啊！价钱好说，我好来看一下。”

王婆说：“给几个钱我就走了！不要麻烦啦。”

那个人打一打马的尾巴，用脚踢一踢马蹄；这是怎样难忍的一刻呀！

王婆得到三张票子，这可以充纳一亩地租。看着钱比较自慰些，她低着头向大门走去，她想还余下一点钱到酒店去买一点酒带回去，她已经跨出大门，后面发着响声：

“不行，不行……马走啦！”

王婆回过头来，马又走在后面；马什么也不知道，仍想回家。屠场中出来一些男人，那些恶面孔们，想要把马抬回去，终于马躺在道旁了！像树根盘结在地中。无法，王婆又走回院中，马也跟回院中。她给马搔着头顶，它渐渐卧在地面了！渐渐想睡着了！忽然王婆站起来向大门奔走。在道口听见一阵关门声。

她哪有心肠买酒？她哭着回家，两只袖子完全湿透。那好像是送葬归来一般。

家中地主的使人早等在门前，地主们就连一块铜板也从不舍弃在贫农们的身上，那个使人取了钱走去。

王婆半日的痛苦没有代价了！王婆一生的痛苦也都是没有代价。

四 荒山

冬天，女人们像松树子那样容易结聚，在王婆家里满炕坐着女人。五姑姑在编麻鞋，她为着笑，弄得一条针丢在席缝里，她寻找针的时候，做出可笑的姿势来，她像一个灵活的小鸽子站起来在炕上跳着走，她说：

“谁偷了我的针？小狗偷了我的针？”

“不是呀！小姑爷偷了你的针！”

新娶来菱芝嫂嫂，总是爱说这一类的话。五姑姑走过去要打她。

“莫要打，打人将要找一个麻面的姑爷。”

王婆在厨房里这样搭起声来；王婆永久是一阵幽默，一阵欢喜，与乡村中别的老妇们不同。她的声音又从厨房打来：

“五姑姑编成几双麻鞋了？给小丈夫要多多编几双呀！”

五姑姑坐在那里做出表情来，她说：

“哪里有你这样的老太婆，快五十岁了，还说这样话！”

王婆又庄严点说：

“你们都年轻，哪里懂得什么，多多编几双吧！小丈夫才会稀罕哩。”

大家哗笑着了！但五姑姑不敢笑，心里笑，垂下头去，假装在席上找针。等菱芝嫂把针还给五姑姑的时候，屋子安然下来。厨房里王婆用刀刮着鱼鳞的声响，和窗外雪擦着窗纸的声响，混杂在一起了。

王婆用冷水洗着冻冰的鱼，两只手像个胡萝卜样。她走到炕沿，在火盆边烘手。生着斑点在鼻子上、新死去丈夫的妇人放下那张小破布，在一堆乱布里去寻更小的一块；她迅速地穿补。她的面孔有点像王婆，腮骨很高，眼睛和琉璃一般深嵌在好像小洞似的眼眶里。并且也和王婆一样，眉峰是突出的。那个女人不喜欢听一些妖艳的词句，她开始追问王婆："你的第一家那个丈夫还活着吗？"

两只在烘着的手，有点腥气；一颗鱼鳞掉下去，发出小小响声，微微上腾着烟。她用盆边的灰把烟埋住，她慢慢摇着头，没有回答那个问话。鱼鳞烧的烟有点难耐，每个人皱一下鼻头，或是用手揉一揉鼻头。生着斑点的寡妇，有点后悔，觉得不应该问这话。墙角坐着五姑姑的姐姐，她用麻绳穿着鞋底的吵音单调地起落着。

厨房的门，因为结了冰，破裂一般地鸣叫。

"呀！怎么买这些黑鱼？"

大家都知道是打鱼村的李二婶子来了。听了声音，就可以想象她梢长的身子。

"真是快过年了？真有钱买这些鱼？"

在冷空气中，音波响得很脆；刚踏进里屋，她就看见炕上坐满着人。"都在这儿聚堆呢！小老婆们！"

她生得这般瘦。腰，临风就要折断似的；她的奶子那样高，好像两个对立的小岭。斜面看她的肚子似乎有些不平起来。靠着墙给孩子吃奶的中年的妇人，观察着而后问："二婶子，不是又有了呵？"

二婶子看一看自己的腰身说："像你们呢！怀里抱着，肚子还装着……"

她故意在讲骗话，过了一会她坦白地告诉大家：

"那是三个月了呢！你们还看不出？"

菱芝嫂在她肚皮上摸了一下，她邪昵地浅浅地笑了：

"真没出息，整夜尽搂着男人睡吧？"

"谁说？你们新媳妇，才那样。"

"新媳妇？……哼！倒不见得！"

"像我们都老了！那不算一回事啦，你们年轻，那才了不得哪！小丈夫才会新鲜哩！"

每个人为了言词的引诱，都在幻想着自己，每个人都有些心跳；或是每个人的脸发烧。就连没出嫁的五姑姑都感着神秘而不安了！她羞羞迷迷地经过厨房回家去了！只留下妇人们在一起，她们言调更无边际了！王婆也加入这一群妇人的队伍，她却不说什么，只是帮助着笑。

在乡村，永久不晓得，永久体验不到灵魂，只有物质来充实她们。

李二婶子小声问菱芝嫂，其实小声人们听得更清！

菱芝嫂她毕竟是新嫁娘，她猛然羞着了！不能开口。李二婶子的奶子颤动着，用手去推动菱芝嫂：

"说呀！你们年轻，每夜要有那事吧？"

在这样的当儿二里半的婆子进来了！二婶子推撞菱芝嫂一下：

"你快问问她！"

那个傻婆娘一向说话是有头无尾："十多回。"

全屋人都笑得流着眼泪了！孩子从母亲的怀中起来，大声的哭号。

李二婶子静默一会，她站起来说：

"月英要吃咸黄瓜，我还忘了，我是来拿黄瓜。"

李二婶子拿了黄瓜走了，王婆去烧晚饭，别人也陆续着回家了。王婆自己在厨房里炸鱼。有了烟，房中也不觉得寂寞。

鱼摆在桌子上，平儿也不回来，平儿的爹爹也不回来，暗色的光中王婆自己吃饭，热气伴着她。

月英是打鱼村最美丽的女人。她家也最贫穷，和李二婶子隔壁住着。她是如此温和，从不听她高声笑过，或是高声吵嚷。生就的一对多情的眼睛，每个人接触她的眼光，好比落到绵绒中那样愉快和温暖。

可是现在那完全消失了！每夜李二婶子听到隔壁惨厉的哭声；十二月严寒的夜，隔壁的哼声愈见沉重了！

山上的雪被风吹着像要埋蔽这傍山的小房似的。大树号叫，风雪向小房遮蒙下来。一株山边斜歪着的大树，倒折下来。寒月怕被一切声音扑碎似的，退缩到天边去了！这时候隔壁透出来的声音，更哀楚。

"你……你给我一点水吧！我渴死了！"

声音弱得柔惨欲断似的："嘴干死了！……把水碗给我呀！"

一个短时间内仍没有回应，于是那孱弱哀楚的小响不再作了！啜泣着，哼着，隔壁像是听到她流泪一般，滴滴点点地。

日间孩子们集聚在山坡，缘着树枝爬上去，顺着结冰的小道滑下来，他们有各样不同的姿势——倒滚着下来，两腿分张着下来，也有冒险的孩子，把头向下，脚伸向空中溜下来。常常他们要跌破流血回家。冬天，对于村中的孩子们，和对于花果同样暴虐。他们每人的耳朵春天要脓胀起来，手或是脚都裂开条口，乡村的母亲们对于孩子们永远和对敌人一般。当孩子把爹爹的棉帽偷着戴起跑出去的时候，妈妈追在后面打骂着夺回来，妈妈们摧残孩子永久疯狂着。

王婆约会五姑姑来探望月英。正走过山坡，平儿在那里。平儿偷穿着爹爹的大毡靴子；他从山坡奔逃了！靴子好像两只大熊掌样挂在那个孩子的脚上。平儿蹒跚着了！从上坡滚落着了！可怜的孩子带着那样黑大不相称的脚，球一般滚转下来，跌在山根的大树干上。王婆宛如一阵风落到平儿的身上，那样好像山间的野兽要猎食小兽一般凶暴。终于王婆提了靴子，平儿赤着脚回家，使平儿走在雪上，好像使他走在火上一般不能停留。任孩子走得怎样远，王婆仍是说着："一双靴子要穿过三冬，踏破了哪里有钱买？你爹进城去都没穿哩！"

月英看见王婆还不及说话，她先哑了嗓子，王婆把靴子放在炕下，手在抹擦鼻涕：

"你好了一点？脸孔有一点血色了！"

月英把被子推动一下，但被子仍然伏盖在肩上，她说：

"我算完了，你看我连被子都拿不动了！"

月英坐在炕的当心。那幽黑的屋子好像佛龛，月英好像佛龛中坐着的女佛。用枕头四面围住她，就这样过了一年。一年月英没能倒下睡过。她患着瘫病，起初她的丈夫替她请神，烧香，也跑到土地庙前索药。后来就连城里的庙也去烧香；但是奇怪的是月英的病并不为这些香烟和神鬼所治好。以后做丈夫的觉得责任尽到了，并且月英一个月比一个月加病，做丈夫的感着伤心！他嘴里骂：

"娶了你这样老婆，真算不走运气！好像娶个小祖宗来家，供奉着你吧！"

起初因为她和他分辩，他还打她。现在不然了，绝望了！晚间他从城里卖完青菜回来，烧饭自己吃，吃完便睡下，一夜睡到天明；坐在一边那个受罪的女人一夜呼唤到天明。宛如一个人和一个鬼安放在一起，彼此不相关联。

月英说话只有舌尖在转动。王婆靠近她，同时那一种难忍的气味更强烈了！更强烈的从那一堆污浊的东西，发散出来。月英指点身后说：

“你们看看，这是那死鬼给我弄来的砖，他说我快死了！用不着被子了！用砖依住我，我全身一点肉都瘦空。那个没有天良的，他想法折磨我呀！”

五姑姑觉得男人太残忍，把砖块完全抛下炕去，月英的声音欲断一般又说：

“我不行啦！我怎么能行，我快死啦！”

她的眼睛，白眼珠完全变绿，整齐的一排前齿也完全变绿，她的头发烧焦了似的，紧贴住头皮。她像一只患病的猫儿，孤独而无望。

王婆给月英围好一张被子在腰间，月英说：

“看看我的身下，脏污死啦！”

王婆下地用条枝笼了盆火，火盆腾着烟放在月英身后。王婆打开她的被子时，看见那一些排泄物淹浸了那座小小的骨盘。五姑姑扶住月英的腰，但是她仍然使人心楚地在呼唤！

“唉哟，我的娘！……唉哟疼呀！”

她的腿像两条白色的竹竿平行着伸在前面。她的骨架在炕上正确地做成一个直角，这完全用线条组成的人形，只有头阔大些，头在身子上仿佛是一个灯笼挂在杆头。

王婆用麦草揩着她的身子，最后用一块湿布为她擦着。五姑姑在背后把她抱起来，当擦臀下时，王婆觉得有小小白色的东西落到手上，会蠕行似的。借着火盆边的火光去细看，知道那是一些小蛆虫，她知道月英的臀下是腐了，小虫在那里活跃。月英的身体将变成小虫们的洞穴！王婆问月英：

“你的腿觉得有点痛没有？”

月英摇头。王婆用冷水洗她的腿骨，但她没有感觉，整个下体在那个瘫人像是外接的，是另外的一件物体。当给她一杯水喝的时候，王婆问：

“牙怎么绿了？”

终于五姑姑到隔壁借一面镜子来，同时她看了镜子，悲痛沁人心魂地她大哭起来。但面孔上不见一点泪珠，仿佛是猫忽然被辗轧，她难忍的声音，没有温情的声音，开始低嘎。

她说："我是个鬼啦！快些死了吧？活埋了我吧！"

她用手来撕头发，脊骨摇扭着，一个长久的时间她忙乱不停。现在停下了，她是那样无力，头是歪斜地横在肩上；她又那样微微地睡去。

王婆提了靴子走出这个傍山的小房。荒寂的山上有行人走在天边，她晕眩了！为着强的光线，为着瘫人的气味，为着生、老、病、死的烦恼，她的思路被一些烦恼的波所遮拦。

五姑姑当走进大门时向王婆打了个招呼。留下一段更长的路途，给那个经验过多样人生的老太婆去走吧！

王婆束紧头上的蓝布巾，加快了速度，雪在脚下也相伴而狂速地呼叫。

三天以后，月英的棺材抬着横过荒山而奔着去埋葬，葬在荒山下。

死人死了！活人计算着怎样活下去。冬天女人们预备夏季的衣裳；男人们计虑着怎样开始明年的耕种。

那天赵三进城回来，他披着两张羊皮回家，王婆问他：

"哪里来的羊皮？——你买的吗？……哪来的钱呢？……"

赵三有什么事在心中似的，他什么也没言语。摇闪的经过炉灶，通红的火光立刻鲜明着，他走出去了。

夜深的时候他还没有回来。王婆命令平儿去找他。平儿的脚已是难于行动，于是王婆就到二里半家去，他不在二里半家，他到打鱼村去了。赵三阔大的喉咙从李青山家的窗纸透出，王婆知道他又是喝过了酒。当她推门的时候她就说：

"什么时候了？还不回家去睡？"

这样立刻全屋别的男人们也把嘴角合起来。王婆感到不能意料了。青山的女人也没在家，孩子也不见。赵三说：

"你来干么？回去睡吧！我就去……去……"

王婆看一看赵三的脸神，看一看周围也没有可坐的地方，她转身出来，她的心徘徊着：

——青山的媳妇怎么不在家呢？这些人是在做什么？

又是一个晚间。赵三穿好新制成的羊皮小袄出去。夜半才回来。披着月亮敲门。王婆知道他又是喝过了酒，但他睡的时候，王婆一点酒味也没嗅到。

那么出去做些什么呢？总是愤怒地归来。

李二婶子拖了她的孩子来了，她问：

“是地租加了价吗？”

王婆说：“我还没听说。”

李二婶子做出一个确定的表情：

“是的呀！你还不知道吗？三哥天天到我家去和他爹商量这事。我看这种情形非出事不可，他们天天夜晚计算着，就连我，他们也躲着。昨夜我站在窗外才听到他们说哩！‘打死他吧！那是一块恶祸。’你想他们是要打死谁呢？这不是要出人命吗？”

李二婶子抚着孩子的头顶，有一点哀怜的样子：“你要劝说三哥，他们若是出了事，像我们怎样活？孩子还都小着哩！”

五姑姑和别的村妇们带着她们的小包袱，约会着来的，踏进来的时候，她们是满脸盈笑。可是立刻她们转变了，当她们看见李二婶子和王婆默无言语的时候，也把事件告诉了她们，她们也立刻忧郁起来，一点闲情也没有！一点笑声也没有，每个人痴呆地想了想，惊恐地探问了几句。五姑姑的姐姐，她是第一个扭着大圆的肚子走出去，就这样一个连着一个寂寞的走去。她们好像群聚的鱼似的，忽然有钓竿投下来，她们四下分行去了！

李二婶子仍没有走，她为的是嘱告王婆怎样破坏这件险事。

赵三这几天常常不在家吃饭；李二婶子一天来过三四次。

“三哥还没回来？他爹爹也没回来。”

一直到第二天下午赵三回来了，当进门的时候，他打了平儿，因为平儿的脚病着，一群孩子集到家来玩。在院心放了一点米，一块长板用短条棍架着，条棍上系着根长绳，绳子从门限拉进去，雀子们去啄食谷粮，孩子们蹲在门限守望，什么时候雀子满集成堆时，那时候，孩子们就抽动绳索。许多饥饿的麻雀丧亡在长板下。厨房里充满了雀毛的气味，孩子们在灶膛里烧食过许多雀子。

赵三焦烦着，他看着一只鸡被孩子们打住。他把板子给踢翻了！他坐在炕沿上燃着小烟袋，王婆把早饭从锅里摆出来。他说：

“我吃过了！”

于是平儿来吃这些残饭。

“你们的事情预备得怎样了？能下手便下手。”

他惊疑。怎么会走漏消息呢？王婆又说：

“我知道的，我还能弄支枪来。”

他无从想象自己的老婆有这样的胆量。王婆真的找来一枝老洋炮。可是赵三还从没用过枪。晚上平儿睡了以后王婆教他怎样装火药，怎样上炮子。

赵三对于他的女人慢慢感着可以敬重！但是更秘密一点的事情总不向她说。

忽然从牛棚里发现五个新镰刀。王婆意度这事情是不远了！

李二婶子和别的村妇们挤上门来探听消息的时候，王婆的头沉埋一下，她说：“没有那回事，他们想到一百里路外去打围，弄得几张兽皮大家分用。”

是在过年的前夜，事情终于发生了！北地端鲜红的血染着雪地；但事情做错了！赵三近些日子有些失常，一条梨木杆打折了小偷的腿骨。他去呼唤二里半，想要把那小偷丢到土坑去，用雪埋起来，二里半说：“不行，开春时节，土坑发见死尸，传出风声，那是人命哩！”

村中人听着极痛的呼叫，四面出来寻找。赵三拖着独腿人转着弯跑，但他不能把他掩藏起来。在赵三惶恐的心情下，他愿意寻到一个井把他放下去。赵三弄了满手血。

惊动了全村的人，村长进城去报告警所。

于是赵三去坐监狱，李青山他们的“镰刀会”少了赵三也就衰弱了！消灭了！

正月末赵三受了主人的帮忙，把他从监狱提放出来。那时他头发很长，脸也灰白了些，他有点苍老。

为着给那个折腿的小偷做赔偿，他牵了那条仅有的牛上市去卖。小羊皮袄也许是卖了？再不见他穿了！

晚间李青山他们来的时候，赵三忏悔一般地说：“我做错了！也许是我该招的灾祸：那是一个天将黑的时候，我正喝酒，听着平儿大喊有人偷柴。刘二爷前些日子来说要加地租，我不答应，我说我们联合起来不给他加，于是他走了！过了几天他又来，说：非加不可。再不然叫你们滚蛋！我说好啊！等着你吧！那个管事的，他说：你还要造反？不滚蛋，你们的草堆，就要着火！我只当是那个小子来点着我的柴堆呢！拿着杆子跑出去就把腿给打断了！打断了也甘心，谁想那是一个小偷！哈哈！小偷倒霉了！就是治好，那也是跛子了！”

关于“镰刀会”的事情他像忘记了一般，李青山问他：

“我们应该怎样铲锄刘二爷那恶棍？”

是赵三说的话：

“打死他吧！那个恶祸。”

这是从前他说的话，现在他又不那样说了：“铲锄他又能怎样？我招灾祸，刘二爷也向东家说了不少好话。从前我是错了！也许现在是受了责罚！”

他说话时不像从前那样英气了！脸上有点带着忏悔的意味，羞惭和不安了。王婆坐在一边，听了这话她后脑上的小发卷也像生着气：“我没见过这样的汉子，起初看来还像一块铁，后来越看越是一堆泥了！”

赵三笑了：“人不能没有良心！”

于是好良心的赵三天天进城，弄一点白菜担着给东家送去，弄一点地豆也给东家送去。为着送这一类菜，王婆同他激烈地吵打，但他绝对保持着他的良心。

有一天少东家出来，站在门阶上像训诲着他一般：“好险！若不为你说一句话，三年大狱你可怎么蹲呢？那个小偷他算没走好运吧！你看我来着手给你办，用不着给他接腿，让他死了就完啦。你把卖牛的钱也好省下，我们是‘地东’‘地户’，哪有看着过去的……”

说话的中间，间断了一会，少东家把话尾落到别处去：

“不过今年地租是得加。左近地邻不都是加了价吗？地东地户年头多了，不过得……少加一点。”

过不了几天小偷从医院抬出来，可真的死了就完了！把赵三的牛钱归还一半，另一半少东家说是用做杂费了。

二月了。山上的积雪现出毁灭的色调。但荒山上却有行人来往。渐渐送粪的人担着担子行过荒凉的山岭。农民们蛰伏的虫子样又醒过来。渐渐送粪的车子也忙着了！只有赵三的车子没有牛挽，平儿冒着汗和爹爹并架着车辕。

地租就这样加成了！

五　羊群

平儿被雇做了牧羊童。他追打群羊跑遍山坡。山顶像是开着小花一般，绿了！而变红了！山顶拾野菜的孩子，平儿不断地戏弄她们，他单独地赶着一只羊去吃她们筐子里拾得的野菜。有时他选一条大身体的羊，像骑马一样地骑着来了！小的女孩们吓得哭着，她们看他像个猴子坐在羊背上。平儿从牧羊时起，他的本领渐渐得以发展。他把羊赶到荒凉的地方去，召集村中所有的孩子练习骑羊。每天那些羊和不喜欢行动的猪一样散遍在旷野。

行在归途上，前面白茫茫的一片，他在最后的一个羊背上，仿佛是大将统治着兵卒一般，他手耍着鞭子，觉得十分得意。

“你吃饱了吗？午饭。”

赵三对儿子温和了许多。从遇事以后他好像是温顺了。

那天平儿正戏耍在羊背上，在进大门的时候，羊疯狂地跑着，使他不能从羊背跳下，那样他像耍着的羊背上张狂的猴子。一个下雨的天气，在羊背上进大门的时候，他把小孩撞倒，主人用拾柴的耙子把他打下羊背来，仍是不停，像打着一块死肉一般。

夜里，平儿不能睡，辗翻着不能睡，爹爹动着他庞大的手掌拍抚他：“跑了一天！还不困倦，快快睡吧！早早起来好上工！”

平儿在爹爹温顺的手下，感到委屈了！

“我挨打了！屁股疼。”

爹爹起来，在一个纸包里取出一点红色的药粉给他涂擦破口的地方。

爹爹是老了！孩子还那样小，赵三感到人活着没有什么意趣了。第二天平儿去上工被辞退回来，赵三坐在厨房用谷草正织鸡笼，他说：

“好啊！明天跟爹爹去卖鸡笼吧！”

天将明，他叫着孩子：

“起来吧！跟爹爹去卖鸡笼。”

王婆把米饭用手打成坚实的团子，进城的父子装进衣袋去，算作午餐。

第一天卖出去的鸡笼很少，晚间又都背着回来。王婆弄着米缸响：

“我说多留些米吃，你偏要卖出去……又吃什么呢？……又吃什么呢？”

老头子把怀中的铜板给她，她说：

“不是今天没有吃的，是明天呀！”

赵三说：“明天，那好说，明天多卖出几个笼子就有了！”

一个上午，十个鸡笼卖出去了！只剩三个大些的，堆在那里。爹爹手心上数着票子，平儿在吃饭团。

“一百枚还多着，我们该去喝碗豆腐脑来！”

他们就到不远的那个布棚下，蹲在担子旁吃着冒气的食品。是平儿先吃，爹爹的那碗才正在上面倒醋。平儿对于这食品是怎样新鲜呀！一碗豆腐脑是怎样舒畅着平儿的小肠子呀！他的眼睛圆圆地把一碗豆腐脑吞食完了！

那个叫卖人说：“孩子再来一碗吧！”

爹爹惊奇着：“吃完了？”

那个叫卖人把勺子放下锅去说：“再来一碗算半碗的钱吧！”

平儿的眼睛溜着爹爹把碗给过去。他喝豆腐脑作出大大的抽响来。赵三却不那样，他把眼光放在鸡笼的地方，慢慢吃，慢慢吃终于也吃完了！他说：

“平儿，你吃不下吧？倒给我碗点。”

平儿倒给爹爹很少很少。给过钱，爹爹去看守鸡笼。平儿仍在那里，孩子贪恋着一点点最末的汤水，头仰向天，把碗扣在脸上一般。

菜市上买菜的人经过，若注意一下鸡笼，赵三就说：

“买吧！仅是十个铜板。”

终于三个鸡笼没有人买，两个分给爹爹，留下的一个，在平儿的背上突起着。经过牛马市，平儿指嚷着：

“爹爹，咱们的青牛在那儿。”

大鸡笼在背上荡动着，孩子去看青牛。赵三笑了，向那个卖牛人说：

“又出卖吗？”

说着这话，赵三无缘的感到酸心。到家他向王婆说：

“方才看见那条青牛在市上。”

“人家的了，就别提了。”王婆整天地不耐烦。

赵三卖鸡笼渐渐地会说价了；慢慢地坐在墙根他会招呼了！也常常给平儿买一两块红绿的糖球吃。后来连饭团也不用带。

他弄些铜板每天交给王婆，可是她总不喜欢，就像无意之中把钱放起来。

二里半又给说妥一家，叫平儿去做小伙计。孩子听了这话，就生气。

“我不去，我不能去，他们好打我呀！”平儿为了卖鸡笼所迷恋。

“我还是跟爹爹进城。”

王婆绝对主张孩子去做小伙计。她说：

“你爹爹卖鸡笼，你跟着做什么？”

赵三说：

“算了吧，不去就不去吧。”

铜板兴奋着赵三，半夜他也是织鸡笼，他向王婆说：

“你就不好也来学学，一种营生呢！还好多织几个。”

但是王婆仍是去睡，就像对于他织鸡笼，怀着不满似的；就像反对他织鸡笼似的。

平儿同情着父亲，他愿意背鸡笼，多背一个，爹爹说：

“不要背了！够了！”

他又背一个，临出门时他又找个小一点的提在手里，爹爹问：

“你能拿动吗？送回两个去吧，卖不完啊！”

有一次从城里割一斤肉回来，吃了一顿像样的晚餐。

村中妇人羡慕王婆：

“三哥真能干哩！把一条牛卖掉，不能再种粮食，可是这比种粮食更好，更能得钱。”

经过二里半门前，平儿把罗圈腿也领进城去。平儿向爹爹要了铜板给小朋友买两片油煎馒头。又走到敲铜锣搭着小棚的地方去挤撞，每人花一个铜板看一看“西洋景”（街头影戏）。那是从一个嵌着小玻璃镜，只容一个眼睛的地方看进去，里面有一张放大的画片活动着。打仗着，拿着枪的，很快又换上一张别样的。耍画片的人一面唱，一面讲：“这又是一片洋人打仗。你看‘老毛子’夺城，那真是哗啦啦！打死的不知多少……”

罗圈腿嚷着看不清，平儿告诉他：“你把眼睛闭起一个来！”

可是不久这就完了！从热闹的、孩子热爱着的城里把他们又赶出来。平儿又被装进这睡着一般的乡村。原因，小鸡初生卵的时节已经过去。家家把鸡笼全预备好了。

平儿不愿跟着，赵三自己进城，减价出卖。后来折本卖。最后他也不去了。厨房里鸡笼靠高墙摆起来。这些东西从前会使赵三欢喜，现在会使他生气。

平儿又骑在羊背上去牧羊。但是赵三是受了挫伤！

六　刑罚的日子

房后的草堆上，温暖在那里蒸腾起了。全个农村跳跃着泛滥的阳光。小风开始荡漾田禾，夏天又来到人间，叶子上树了！假使树会开花，那么花也上树了！

房后草堆上，狗在那里生产。大狗四肢在颤动，全身抖擞着。经过一个长时间，小狗生出来。

暖和的季节，全村忙着生产。大猪带着成群的小猪喳喳地跑过，也有的母猪肚子那样大，走路时快要接触着地面，它多数的乳房有什么在充实起来。

那是黄昏时候，五姑姑的姐姐她不能再延迟，她到婆婆屋中去说：

“找个老太太来吧！觉着不好。”

回到房中放下窗帘和幔帐。她开始不能坐稳，她把席子卷起来，就在草上爬行。收生婆来时，她乍望见这房中，她就把头扭着。

她说：

“我没见过，像你们这样大户人家，把孩子还要养到草上。‘压柴，压柴，不能发财。’”

家中的婆婆把席下的柴草又都卷起来，土炕上扬起着灰尘。

光着身子的女人，和一条鱼似的，她爬在那里。

黄昏以后，屋中起着烛光。那女人是快生产了，她小声叫号了一阵，收生婆和一个邻居的老太婆架扶着她，让她坐起来，在炕上微微地移动。可是罪恶的孩子，总不能生产，闹着夜半过去，外面鸡叫的时候，女人忽然苦痛得脸色灰白，脸色转黄，全家人不能安定。为她开始预备葬衣，在恐怖的烛光里四下翻寻衣裳，全家为了死的黑影所骚动。

赤身的女人，她一点不能爬动，她不能为生死再挣扎最后的一刻。天渐亮了。恐怖仿佛是僵尸，直伸在家屋。

五姑姑知道姐姐的消息，来了，正在探询："不喝一口水吗？她从什么时候起？"

一个男人撞进来，看形象是一个酒疯子。他的半面脸，红而肿起，走到幔帐的地方，他吼叫："快给我的靴子！"

女人没有应声，他用手撕扯幔帐，动着他厚肿的嘴唇："装死吗？我看看你还装死不装死！"

说着他拿起身边的长烟袋来投向那个"死尸"。母亲过来把他拖出去。每年是这样，一看见妻子生产他便反对。

日间苦痛减轻了些，使她清明了！她流着大汗坐在幔帐中，忽然那个红脸鬼，又撞进来，什么也不讲，只见他怕人地手中举起大水盆向着帐子抛来。最后人们拖他出去。

大肚子的女人，仍胀着肚皮，带着满身冷水无言地坐在那里。她几乎一动不敢动，她仿佛是在父权下的孩子一般怕着她的男人。

她又不能再坐住，她受着折磨，产婆给换下她着水的上衣。门响了她又慌张了，要有神经病似的。一点声音不许她哼叫，受罪的女人，身边若有洞，她将跳进去！身边若有毒药，她将吞下去，她仇视着一切，窗台要被她踢翻。她愿意把自己的腿弄断，宛如进了蒸笼，全身将被热力所撕碎一般呀！

产婆用手推她的肚子："你再刚强一点，站起来走走，孩子马上就会下来的，到了时候啦！"

走过一个时间，她的腿颤颤得可怜。患着病的马一般，倒了下来。产婆有些失神色，她说："媳妇子怕要闹事，再去找一个老太太来吧！"

五姑姑回家去找妈妈。

这边孩子落产了，孩子当时就死去！用人拖着产妇站起来，立刻孩子掉在炕上，像投一块什么东西在炕上响着。女人横在血光中，用肉体来浸着血。

窗外，阳光晒满窗子，屋内妇人为了生产疲乏着。

田庄上绿色的世界里，人们洒着汗滴。

四月里，鸟雀们也孵雏了！常常看见黄嘴的小雀飞下来，在檐下跳跃着啄食。小猪的队伍逐渐肥起来，只有女人在乡村夏季更贫瘦，和耕种的马一般。

刑罚，眼看降临到金枝的身上，使她短的身材，配着那样大的肚子，十分不相称。金枝还不像个妇人，仍和一个小女孩一般，但是肚子膨胀起来了！

快做妈妈了！妇人们的刑罚快擒着她。

并且她出嫁还不到四个月，就渐渐会诅咒丈夫，渐渐感到男人是炎凉的人类！那正和别的村妇一样。

坐在河边沙滩上，金枝在洗衣服。红日斜照着河水，对岸林子的倒影，随逐着红波模糊下去！

成业在后边，站在远远的地方：

"天黑了呀！你洗衣裳，懒老婆，白天你做什么来？"

天还不明，金枝就摸索着穿起衣裳。在厨房，这大肚子的小女人开始弄得厨房蒸着气。太阳出来，铲地的工人掮着锄头回来。堂屋挤满着黑黑的人头，吞饭、吞汤的声音，无纪律地在响。

中午又烧饭；晚间烧饭，金枝过于疲乏了！腿子痛得折断一般。天黑下来卧倒休息一刻。在迷茫中她坐起来，知道成业回来了！努力掀起在睡的眼睛，她问：

"才回来？"

过了几分钟，她没有得到答话。只见男人解脱衣裳，她知道又要挨骂了！

正相反，没有骂，金枝感到背后温热一些，男人努力低声向她说话：

"……"

金枝被男人朦胧着了！

立刻，那和灾难一般，跟着快乐而痛苦追来了。金枝不能烧饭。村中的产婆来了！她在炕角苦痛着脸色，她在那里受着刑罚，王婆来帮助她把孩子生下来。王婆摇着她多经验的头颅："危险，昨夜你们必定是不安着的。年轻什么也不晓得，肚子大了，是不许那样的。容易丧掉性命！"

十几天以后金枝又行动在院中了！小金枝在屋中哭唤她。

牛或是马在不知觉中忙着栽培自己的痛苦。夜间乘凉的时候，可以听见马或是牛棚做出异样的声音来。牛也许是为了自己的妻子而角斗，从牛棚撞出来了。木杆被撞掉，狂张着，成业去拾了耙子猛打疯牛，于是又安然被赶回棚里。

在乡村，人和动物一起忙着生，忙着死……

二里半的婆子和李二婶子在地端相遇：“啊呀！你还能弯下腰去？”

“你怎么样？”

“我可不行了呢！”

“你什么时候的日子？”

“就是这几天。”

外面落着毛毛雨。忽然二里半的家屋吵叫起来！傻婆娘一向生孩子是闹惯了的，她大声哭，她怨恨男人：“我说再不要孩子啦！没有心肝的，这不都是你吗？我算死在你身上！”

惹得老王婆扭着身子闭住嘴笑。过了一会傻婆娘又滚转着高声嚷叫：

“肚子疼死了，拿刀快把我肚子给割开吧！”

吵叫声中看得见孩子的圆头顶。

在这时候，五姑姑变青脸色，走进门来，她似乎不会说话，两手不住地扭绞：

“没有气了！小产了，李二婶子快死了呀！”

王婆就这样丢下麻面婆赶向打鱼村去。另一个产婆来时，麻面婆的孩子已在土炕上哭着。产婆洗着刚会哭的小孩。

等王婆回来时，窗外墙根下，不知谁家的猪也正在生小猪。

七　罪恶的五月节

五月节来临，催逼着两件事情发生：王婆服毒，小金枝惨死。

弯月相同弯刀刺上林端。王婆散开头发，她走向房后柴栏，在那儿她轻开篱门。柴栏外是墨沉沉的静甜的，微风不敢惊动这黑色的夜画；黄瓜爬上架了！玉米响着雄宽的叶子，没有蛙鸣，也少虫声。

王婆披着散发，幽魂一般的，跪在柴草上，手中的杯子放到嘴边。一切涌上心头，一切诱惑她。她平身向草堆倒卧过去。被悲哀汹淘着大哭了。

赵三从睡床上起来，他什么都不清楚，柴栏里，他带点愤怒对待王婆：

“为什么？在发疯！”

他以为她是闷着刺到柴栏去哭。

赵三撞到草中的杯子了，使他立刻停止一切思维。他跑到屋中，灯光下，发现黑色浓重的液体在杯底。他先用手拭一拭，再用舌尖试一试，那是苦味。

“王婆服毒了！”

次晨村中嚷着这样的新闻。村人凄静地断续地来看她。

赵三不在家，他跑出去，乱坟岗子上，给她寻个位置。

乱坟岗子上活人为死人掘着坑子了，坑子深了些，二里半先跳下去。下层的湿土，翻到坑子旁边，坑子更深了！大了！几个人都跳下去，铲子不住地翻着，坑子埋过人腰。外面的土堆涨过人头。

坟场是死的城郭，没有花香，没有虫鸣；即使有花，即使有虫，那都是唱奏着别离歌，陪伴着说不尽的死者永久的寂寞。

乱坟岗子是地主施舍给贫苦农民们死后的住宅。但活着的农民，常常被地主们驱逐，使他们提着包袱，提着小孩，从破房子再走进更破的房子去。有时被逐着在马棚里借宿。孩子们哭闹着马棚里的妈妈。

赵三去进城，突然的事情打击着他，使他怎样柔弱呵！遇见了打鱼村进城卖菜的车子，那个驱车人麻麻烦烦地讲一些：“菜价低了，钱贴毛荒。粮食也不值钱。”

那个车夫打着鞭子，他又说：“只有布匹贵，盐贵。慢慢一家子连咸盐都吃不起啦！地租是增加，还叫老庄户活不活呢？”

赵三跳上车，低了头坐在车尾的辕边。两条衰乏的腿子，凄凉的挂下，并且摇荡。车轮在辙道上哐啷地摔响。

城里，大街上拥挤着了！菜市过量地纷嚷。围着肉铺，人们吵架一般。忙乱的叫卖童，手中花色的葫芦随着空气而跳荡，他们为了“五月节”而癫狂。

赵三他什么也没看见，好像街上的人都没有了！好像街是空街。但是一个小孩跟在后面：

“过节了，买回家去，给小孩玩吧！”

赵三听不见这话，那个卖葫芦的孩子，好像自己不是孩子，自己是大人了一般，他追逐。

“过节了！买回家去给小孩玩吧！”

柳条枝上各色花样的葫芦好像一些被系住的蝴蝶，跟住赵三在后面跑。

一家棺材铺，红色的，白色的，门口摆了多多少少，他停在那里。孩子也停止追随。

一切预备好！棺材停在门前，掘坑的铲子停止翻扬了！

窗子打开，使死者见一见最后的阳光。王婆跳突着胸口，微微尚有一点呼吸，明亮的光线照拂着她素静的打扮。已经为她换上一件黑色棉裤和一件浅色短单衫。除了脸是紫色，临死她没有什么怪异的现象，人们吵嚷说：

“抬吧！抬她吧！”

她微微尚有一点呼吸，嘴里吐出一点点的白沫，这时候她已经被抬起来了。外面平儿急叫：

“冯丫头来啦！冯丫头！”

母女们相逢太迟了！母女们永远永远不会再相逢了！那个孩子手中提了小包袱，慢慢慢慢走到妈妈面前。她细看一看，她的脸孔快要接触到妈妈脸孔的时候，一阵清脆的爆裂的声浪嘶叫开来。她的小包袱滚滚着落地。

四围的人，眼睛和鼻子感到酸楚和湿浸。谁能止住被这小女孩唤起的难忍的酸痛而不哭呢？不相关连的人混同着女孩哭她的母亲。

其中新死去丈夫的寡妇哭得最厉害，也最哀伤。她几乎完全哭着自己的丈夫，她完全幻想是坐在她丈夫的坟前。

男人们嚷叫：“抬呀！该抬了。收拾妥当再哭！”

那个小女孩感到不是自己家，身边没有一个亲人。她不哭了。

服毒的母亲眼睛始终是张着，但她不认识女儿，她什么也不认识了！停在厨房板块上，口吐白沫，她心坎尚有一点跳动。

赵三坐在炕沿，点上烟袋。女人们找一条白布给女孩包在头上，平儿把白带束在腰间。

赵三不在屋的时候，女人们便开始问那个女孩："你姓冯的那个爹爹多咋死的？"

"死两年多。"

"你亲爹呢？"

"早回山东了！"

"为什么不带你们回去？"

"他打娘，娘领着哥哥和我到了冯叔叔家。"

女人们探问王婆旧日的生活，她们为王婆感动，那个寡妇又说：

"你哥怎不来？回家去找他来看看娘吧！"

包白头的女孩，把头转向墙壁，小脸孔又爬着眼泪了！她努力咬住嘴唇，小嘴唇偏张开，她又张着嘴哭了！接受女人们的温情使她大胆一点，走到娘的近边，紧紧捏住娘的冰寒的手指，又用手给妈妈抹擦唇上的泡沫。小心孔只为母亲所惊扰，她带来的包袱踏在脚下。女人们又说：

"家去找哥哥来看看你娘吧！"

一听说哥哥，她就要大哭，又勉强止住。那个寡妇又问：

"你哥哥不在家吗？"

她终于用白色的包头布拢络住脸孔大哭起来了。借了哭势，她才敢说到哥哥：

"哥哥前天死了呀！官项捉去枪毙的。"

包头布从头上扯掉。孤独的孩子癫痫着一般用头摇着母亲的心窝哭：

"娘呀……娘呀……"

她再什么也不会哭诉，她还小呢！

女人们彼此说："哥哥多咋死的？怎么没听……"

赵三的烟袋出现在门口，他听清楚她们议论王婆的儿子。赵三晓得那小子是个"红胡子"。怎样死的，王婆服毒不是听说儿子枪毙才自杀吗？这只有赵三晓得。他不愿意叫别人知道，老婆自杀还关连着某个匪案，他觉得当土匪无论如何有些不光明。

摇起他的烟袋来，他僵直的空的声音响起，用烟袋催逼着女孩：

“你走好啦！她已死啦！没有什么看的，你快走回你家去！”

小女孩被爹爹抛弃，哥哥又被枪毙了，带来包袱和妈妈同住，妈妈又死了，妈妈不在，让她和谁生活呢？

她昏迷地忘掉包袱，只顶了一块白布，离开妈妈的门庭。离开妈妈的门庭，那有点像丢开她的心让她远走一般。

赵三因为他年老，他心中裁判着年轻人：

“私姘妇人，有钱可以，无钱怎么也去姘？没见过。到过节，那个淫妇无法过节，使他去抢，年轻人就这样丧掉性命。”

当他看到也要丧掉性命的自己的老婆的时候，他非常仇恨那个枪毙的小子。当他想起去年冬天，王婆借来老洋炮的那回事，他又佩服人了：

“久当胡子哩！不受欺侮哩！”

妇人们燃柴，锅渐渐冒气。赵三捻着烟袋他来回踱走。过一会他看看王婆仍少少有一点气息，气息仍不断绝。他好像为了她的死等待得不耐烦似的，他困倦了，依着墙瞌睡。

长时间死的恐怖，人们不感到恐怖！人们集聚着吃饭，喝酒，这时候王婆在地下作出声音，看起来，她紫色的脸变成淡紫。人们放下杯子，说她又要活了吧？

不是那样，忽然从她的嘴角流出一些黑血，并且她的嘴唇有点像是起动，终于她大吼两声，人们瞪住眼睛说她就要断气了吧！

许多条视线围着她的时候，她活动着想要起来了！人们惊慌了！女人跑在窗外去了！男人跑去拿挑水的扁担。说她是死尸还魂。

喝过酒的赵三勇猛着：

“若让她起来，她会抱住小孩死去，或是抱住树，就是大人她也有力量抱住。”

赵三用他的大红手贪婪着把扁担压过去。扎实的刀一般地切在王婆的腰间。她的肚子和胸膛突然增胀，像是鱼泡似的。她立刻眼睛圆起来，像发着电光。她的黑嘴角也动了起来，好像说话，可是没有说话，血从口腔直喷，射了赵三的满单衫。赵三命令那个人：“快轻一点压吧！弄得满身是血。”

王婆就算连一点气息也没有了！她被装进等在门口的棺材里。

后村的庙前，两个村中无家可归的老头，一个打着红灯笼，一个手提水壶，领着平儿去报庙。绕庙走了三周，他们顺着毛毛的行人小道回来，老人念一套成谱调的话，红灯笼伴了孩子头上的白布，他们回家去。平儿一点也不哭，他只记住那年妈妈死的时候不也是这样报庙吗？

王婆的女儿却没能同来。

王婆的死信传遍全村，女人们坐在棺材边大大地哭起！扭着鼻涕，号啕着：哭孩子的，哭丈夫的，哭自己命苦的，总之，无管有什么冤屈都到这里来送了！村中一有年岁大的人死，她们，女人之群们，就这样做。

将送棺材上坟场！要钉棺材盖了！

王婆终于没有死，她感到寒凉，感到口渴，她轻轻说："我要喝水！"

但她不知道，她是睡在什么地方。

五月节了，家家门上挂起葫芦。二里半那个傻婆子屋里有孩子哭着，她却蹲在门口拿刷马的铁耙子给羊刷毛。

二里半跛着脚。过节，带给他的感觉非常愉快。他在白菜地看见白菜被虫子吃倒几棵。若在平日他会用短句咒骂虫子，或是生气把白菜用脚踢着。

但是现在过节了，他一切愉快着，他觉得自己是应该愉快。走在地边他看一看柿子还没有红，他想摘几个柿子给孩子吃吧！过节了！全村表示着过节，菜田和麦地，无管什么地方都是静静的甜美的。虫子们也仿佛比平日会唱了些。

过节渲染着整个二里半的灵魂。他经过家门没有进去，把柿子扔给孩子又走了！他要趁着这样愉快的日子会一会朋友。左近邻居的门上都挂了纸葫芦，他经过王婆家，那个门上摆荡着的是绿色的葫芦。再走，就是金枝家。金枝家，门外没有葫芦，门里没有人了！二里半张望好久：孩子的尿布在锅灶旁被风吹着，飘飘地在浮游。

小金枝来到人间才够一月，就被爹爹摔死了！婴儿为什么来到这样的人间？使她带了怨悒回去！仅仅是这样短促呀！仅仅是几天的小生命！

小小的孩子睡在许多死人中，她不觉得害怕吗？妈妈走远了！妈妈啜泣听不见了！

天黑了！月亮也不来为孩子做伴。

五月节的前些日子，成业总是进城跑来跑去，回家来和妻子吵打。他说："米价落了！三月里买的米现在卖出去折本一小半。卖了还债也不足，不卖又怎么能过节？"

并且他渐渐不爱小金枝，当孩子夜里把他吵醒的时候，他说："拼命吧！闹死吧！"

过节的前一天，他家什么也没预备，连一斤面粉也没买。烧饭的时候豆油罐子什么也倒流不出。

成业带着怒气回家，看一看还没有烧菜。他厉声嚷叫：

"啊！像我……该饿死啦，连饭也没得吃……我进城……我进城。"

孩子在金枝怀中吃奶。他又说：

"我还有好的日子吗？你们累得我，使我做强盗都没有机会。"

金枝垂了头把饭摆好，孩子在旁边哭。

成业看着桌上的咸菜和粥饭，他想了一刻又不住地说起：

"哭吧！败家鬼，我卖掉你去还债。"

孩子仍哭着，妈妈在厨房里，不知是扫地，还是收拾柴堆。爹爹发火了：

"把你们都一块卖掉，要你们这些吵家鬼有什么用……"

厨房里的妈妈和火柴一般被燃着：

"你像个什么？回来吵打，我不是你的冤家，你会卖掉，看你卖吧！"

爹爹飞着饭碗，妈妈暴跳起来。

"我卖？我摔死她吧！……我卖什么！"

就这样小生命被截止了！

王婆听说金枝的孩子死，她要来看看，可是她只扶了杖子立起又倒卧下来。她的腿骨被毒质所侵还不能行走。

年轻的妈妈过了三天她到乱坟岗子去看孩子。但哪能看到什么呢？被狗扯得什么也没有。

成业他看到一堆草染了血，他幻想是捆小金枝的草吧！他俩背向着流过眼泪。

乱坟岗子不知洒了多少悲惨的眼泪？永年悲惨的地带，连个乌鸦也不落下。

成业又看见一个坟窟，头骨在那里重见天日。

走出坟场，一些棺材、坟堆，死寂死寂的印象催迫着他们加快着步子。

八 蚊虫繁忙着

她的女儿来了！王婆的女儿来了！

王婆能够拿着鱼竿坐在河沿钓鱼了！她脸上的纹褶没有什么增多或减少。这证明她依然没有什么变动，她还必须活下去。

晚间河边蛙声震耳。蚊子从河边的草丛出发，嗡声喧闹的阵伍，迷漫着每个家庭。日间太阳也炎热起来！太阳烧上人们的皮肤，夏天，田庄上人们怨恨太阳和怨恨一个恶毒的暴力者一般。全个田间，一个大火球在那里滚转。

但是王婆永久欢迎夏天。因为夏天有肥绿的叶子，肥的园林，更有夏夜会唤起王婆诗意的心田，她该开始向着夏夜述说故事。今夏她什么也不说了！她偎在窗下和睡了似的，对向幽邃的天空。

蛙鸣振碎人人的寂寞；蚊虫骚扰着不能停息。

这相同平常的六月，这又是去年割麦的时节。王婆家今年没种麦田。她更忧伤而悄默了！当举着钓竿经过作浪的麦田时，她把竿头的绳线缭绕起来，她仰了头，望着高空，就这样睬也不睬地经过麦田。

王婆的性情更恶劣了！她又酗酒起来。她每天钓鱼。全家人的衣服她不补洗，她只每夜烧鱼，吃酒，吃得醉疯疯地，满院、满屋地旋走；她渐渐要到树林里去旋走。

有时在酒杯中她想起从前的丈夫；她痛心看见来在身边孤独的女儿，总之在喝酒以后她更爱烦想。

现在她近于可笑，和石块一般沉在院心，夜里她习惯于院中睡觉。

在院中睡觉被蚊虫迷绕着，正像蚂蚁群拖着已腐的苍蝇。她是再也没有心情了吧！再也没有心情生活！

王婆被蚊虫所食，满脸起着云片，皮肤肿起来。

王婆在酒杯中也回想着女儿初来的那天，女儿横在王婆怀中：

“妈呀！我想你是死了！你的嘴吐着白沫，你的手指都凉了呀！……哥哥死了，妈妈也死了，让我到哪里去讨饭吃呀！……他们把我赶出时，带来的包袱都忘下啦，我哭……哭昏啦……妈妈，他们坏心肠，他们不叫我多看你一刻……”

后来孩子从妈妈怀中站起来时，她说出更有意义的话：

“我恨死他们了！若是哥哥活着，我一定告诉哥哥把他们打死。”

最后那个女孩，拭干眼泪说：

“我必定要像哥哥……”

说完她咬一下嘴唇。

王婆思想着女孩怎么会这样烈性呢？或者是个中用的孩子？

王婆忽然停止酗酒，她每夜，开始在林中教训女儿，在静的林里，她严峻地说：

“要报仇。要为哥哥报仇，谁杀死你的哥哥？”

女孩子想：“官项杀死哥哥的。”她又听妈妈说：“谁杀死哥哥，你要杀死谁……”

女孩想过十几天以后，她向妈妈踟蹰着：

“是谁杀死哥哥？妈妈明天领我去进城，找到那个仇人，等后来什么时候遇见他我好杀死他。”

孩子说了孩子话，使妈妈笑了！使妈妈心痛。

王婆同赵三吵架的那天晚上，南河的河水涨出了河床。南河沿嚷着：

“涨大水啦！涨大水啦！”

人们来往在河边，赵三在家里也嚷着：“你快叫她走，她不是我家的孩子，你的崽子我不招留。快—”

第二天各家的麦子送上麦场。第一场割麦，人们要吃一顿酒来庆祝。赵三第一年不种麦，他家是静悄悄的。有人来请他，他坐到别人欢说着的酒桌前，看见别人欢说，看见别人收麦，他红色的大手在人前窘迫着了！不住地胡乱地扭搅，可是没有人注意他，种麦人和种麦人彼此谈说。

河水落了，却带来众多的蚊虫。夜里蛤蟆的叫声，好像被蚊子的嗡嗡声压住似的。日间蚊群也是忙着飞。只有赵三非常哑默。

九 传染病

乱坟岗子，死尸狼藉在那里。无人掩埋，野狗活跃在尸群里。

太阳血一般昏红；从朝至暮蚊虫混同着蒙雾充塞天空。

高粱、玉米和一切菜类被人丢弃在田圃，每个家庭是病的家庭，是将要绝灭的家庭。

全村静悄了。植物也没有风摇动它们。一切沉浸在雾中。

赵三坐在南地端出卖五把新镰刀。那是组织“镰刀会”时剩下的。他正看着那伤心的遗留物，村中的老太太来问他：

“我说……天象，这是什么天象？要天崩地陷了。老天爷叫人全死吗？嗳……”

老太婆离去赵三，曲背立即消失在雾中，她的语声也像隔远了似的：

“天要灭人呀！……老天早该灭人啦！人世尽是强盗、打仗、杀害，这是人自己招的罪……”

渐渐远了！远处听见一个驴子在嚎叫，驴子嚎叫在山坡吗？驴子嚎叫在河沟吗？

什么也看不见，只能听闻：那是，二里半的女人作嘎的不愉悦的声音来近赵三。赵三为着镰刀所烦恼，他坐在雾中，他用烦恼的心思在妒恨镰刀，他想：

“青牛是卖掉了！麦田没能种起来。”

那个婆子向他说话，但他没有注意到。那个婆子被脚下的土块跌倒，她起来时慌张着，在雾层中看不清她怎样张皇。她的音波织起了网状的波纹，和老大的蚊音一般：

“三哥，还坐在这里？家怕是有‘鬼子’来了，就连小孩子，‘鬼子’也要给打针，你看我把孩子抱出来，就是孩子病死也甘心，打针可不甘心。”

麻面婆离开赵三去了！抱着她未死的、连哭也不会哭的孩子沉没在雾中。

太阳变成暗红的放大而无光的圆轮，当在人头。昏茫的村庄埋着天然灾难的种子，渐渐种子在滋生。

传染病和放大的太阳一般勃发起来，茂盛起来！

赵三踏着死蛤蟆走路；人们抬着棺材在他身边暂时现露而滑过去！一个歪斜面孔的小脚女人跟在后面，她小小的声音哭着。

又听到驴子叫，不一会驴子闪过去，背上驮着一个重病的老人。

西洋人，人们叫他“洋鬼子”，身穿白外套，第二天雾退时，白衣女人来到赵三的窗外，她嘴上挂着白囊，说起难懂的中国话：

“你的，病人的有？我的治病好，来。快快的。”

那个老的胖一些的，动一动胡子，眼睛胖得和猪眼一般，把头探着窗子望。

赵三着慌说没有病人，可是终于给平儿打针了！

“老鬼子”向那个“小鬼子”说话，嘴上的白囊一动一动的。管子、药瓶和亮刀从提包倾出，赵三去井边提一壶冷水。那个“鬼子”开始擦他通孔的玻璃管。

平儿被停在窗前的一块板上，用白布给他蒙住眼睛。隔院的人们都来看着，因为要晓得“鬼子”怎样治病，“鬼子”治病究竟怎样可怕。

玻璃管从肚脐下一寸的地方插下，五寸长的玻璃管只有半段在肚皮外闪光。于是人们捉紧孩子，使他仰卧不得摇动。“鬼子”开始一个人提起冷水壶，另一个对准那个长长的橡皮管顶端的漏水器。看起来“鬼子”像修理一架机器。四面围观的人好像有叹气的，好像大家一起在缩肩膀。孩子只是作出“呀！呀”的短叫，很快一壶水灌完了！最后在滚胀的肚子上擦了一点黄色药水，用小剪子剪一块白棉贴住破口。就这样白衣“鬼子”提了提包轻便的走了！又到别人家去。

又是一天晴朗的日子，传染病患到绝顶的时候！女人们抱着半死的小孩子，女人们始终惧怕打针，惧怕白衣的“鬼子”用水壶向小孩肚里灌水。她们不忍看那肿胀起来奇怪的肚子。

恶劣的传闻布遍着：

“李家的全家死了！”“城里派人来验查，有病象的都用车子拉进城去，老太婆也拉，孩子也拉，拉去打药针。”

人死了听不见哭声，静悄地抬着草捆或是棺材向着乱坟岗子走去，接接连连的，不断……

过午，二里半的婆子把小孩送到乱坟岗子去！她看到别的几个小孩有的头发蒙住白脸，有的被野狗拖断了四肢，也有几个好好的睡在那里。

野狗在远的地方安然地嚼着碎骨发响。狗感到满足，狗不再为着追求食物而疯狂，也不再猎取活人。

平儿整夜呕着黄色的水、绿色的水，白眼珠满织着红色的丝纹。

赵三喃喃着走出家门，虽然全村的人死了不少，虽然庄稼在那里衰败，镰刀他却总想出卖，镰刀放在家里永久刺着他的心。

十　十年

十年前村中的山、山下的小河，而今依旧似十年前，河水静静地在流，山坡随着季节而更换衣裳；大片的村庄生死轮回着和十年前一样。

屋顶的麻雀仍是那样繁多。太阳也照样暖和。山下有牧童在唱童谣，那是十年前的旧调："秋夜长，秋风凉，谁家的孩儿没有娘，谁家的孩儿没有娘……月亮满西窗。"

什么都和十年前一样，王婆也似没有改变，只是平儿长大了！平儿和罗圈腿都是大人了！

王婆被凉风飞着头发，在篱墙外远听从山坡传来的童谣。

十一　年盘转动了

雪天里，村人们永没见过的旗子飘扬起，升上天空！

全村寂静下去，只有日本旗子在山岗临时军营门前，振荡的响着。

村人们在想：这是什么年月？中华国改了国号吗？

十二　黑色的舌头

宣传"王道"的旗子来了！带着尘烟和骚闹来的。

宽宏的夹树道；汽车闹嚣着了！

田间无际限的浅苗湛着青色。但这不再是静穆的村庄，人们已经失去了心的平衡。草地上汽车突起着飞尘跑过，一些红色绿色的纸片播着种子一般落下来。小茅房屋顶有花色的纸片在起落。附近大道旁的枝头挂住纸片，在飞舞嘶鸣。从城里出发的汽车又追踪着驰来。车上站着威风飘扬的日本人、高丽人，也站着扬威的中国人。车轮突飞的时候，车上每人手中的旗子摆摆有声，车上的人好像生了翅膀齐飞过去。那一些举着日本旗子作出媚笑杂样的人，消失在道口。

那一些"王道"的书篇飞到山腰去，河边去……

王婆立在门前，二里半的山羊垂下它的胡子。老羊轻轻走过正在繁茂的树下。山羊不再寻什么食物，它困倦了！它过于老，全身变成土一般的毛色。它的眼睛模糊好像垂泪似的。山羊完全幽默和可怜起来；拂摆着长胡子走向洼地。

对着前面的洼地，对着山羊，王婆追踪过去痛苦的日子。她想把那些日子捉回，因为今日的日子还不如昨日。洼地没人种，上岗那些往日的麦田荒乱在那里。她在伤心的追想。

日本飞机拖起狂大的嗡鸣飞过，接着天空翻飞着纸片。一张纸片落在王婆头顶的树枝，她取下看了看丢在脚下。飞机又过去时留下更多的纸片。她不再理睬一下那些纸片，丢在脚下来复地乱踏。

过了一会，金枝的母亲经过王婆，她手中捉住两只公鸡，她问王婆说：

"日子算是没法过了！可怎么过？就剩两只鸡，还得快快去卖掉！"

王婆问她："你进城去卖吗？"

"不进城谁家肯买？全村也没有几只鸡了！"

她向王婆耳语了一阵：

"日本子恶得很！村子里的姑娘都跑空了！年轻的媳妇也是一样。我听说王家屯一个十三岁的小丫头叫日本子弄去了！半夜三更弄走的。"

"歇一歇腿再走吧！"王婆说。

她俩坐在树下。大地上的虫子并不鸣叫，只是她俩惨淡而忧伤地谈着。

公鸡在手下不时振动着膀子。太阳有点正中了！树影做成圆形。

村中添设出异样的风光，日本旗子、日本兵。人们开始讲究这一些："王道”啦！日“满”亲善啦！快有“真龙天子”啦！

在“王道”之下，村中的废田多起来，人们在广场上忧郁着徘徊。

那老婆说到最后：

“我这些年来，都是养鸡，如今连个鸡毛也不能留，连个‘啼明’的公鸡也不让留下。这是什么年头？……”

她振动一下袖子，有点癫狂似的，她立起来，踏过前面一块不耕的废田，废田患着病似的，短草在那婆婆的脚下不愉快地没有弹力地被踏过。

走得很远，仍可辨出两只公鸡是用那个挂下的手提着，另外一只手在面部不住地抹擦。

王婆睡下的时候，她听见远处好像有女人尖叫。打开窗子听一听……

再听一会警笛器叫起来，枪鸣起来，远处的人家闯入什么魔鬼了吗？

“你家有人没有？”

当夜日本兵、中国警察搜遍全村。这是搜到王婆家。她回答：

“有什么人？没有。”

他们掩住鼻子在屋中转了一个弯出去了。手电灯发青的光线乱闪着，临走出门栏，一个日本兵在铜帽子下面说中国话：

“也带走她。”

王婆完全听见他说的是什么。

“怎么也带女人吗？”她想，“女人也要捉去枪毙吗？”

“谁稀罕她，一个老婆子！”那个中国警察说。

中国人都笑了！日本人也瞎笑。可是他们不晓得这话是什么意思，别人笑，他们也笑。

真的，不知他们牵了谁家的女人，曲背和猪一般被他们牵走。在稀薄乱动的手电灯绿色的光线里面，分辨不出这女人是谁。

还没走出栏门，他们就调笑那个女人。并且王婆看见那个日本“铜帽子”的手在女人的屁股上急忙的抓了一下。

十三　你要死灭吗

王婆以为又是假装搜查到村中捉女人，于是她不想到什么恶劣的事情上去，安然地睡了！赵三那老头子也非常老了！他回来没有惊动谁也睡了！

过了夜，日本宪兵在门外轻轻敲门，走进来的，看样像个中国人，他的长靴染了湿淋的露水，从口袋取出手巾，摆出泰然的样子坐在炕沿慢慢擦他的靴子，访问就在这时开始：

“你家昨夜没有人来过？不要紧，你要说实话。”

赵三刚起来，意识有点不清，不晓得这是什么事情要发生。于是那个宪兵把手中的帽子用力抖了一下，不是柔和而不在意的态度了：“混蛋！你怎么不知道？等带去你就知道了！”

说了这样话并没带他去。王婆一面在扣衣钮一面抢说：“问的是什么人？昨夜来过几个‘老总’，搜查没有什么就走了！”

那个军官样的把态度完全是对着王婆，用一种亲昵的声音问：

“老太太请告诉吧！有赏哩！”

王婆的样子仍是没有改变。那人又说：

“我们是捉胡子，有胡子，乡民也是同样受害，你没见着昨天汽车来到村子宣传‘王道’吗？‘王道’叫人诚实。老太太说了吧！有赏呢？”

王婆面对着窗子照上来的红日影，她说：

“我不知道这回事。”

那个军官又想大叫，可是停住了，他的嘴唇困难地又动几下：

“‘满洲国’要把害民的胡子扫清，知道胡子不去报告，查出来枪毙！”这时那个长靴人用斜眼神侮辱赵三一下。接着他再不说什么，等待答复，终于他什么也没得到答复。

还不到中午；乱坟岗子多了三个死尸，其中一个是女尸。

人们都知道那个女尸，就是在北村一个寡妇家搜出的那个“女学生”。

赵三听得别人说“女学生”是什么“党”。但是他不晓得什么“党”做什么解释。当夜在喝酒以后把这一切密事告诉了王婆，他也不知道那“女学生”倒有什么密事，到底为什么才死？他只感到不许传说的事情神秘，他也必定要说。

王婆她十分不愿意听，因为这件事情发生，她担心她的女儿，她怕是女儿的命运和那个“女学生”一般样。

赵三的胡子白了！也更稀疏，喝过酒，脸更是发红，他任意把自己摊散在炕角。

平儿担了大捆的绿草回来，晒干可以成柴，在院心他把绿草铺平。进屋他不立刻吃饭，透汗的短衫脱在身边，他好像愤怒似的，用力来拍响他多肉的肩头，嘴里长长的吐着呼吸。过了长时间爹爹说：

“你们年轻人应该有些胆量。这不是叫人死吗？亡国了！麦地不能种了，鸡犬也要死净。”

老头子说话像吵架一般。王婆给平儿缝汗衫上的大口，她感动了，想到亡国，把汗衫缝错了！她把两个袖口完全缝住。

赵三和一个老牛般样，年轻时的气力全部消灭，只回想“镰刀会”，又告诉平儿：

“那时候你还小着哩！我和李青山他们弄了个‘镰刀会’。勇得很！可是我受了打击，那一次使我碰壁了，你娘去借枝洋炮来，谁知还没用洋炮，就是一条棍子出了人命，从那时起就倒霉了！一年不如一年活到如今。”

“狗，到底不是狼，你爹从出事以后，对‘镰刀会’就没趣了！青牛就是那年卖的。”

她这样抢白着，使赵三感到羞耻和愤恨。同时自己为什么当时就那样卑小？心脏发燃了一刻，他说着使自己满意的话：

“这下子东家也不东家了！有日本子，东家也不好干什么！”

他为着轻松充血的身子，他向树林那面去散步，那儿有树林。林梢在青色的天边画出美调的和舒卷着的云一样的弧线。青的天幕在前面直垂下来，曲卷的树梢花边一般地嵌上天幕。田间往日的蝶儿在飞，一切野花还不曾开。

小草房一座一座地摊落着，有的留下残墙在晒阳光，有的也许是被炸弹带走了屋盖。房身整整齐齐地摆在那里。

赵三扩大开胸膛，他呼吸田间透明的空气。他不愿意走了，停脚在一片荒芜的、过去的麦地旁。就这样不多一时，他又感到烦恼，因为他想起往日自己的麦田而今丧尽在炮火下，在日本兵的足下必定不能够再长起来，他带着麦田的忧伤又走过一片瓜田，瓜田也不见了种瓜的人，爪田尽被一些蒿草充塞。去年看守瓜地的小房，依然存在；赵三倒在小房下的短草梢头。他欲睡了！朦朦中看见一些“高丽”人从大树林穿过。视线从地平面直发过去，那一些“高丽”人仿佛是走在天边。

假如没有乱插在地面的家屋，那么赵三觉得自己是躺在天边了！

阳光迷住他的眼睛，使他不能再远看了！听得见村狗在远方无聊地吠叫。

如此荒凉的旷野，野狗也不到这里巡行。独有酒烧胸膛的赵三到这里巡行，但是他无有目的，任意足尖踏到什么地点，走过无数秃田，他觉得过于可惜，点一点头，摆一摆手，不住地叹着气走回家去。

村中的寡妇们多起来，前面是三个寡妇，其中的一个尚拉着她的孩子走。

红脸的老赵三走近家门又转弯了！他是那样信步而无主的走！忧伤在前面招示他，忽然间一个大凹洞，踏下脚去。他未曾注意这个，好像他一心要完成长途似的，继续前进。那里更有炸弹的洞穴，但不能阻碍他的去路，因为喝酒，壮年的血气鼓动他。

在一间破房子里，一只母猫正在哺乳一群小猫。他不愿意看这些，他更走，没有一个熟人与他遇见。直到天西烧红着云彩，他滴血的心，垂泪的眼睛竟来到死去的年轻时伙伴们的坟上，不带酒祭奠他们，只是无话坐在朋友们之前。

亡国后的老赵三，蓦然念起那些死去的英勇的伙伴！留下活着的老的，只有悲愤而不能走险了，老赵三不能走险了！

那是个繁星的夜，李青山发着疯了！他的哑喉咙，使他讲话带着神秘而紧张的声色。这是第一次他们大型的集会。在赵三家里，他们像在举行什么盛大的典礼，庄严与静肃。人们感到缺乏空气一般，人们连鼻子也没有一个作响。屋子不燃灯，人们的眼睛和夜里的猫眼一般，闪闪有磷光而发绿。

王婆的尖脚，不住地踏在窗外，她安静的手下提了一只破洋灯罩，她时时准备着把玻璃灯罩摔碎。她是个守夜的老鼠，时时防备猫来。她到篱笆外绕走一趟，站在篱笆外听一听他们的谈论高低，有没有危险性？手中的灯罩她时刻不能忘记。

屋中李青山固执而且浊重的声音继续下去：

“在这半月里，我才真知道人民革命军真是不行，要干人民革命军那就必得倒霉，他们尽是些‘洋学生’，上马还得用人抬上去。他们嘴里就会狂喊‘退却’。二十八日那夜外面下小雨，我们十个同志正吃饭，饭碗被炸碎了哩！派两个出去寻炸弹的来路。大家来想一想，两个‘洋学生’跑出去，唉！丧气，被敌人追着连帽子都跑丢了，‘学生’们常常给敌人打死。……”

罗圈腿插嘴了：“革命军还不如红胡子有用？”

月光照进窗来太暗了！当时没有人能发见罗圈腿发问时是个什么奇怪的神情。

李青山又在开始：“革命军纪律可真厉害，你们懂吗？什么叫纪律？那就是规矩。规矩太紧，我们也受不了。比方吧：屯子里年轻轻的姑娘眼望着不准去……哈哈！我吃了一回苦，同志打了我十下枪柄哩！”

他说到这里，自己停下笑起来，但是没敢大声。他继续下去。

二里半对于这些事情始终是缺乏兴致，他在一边瞌睡，老赵三用他的烟袋锅撞一下在睡的缺乏政治思想的二里半，并且赵三大不满意起来：

“听着呀！听着，这是什么年头还睡觉？”

王婆的尖脚乱踏着地面作响一阵，人们听一听，没听到灯罩的响声，知道日本兵没有来，同时人们感到严重的气氛。李青山的计划严重着发表。

李青山是个农人，他尚分不清该怎样把事弄起来，只说着：

“屯子里的小伙子招集起来，起来救国吧！革命军那一群‘学生’是不行。只有红胡子才有胆量。”

老赵三他的烟袋没有燃着，丢在炕上，急快地拍一下手，他说：“对！招集小伙子们，起名也叫革命军。”

其实赵三完全不能明白，因为他还不曾听说什么叫做革命军，他无由得到安慰，他的大手掌快乐地不停地捋着胡子。对于赵三，这完全和十年前组织“镰刀会”同样兴致，也是暗室，也是静悄悄地讲话。

老赵三快乐得终夜不能睡觉，大手掌翻了个终夜。

同时，站在二里半的墙外可以数清他鼾声的拍子。

乡间，日本人的毒手努力毒化农民，就说要恢复“大清国”，要做“忠臣”“孝子”“节妇”；可是另一方面，正相反的势力也增长着。

天一黑下来就有人越墙藏在王婆家中，那个黑胡子的人每夜来，成为王婆的熟人。在王婆家吃夜饭，那人向她说：“你的女儿能干得很，背着步枪爬山爬得快呢！可是……已经……”

平儿蹲在炕下，他吸爹爹的烟袋。轻微的一点妒嫉横过心面。

他有意弄响烟袋在门扇上，他走出去了。外面是阴沉全黑的夜，他在黑色中消灭了自己。等他忧悒着转回来时，王婆已是在垂泪的境况。

那夜老赵三回来得很晚，那是因为他逢人便讲亡国，救国，义勇军，革命军……这一些出奇的字眼，所以弄得回来这样晚。快鸡叫的时候了！赵三的家没有鸡，全村听不见往日的鸡鸣。只有褪色的月光在窗上，三星不见了，知道天快明了。

他把儿子从梦中唤醒，他告诉他得意的宣传工作：东村那个寡妇怎样把孩子送回娘家预备去投义勇军；小伙子们怎样准备集合。老头子好像已在衙门里做了官员一样，摇摇摆摆着他讲话时的姿势，摇摇摆摆着他自己的心情，他整个的灵魂在阔步！

稍微沉静一刻，他问平儿：

“那个人来了没有？那个黑胡子的人？”

平儿仍回到睡中，爹爹正鼓动着生力，他却睡了！爹爹的话在他耳边，像蚊虫嗡叫一般的无意义。赵三立刻动怒起来，他觉得他光荣的事业，不能有人承受下去，感到养了这样的儿子没用，他失望。

王婆一点声息也不作出，像是在睡般地。

明朝，黑胡子的人，忽然走来，王婆又问他：

“那孩子死的时候，你到底是亲眼看见她没有？”

“老太太你怎么还不明白？不是老早就对你讲么？死了就死了吧！革命就不怕死，那是露脸的死啊……比当日本狗的奴隶活着强得多哪！”

王婆常常听他们这一类人说“死”说“活”……她也想死是应该，于是安静下去，用她昨夜为着泪水所浸蚀的眼睛观察那熟人急转的面孔。终于她接受了！那人从囊中取出来的所有小本子，和像黑点一般的小字充满在上面的零散的纸张，她全接受了！另外还有发亮的小枪一支也递给王婆。那个人急忙着要走，这时王婆又不自禁地问：

“她也是枪打死的吗？”

那人开门急走出去了！因为急走，那人没有注意到王婆。

王婆往日里，她不知恐怖，常常把那一些别人带来的小本子放在厨房里。有时她竟任意丢在席子下面。今天她却减少了胆量，她想那些东西若被搜查着，日本兵的刺刀会刺通了自己。她好像觉着自己的遭遇要和女儿一样似的，尤其是手掌里的小枪。她被恫吓着慢慢颤栗起来。女儿也一定被同样的枪杀死。她终止了想，她知道当前的事情开始紧急。

赵三仓皇着脸回来，王婆没有理他走向后面柴堆那儿。柴草不似每年，那是烧空了！在一片平地上稀疏的生着马蛇菜。她开始掘地洞；听村狗狂咬，她有些心慌意乱，把镰刀头插进土去无力拔出。她好像要倒落一般：全身受着什么压迫要把肉体解散了一般。过了一刻难忍昏迷的时间，她跑去呼唤她的老同伴。可是当走到房门又急转回来，她想起别人的训告：

——重要的事情谁也不能告诉，两口子也不能告诉。

那个黑胡子的人，向她说过的话也使她回想了一遍：

——你不要叫赵三知道，那老头子说不定和小孩子似的。

等她埋好之后，日本兵继续来过十几个。多半只戴了铜帽，连长靴都没穿就来了！人们知道他们又是在弄女人。

王婆什么观察力也失去了！不自觉地退缩在赵三的背后，就连那永久带着笑脸，常来王婆家搜查的日本官长，她也不认识了。临走时那人向王婆说“再见”，她直直迟疑着而不回答一声。

“拔”——“拔”，就是出发的意思，老婆们给男人在搜集衣裳或是鞋袜。

李青山派人到每家去寻个公鸡，没得寻到，有人提议把二里半的老山羊杀了吧！山羊正走在李青山门前，或者是歇凉，或者是它走不动了！它的一只独角塞进篱墙的缝际，小伙子们去抬它，但是无法把独角弄出。

二里半从门口经过，山羊就跟在后面回家去了！二里半说：“你们要杀就杀吧！早晚还不是给日本子留着吗！”

李二婶子在一边说：“日本子可不要它，老得不成样。”

二里半说：“日本子不要它，老也老死了！”

人们宣誓的日子到了！没有寻到公鸡，决定拿老山羊来代替。小伙子们把山羊抬着，在杆上四脚倒挂下去，山羊不住哀叫。二里半可笑的悲哀的形色跟着山羊走来。他的跛脚仿佛是一步一步把地面踏陷。波浪状的行走，愈走愈快！他的老婆疯狂地想把他拖回去，然而不能做到，二里半惶惶地走了一路。山羊被抬过一个山腰的小曲道。山羊被升上院心铺好红布的方桌。

东村的寡妇也来了！她在桌前跪下祷告了一阵，又到桌前点着两枝红蜡烛，蜡烛一点着，二里半知道快要杀羊了。

院心除了老赵三，那尽是一些年轻的小伙子在走，转。他们袒露胸臂，强壮而且凶横。

赵三总是向那个东村的寡妇说，他一看见她便宣传她。他一遇见事情，就不像往日那样贪婪吸他的烟袋。说话表示出庄严，连胡子也不动荡一下：

“救国的日子就要来到。有血气的人不肯当亡国奴，甘愿做日本刺刀下的屈死鬼。”

赵三只知道自己是中国人。无论别人对他讲解了多少遍，他总不能明白他在中国人中是站在怎样的阶级。虽然这样，老赵三也是非常进步，他可以代表整个的村人在进步着，那就是他从前不晓得什么叫国家，从前也许忘掉了自己是那国的国民！

他不开言了，静站在院心，等待宏壮悲愤的典礼来临。

来到三十多人，带来重压的大会，可真的触到赵三了！使他的胡子也感到非常重要而不可挫碰一下。

四月里晴朗的天空从山脊流照下来，房周围的大树群在正午垂曲的立在太阳下。畅明的天光与人们共同宣誓。

寡妇们和亡家的独身汉在李青山喊过口号之后，完全用膝头曲倒在天光之下。羊的脊背流过天光，桌前的大红蜡烛在壮默的人头前面燃烧。李青山的大个子直立在桌前："弟兄们！今天是什么日子！知道吗？今天……我们去敢死……决定了……就是把我们的脑袋挂满了整个村子所有的树梢也情愿，是不是啊？……是不是？……弟兄们？……"

回声先从寡妇们传出："是呀！千刀万剐也愿意！"

哭声刺心一般痛，哭声方锥一般落进每个人的胸膛。一阵强烈的悲酸掠过低垂的人头，苍苍然蓝天欲坠了！

老赵三立到桌子前面，他不发声，先流泪：

"国……国亡了！我……我也……老了！你们还年轻，你们去救国吧！我的老骨头再……再也不中用了！我是个老亡国奴，我不会眼见你们把日本旗撕碎，等着我埋在坟里……也要把中国旗子插在坟顶，我是中国人！我要中国旗子。我不当亡国奴，生是中国人，死是中国鬼……不……不是亡……亡国奴……"

浓重不可分解的悲酸，使树叶垂头。赵三在红蜡烛前用力敲了桌子两下，人们一起哭向苍天了！人们一起向苍天哭泣。大群的人起着号啕！

就这样把一支匣枪装好子弹摆在众人前面。每人走到那支枪口就跪倒下去盟誓："若是心不诚，天杀我，枪杀我，枪子是有灵有圣有眼睛的啊！"

寡妇们也是盟誓。也是把枪口对准心窝说话。只有二里半在人们宣誓之后快要杀羊时他才回来。从什么地方他捉一只公鸡来！只有他没曾宣誓，对于国亡，他似乎没什么伤心，他领着山羊，就回家去。别人的眼睛，尤其是老赵三的眼睛在骂他："你个老跛脚的东西，你，你不想活吗？……"

十四　到都市里去

临行的前夜，金枝在水缸沿上磨剪刀，而后用剪刀撕破死去孩子的尿巾。年轻的寡妇是住在妈妈家里。

"你明天一定走吗？"

睡在身边的妈妈被灯光照醒，带着无限怜惜，在已决定的命运中求得安慰似的。

"我不走，过两天再走。"金枝答她。

又过了不多时老太太醒来，她再不能睡，当她看见女儿不在身边而在地心洗濯什么的时候，她坐起来问着：

“你是明天走吗？再住三两天不能够吧！”

金枝在夜里收拾东西，母亲知道她是要走。金枝说：“娘，我走两天，就回来，娘……不要着急！”

老太太像在摸索什么，不再发声音。

太阳很高很高了，金枝尚偎在病母亲的身边，母亲说：

“要走吗？金枝！走就走吧！去赚些钱吧！娘不阻碍你。”母亲的声音有些惨然，“可是要学好，不许跟着别人学坏，不许和男人打交道。”

女人们再也不怨恨丈夫。她向娘哭着：

“这不都是小日本子吗？挨千刀的小日本子！不走等死吗？”

金枝听老人讲，女人独自行路要扮个老相，或丑相，束上一条腰带，她把油罐子挂在身边，盛米的小桶也挂在腰带上，包着针线和一些碎布的小包袱塞进米桶去，装做讨饭的老婆，用灰尘把脸涂得很脏，并有条纹。

临走时妈妈把自己耳上的银环摘下，并且说：

“你把这个带去吧！放在包袱里，别叫人给你抢去，娘一个钱也没有。若饿肚时，你就去卖掉，买个干粮吃吧！”走出门去还听母亲说：“遇见日本子，你快伏在蒿子下。”

金枝走得很远，走下斜坡，但是娘的话仍是那样在耳边反复：“买个干粮吃。”她心中乱乱的幻想，她不知走了多远，她像从家向外逃跑一般，速步而不回头。小道也尽是生着短草，即便是短草也障碍金枝赶路的脚。

日本兵坐着马车，口里吸烟，从大道跑过。金枝有点颤抖了！她想起母亲的话，很快躺在小道旁的蒿子里。日本兵走过，她心跳着站起，她四面惶惶在望：母亲在哪里？家乡离开她很远，前面又来到一个生疏的村子，使她感觉到走过无数人间。

红日快要落过天边去，人影横倒地面杆子一般瘦长。踏过去一条小河桥，再没有多少路途了！

哈尔滨城渺茫中有工厂的烟囱插入云天。

金枝在河边喝水，她回头望向家乡，家乡遥远而不可见。只是高高的山头，山下辨不清是烟是树，母亲就在烟树荫中。

她对于家乡的山是那般难舍，心脏在胸中飞起了！金枝感到自己的心已被摘掉不知抛向何处！她不愿走了，强行走过河桥又转入小道。前面哈尔滨城在招示她，背后家山向她送别。

小道不生蒿草，日本兵来时，让她躲身到地缝中去吗？她四面寻找，为了心脏不能平衡，脸面过量的流汗，她终于被日本兵寻到：

“你的！……站住。”

金枝好比中了枪弹，滚下小沟去，日本兵走近，看一看她脏污的样子。他们和肥鸭一般，嘴里发响摆动着身子，没有理她走过去了！他们走了许久许久，她仍没起来，以后她哭着，木桶扬翻在那里，小包袱从木桶滚出。她重新走起时，身影在地面越瘦越长起来，和细线似的。

金枝在夜的哈尔滨城，睡在一条小街阴沟板上。那条街是小工人和洋车夫们的街道。有小饭馆，有最下等的妓女，妓女们的大红裤子时时在小土房的门前出现。闲散的人，做出特别姿态，慢慢和大红裤子们说笑，后来走进小房去，过一会又走出来。但没有一个人理会破乱的金枝，她好像一个垃圾桶，好像一个病狗似的堆偎在那里。

这条街连警察也没有，讨饭的老婆和小饭馆的伙计吵架。

满天星火，但那都疏远了！那是与金枝绝缘的物体。半夜过后金枝身边来了一条小狗，也许小狗是个受难的小狗？这流浪的狗它进木桶去睡。金枝醒来仍没出太阳，天空许多星充塞着。许多街头流浪人，尚挤在小饭馆门前，等候着最后的施舍。

金枝腿骨断了一般酸痛，不敢站起。最后她也挤进要饭人堆去，等了好久，伙计不见送饭出来，四月里露天睡宿打着透心的寒颤，别人看她的时候，她觉得这个样子难看，忍了饿又来在原处。

夜的街头，这是怎样的人间？金枝小声喊着娘，身体在阴沟板上不住地抽拍。绝望着，哭着，但是她和木桶里在睡的小狗一般同样不被人注意，人间好像没有他们存在。天明，她不觉得饿，只是空虚，她的头脑空空尽尽了！

在街树下，一个缝补的婆子，她遇见对面去问：

“我是新来的，新从乡下来的……”

看她作窘的样子，那个缝婆没理她，面色在清凉的早晨发着淡白走去。

卷尾的小狗偎依着木桶好像偎依妈妈一般，早晨小狗大约感到太寒。

小饭馆渐渐有人来往。一堆白热的馒头从窗口堆出。

“老婶娘，我新从乡下来……我跟你去，去赚几个钱吧！”

第二次，金枝成功了，那个婆子领她走，一些搅扰的街道，发出浊气的街道，她们走过。金枝好像才明白，这里不是乡间了，这里只是生疏、隔膜、无情感。一路除了饭馆门前的鸡、鱼，和香味，其余她都没有看见似的，都没有听闻似的。

“你就这样把袜子缝起来。”

在一个挂金牌的“鸦片专卖所”的门前，金枝打开小包，用剪刀剪了块布角，缝补不认识的男人的破袜。那婆子又在教她：

“你要快缝，不管好坏，缝住，就算。”

金枝一点力量也没有，好像愿意赶快死似的，无论怎样努力眼睛也不能张开。一部汽车擦着她的身边驰过，跟着警察来了，指挥她说：

“到那边去！这里也是你们缝穷的地方？”

金枝忙仰头说：“老总，我刚从乡下来，还不懂得规矩。”

在乡下叫惯了老总，她叫警察也是老总，因为她看警察也是庄严的样子，也是腰间佩枪。别人都笑她，那个警察也笑了。老缝婆又教说她：

“不要理他，也不必说话，他说你，你躲后一步就完。”

她，金枝立刻觉得自己发羞，看一看自己的衣裳也不和别人同样，她立刻讨厌从乡下带来的破罐子，用脚踢了罐子一下。

袜子补完，肚子空虚的滋味不见终止，假若得法，她要到无论什么地方去偷一点东西吃。很长时间她停住针，细看那个立在街头吃饼干的孩子，一直到孩子把饼干的最末一块送进嘴去，她仍在看。

“你快缝，缝完吃午饭……可是你吃了早饭没有？”

金枝感到过于亲热，好像要哭出来似的，她想说：“从昨夜就没吃一点东西，连水也没喝过。”

中午来到，她们和从“鸦片馆”出来那些游魂似的人们同行着。

女工店有一种特别不流通的气息，使金枝想到这又不是乡村，但是那一些停滞的眼睛，黄色脸，直到吃过饭，大家用水盆洗脸时她才注意到，全屋五丈多长，没有隔壁，墙的四周涂满了臭虫血，满墙拖长着黑色紫色的血点。

一些污秽发酵的包袱围墙堆集着。这些多样的女人，好像每个患着病似的，就在包袱上枕了头讲话：“我那家子的太太，待我不错，吃饭都是一样吃，哪怕吃包子我也一样吃包子。”

别人跟住声音去羡慕她。过了一阵又是谁说她被公馆里的听差扭一下嘴巴。她说她气病了一场，接着还是不断地乱说。这一些烦烦乱乱的话金枝尚不能明白，她正在细想什么叫公馆呢？什么是太太？她用遍了思想而后问一个身边在吸烟的剪发的妇人：

“‘太太’不就是老太太吗？”

那个妇人没答她，丢下烟袋就去呕吐。她说吃饭吃了苍蝇。

可是全屋通常的板炕，那一些城市的女人她们笑得使金枝生厌，她们是前仆后折地笑。她们为着笑这个乡下女人彼此兴奋得拍响着肩膀，笑得过甚的竟流起眼泪来。金枝却静静坐在一边。等夜晚睡觉时，她向初识那个老太太说：“我看哈尔滨倒不如乡下好，乡下姊妹很和气，你看午间她们笑我拍着掌哩！”

说着她卷紧一点包袱，因为包袱里面藏着赚得的两角钱纸票，金枝枕了包袱，在都市里的臭虫堆中开始睡觉。

金枝赚钱赚得很多了！在裤腰间缝了一个小口袋，把两元钱的票子放进去，而后缝住袋口。女工店向她收费用时她同那人说：“晚几天给不行吗？我还没赚到钱。”她无法又说：“晚上给吧！我是新从乡下来的。”

终于那个人不走，她的手摆在金枝眼下。女人们也越集越多，把金枝围起来。她好像在要把戏一般招来这许多观众，其中有一个三十多岁的胖子，头发完全脱掉，粉红色闪光的头皮，独超出人前，她的脖子装好颤丝一般，使闪光的头颅轻便而随意地在转，在颤，她就向金枝说：“你快给人家！怎么你没有钱？你把钱放在什么地方我都知道。”

金枝生气，当着大众把口袋撕开，她的票子四分之三觉得是损失了！被人夺走了！她只剩五角钱。她想："五角钱怎样送给妈妈？两元要多少日子再赚得？"

她到街上去上工很晚。晚间一些臭虫被捏死，发出袭人的臭味，金枝坐起来全身搔痒，直到搔出血来为止。

楼上她听着两个女人骂架，后来又听见女人哭，孩子也哭。

母亲病好了没有？母亲自己拾柴烧吗？下雨房子漏水吗？渐渐想得恶化起来：她若死了不就是自己死在炕上无人知道吗？

金枝正在走路，脚踏车响着铃子驰过她，立刻心脏膨胀起来，好像汽车要轧上身体，她终止一切幻想了。

金枝知道怎样赚钱，她去过几次独身汉的房舍，她替人缝被，男人们问她：

"你丈夫多大岁数咧？"

"死啦！"

"你多大岁数？"

"二十七。"

一个男人拖着拖鞋，散着裤口，用他奇怪的眼睛向金枝扫了一下，奇怪的嘴唇跳动着：

"年轻轻的小寡妇哩！"

她不懂在意这个，缝完，带了钱走了。有一次走出门时有人喊她：

"你回来……你回来。"

给人以奇怪感觉的急切地呼叫，金枝也懂得应该快走，不该回头。晚间睡下时，她向身边的周大娘说："为什么缝完，拿钱走时他们叫我？"

周大娘说："你拿人家多少钱？"

"缝一个被子，给我五角钱。"

"怪不得他们叫你！不然为什么给你那么多钱？普通一张被两角。"

周大娘在倦乏中只告诉她一句：

"缝穷婆谁也逃不了他们的手。"

那个全秃的亮头皮的妇人在对面的长炕上类似尖巧地呼叫，她一面走到金枝头顶，好像要去抽拔金枝的头发。弄着她的胖手指："唉呀！我说小寡妇，你的好运气来了！那是又来财又开心。”

别人被吵醒开始骂那个秃头：

“你该死的，有本领的野兽，一百个男人也不怕，一百个男人你也不够。”

女人骂着彼此在交谈，有人在大笑，不知谁在一边重复了好几遍：

“还怕！一百个男人还不够哩！”

好像闹着的蜂群静了下去，女人们一点嗡声也停住了，她们全体到梦中去。

“还怕！一百个男人还不够哩！”不知谁，她的声音没有人接受，空洞地在屋中走了一周，最后声音消灭在白月的窗纸上。

金枝站在一家俄国点心铺的纱窗外。里面格子上各式各样的油黄色的点心、肠子、猪腿、小鸡，这些吃的东西，在那里发出油亮。最后她发现一个整个的肥胖的小猪，竖起耳朵伏在一个长盘里。小猪四围摆了一些小白菜和红辣椒。她要立刻上去连盘子都抱住，抱回家去快给母亲看。不能那样做，她又恨小日本子，若不是小日本子搅闹乡村，自家的母猪不是早生了小猪吗?

“布包”在肘间渐渐脱落，她不自觉地在铺门前站不安定，行人道上人多起来，她碰撞着行人。一个漂亮的俄国女人从点心铺出来，金枝连忙注意到她透孔的鞋子下面染红的脚趾甲；女人走得很快，比男人还快，使她不能再看。

人行道上：——的大响，大队的人经过，金枝一看见铜帽子就知道日本兵，日本兵使她离开点心铺快快跑走。她遇到周大娘向她说：

“一点活计也没有，我穿这一件短衫，再没有替换的，连买几尺布的钱也攒不下，十天一交费用，那就是一块五角。又老，眼睛又花，缝的也慢，从没人领我到家里去缝。一个月的饭钱还是欠着，我住得年头多了！若是新来，那就非被赶出去不可。”她走一条横道又说：“新来的一个张婆，她有病都被赶走了。”

经过肉铺，金枝对肉铺也很留恋，她想买一斤肉回家也满足。母亲半年多没尝过肉味。

松花江，江水不住地流，早晨还没有游人，舟子在江沿无聊地彼此骂笑。

周大娘坐在江边。怅然了一刻，接着擦她的眼睛，眼泪是为着她末日的命运在流。江水轻轻拍着江岸。

金枝没被感动，因为她刚来到都市，她还不晓得都市。

金枝为着钱，为着生活，她小心地跟了一个独身汉去到他的房舍。刚踏进门，金枝看见那张床，就害怕，她不坐在床边，坐在椅子上先缝被褥。那个男人开始慢慢和她说话，每一句话使她心跳。可是没有什么，金枝觉得那人很同情她。接着就缝一件夹衣的袖口，夹衣是从那个人身上立刻脱下的，等到袖口缝完时，那男人从腰带间一个小口袋取出一元钱给她，那男人一面把钱送过去，一面用他短胡子的嘴向金枝扭了一下，他说：

“寡妇有谁可怜你？”

金枝是乡下女人，她还看不清那人是假意同情，她轻轻受了“可怜”字眼的感动，她心有些波荡，停在门口，想说一句感谢的话，但是她不懂说什么，终于走了！她听道旁大水壶的笛子在耳边叫，面包作坊门前取面包的车子停在道边，俄国老太太花红的头巾驰过她。

“嗳！回来……你来，还有衣裳要缝。”

那个男人涨红了脖子追在后面。等来到房中，没有事可做，那个男人像猿猴一般，袒露出多毛的胸膛，去用厚手掌闩门去了！而后他开始解他的裤子，最后他叫金枝：

“快来呀……小宝贝。”他看一看金枝吓住了，没动，“我叫你是缝裤子，你怕什么？”

缝完了，那人给她一元票，可是不把票子放到她的手里，把票子摔到床底，让她弯腰去取，又当她取得票子时夺过来让她再取一次。

金枝完全摆在男人怀中，她不是正音嘶叫：

“对不起娘呀！……对不起娘……”

她无助地嘶狂着，圆眼睛望一望锁住的门不能自开，她不能逃走，事情必然要发生。

女工店吃过晚饭，金枝好像踏着泪痕行走，她的头过分的迷昏，心脏落进污水沟中似的，她的腿骨软了，松懈了，爬上炕取她的旧鞋，和一条手巾，她要回乡，马上躺到娘身上去哭。

炕尾一个病婆，垂死时被店主赶走，她们停下那件事不去议论，金枝把她们的趣味都集中来。

“什么勾当？这样着急？”第一个是周大娘问她。

“她一定进财了！”第二个是秃头胖子猜说。

周大娘也一定知道金枝赚到钱了，因为每个新来的第一次“赚钱”都是过分的羞恨。羞恨摧毁她，忽然患着传染病一般。

“惯了就好了！那怕什么！弄钱是真的，我连金耳环都赚到手里。”

秃胖子用好心劝她，并且手在扯着耳朵。别人骂她：“不要脸，一天就是你不要脸！”

旁边那些女人看见金枝的痛苦，就是自己的痛苦，人们慢慢四散，去睡觉了，对于这件事情并不表示新奇和注意。

金枝勇敢地走进都市，羞恨又把她赶回了乡村，在村头的大树枝上发现人头。一种感觉通过骨髓麻寒她全身的皮肤，那是怎样可怕，血浸的人头！

母亲拿着金枝的一元票子，她的牙齿在嘴里埋没不住，完全外露，她一面细看票子上的花纹，一面快乐有点不能自制地说：“来家住一夜明日就走吧！”

金枝在炕沿捶打酸痛的腿骨；母亲不注意女儿为什么不欢喜，她只跟了一张票子想到另一张，在她想，许多票子不都可以到手吗？她必须鼓励女儿。

“你应该洗洗衣裳收拾一下，明天一早必得要行路的，在村子里是没有出头露面之日。”

为了心切，她好像责备着女儿一般，简直对于女儿没有热情。

一扇窗子立刻打开，拿着枪的黑脸孔的人竟跳进来，踏了金枝的左腿一下。那个黑人向棚顶望了望，他熟悉地爬向棚顶去，王婆也跟着走来，她多日不见金枝而没说一句话，宛如她什么也看不见似的。一直爬上棚顶去。金枝和母亲什么也不晓得，只是爬上去。直到黄昏恶消息仍没传来，他们和爬虫样才从棚顶爬下。王婆说：“哈尔滨一定比乡下好，你再去就在那里不要回来，村子里日本子越来越恶，他们捉大肚女人，破开肚子去破红枪会，活显显的小孩从肚皮流出来。为这事，李青山把两个日本子的脑袋割下挂到树上。”

金枝鼻子作出哼声：

“从前恨男人，现在恨小日本子。”最后她转到伤心的路上去，“我恨中国人呢！除外我什么也不恨。”

王婆的学识有点不如金枝了！

十五　失败的黄色药包

开拔的队伍在南山道转弯时，孩子在母亲怀中向父亲送别。行过大树道，人们滑过河边。他们的衣装和步伐看起来不像一个队伍，但衣服下藏着猛壮的心。这些心把他们带走，他们的心铜一般凝结着出发。最末一刻大山坡还未曾遮没最后的一个人，一个抱在妈妈怀中的小孩他呼叫“爹爹”。孩子的呼叫什么也没得到，父亲连手臂也没摇动一下，孩子好像把声响撞到了岩石。

女人们一进家屋，屋子好像空了；房屋好像修造在天空，素白的阳光在窗上，却不带来一点意义。她们不需要男人回来，只需要好消息。消息来时，是五天过后，老赵三赤着他显露筋骨的脚奔向李二婶子去告诉：

“听说青山他们被打散啦！”显然赵三是手足无措，他的胡子也震惊起来，似乎忙着要从他的嘴巴跳下。

“真的有人回来了吗？”

李二婶子的喉咙变做细长的管道，使声音出来做出多角形。

“真的，平儿回来啦！”赵三说。

严重的夜，从天上走下。日本兵围剿打鱼村、白旗屯，和三家子……

平儿正在王寡妇家，他休息在情妇的心怀中。外面狗叫，听到日本人说话，平儿越墙逃走；他埋进一片蒿草中，蛤蟆在脚间跳。

“非拿住这小子不可，怕是他们和义勇军接连！”

在蒿草中他听清这是谁们在说：“走狗们！”

平儿他听清他的情妇被拷打。

“男人哪里去啦？—快说，再不说枪毙！”

他们不住骂：“你们这些母狗，猪养的。”

平儿完全赤身，他走了很远。他去扯衣襟拭汗，衣襟没有了，在腿上扒了一下，于是才发现自己的身影落在地面和光身的孩子一般。

二里半的麻婆子被杀，罗圈腿被杀，死了两个人，村中安息两天。第三天又是要死人的日子。日本兵满村窜走，平儿到金枝家棚顶去过夜。金枝说：

“不行呀！棚顶方才也来小鬼子翻过。”

平儿于是在田间跑着，枪弹不住向他放射，平儿的眼睛不会转弯，他听有人在近处叫：

“拿活的，拿活的……”

他错觉的听到了一切，他遇见一扇门推进去，一个老头在烧饭，平儿快流眼泪了：“老伯伯，救命，把我藏起来吧！快救命吧！”

老头子说：“什么事？”

“日本子捉我。”

平儿鼻子流血，好像他说到日本子才流血。他向全屋四面张望，就像连一条缝也没寻到似的，他转身要跑，老人捉住，出了后门，盛粪的长形的笼子在门旁，掀起粪笼，老人说：“你就爬进去，轻轻喘气。”

老人用粥饭涂上纸条把后门封起来，他到锅边吃饭。粪笼下的平儿听见来人和老人讲话，接着他便听到有人在弄门闩，门就要开了，自己就要被捉了！他想要从笼子跳出来，但，很快那些人，那些魔鬼去了！

平儿从安全的粪笼出来，满脸粪屑，白脸染着红血条，鼻子仍然流血，他的样子已经很可惨。

李青山这次他信任“革命军”有用，逃回村来，他不同别人一样带回沮丧的样子，他在王婆家说：

“革命军所好的是他不胡乱干事，他们有纪律，这回我算相信，红胡子算完蛋，自己纷争，乱撞胡撞。”

这次听众很少，人们不相信青山。村人天生容易失望，每个人容易失望。

每个人觉得完了！只有老赵三，他不失望，他说：

“那么再组织起来去当革命军吧！”

王婆觉得赵三说话和孩子一般可笑。但是她没笑他。她的身边坐着戴男人帽子、当过胡子救过国的女英雄说：

“死的就丢下，那么受伤的怎样了？”

“受轻伤的不都回来了吗！受重伤那就管不了，死就是啦！”

正这时北村一个老婆婆疯了似的哭着跑来和李青山拼命。她捧住头，像捧住一块石头般地投向墙壁，嘴中发出短句：

“李青山……仇人……我的儿子让你领走去丧命。”

人们拉开她，她有力挣扎，比一条疯牛更有力。

“就这样不行，你把我给小日本子送去吧！我要死……到应死的时候了！……”

她就这样不住地捉她的头发，慢慢她倒下来，她换不上气来，她轻轻拍着王婆的膝盖：

“老姐姐，你也许知道我的心，十九岁守寡，守了几十年，守这个儿子……我那些挨饿的日子呀！我跟孩子到山坡去割茅草，大雨来了，雨从山坡把娘儿两个拍滚下来，我的头，在我想是碎了，谁知道？还没死……早死早完事。”

她的眼泪一阵湿热湿透王婆的膝盖，她开始轻轻哭：

“你说我还守什么？……我死了吧！有日本子等着，菱花那丫头也长不大，死了吧！”

果然死了，房梁上吊死的。三岁孩子菱花的小脖颈和祖母并排悬着，高挂起正像两条瘦鱼。

死亡率在村中又在开始快速，但是人们不怎样觉察，患着传染病一般地全乡村又在昏迷中挣扎。

“爱国军”从三家子经过，张着黄色旗，旗上有红字“爱国军”。人们有的跟着去了！他们不知道怎样爱国，爱国又有什么用处，只是他们没有饭吃啊！

李青山不去，他说那也是胡子编成的。老赵三为着“爱国军”和儿子吵架：“我看你是应该去，在家若是传出风声去有人捉拿你。跟去混混，到最末就是杀死一个日本鬼子也上算，也出出气。年轻气壮，出一口气也是好的。”

老赵三一点见识也没有，他这样盲动的说话使儿子不佩服，平儿同爹爹讲话总是把眼睛绕着圈子斜视一下，或是不调协的抖一两下肩头，这样对待他，他非常不愿意接受，有时老赵三自己想：

“老赵三怎不是个小赵三呢！”

十六　尼姑

金枝要做尼姑去。

尼姑庵红砖房子就在山尾那端。她去开门没能开，成群的麻雀在院心啄食，石阶生满绿色的苔藓，她问一个邻妇，邻妇说："尼姑在事变以后，就不见，听说跟造房子的木匠跑走的。"

从铁门栏看进去，房子还未上好窗子，一些长短的木块尚在院心，显然可以看见正房里，凄凉的小泥佛在坐着。

金枝看见那个女人肚子大起来，金枝告诉她说："这样大的肚子你还敢出来？你没听说小日本子把大肚女人弄去破红枪会吗？日本子把女人肚子割开，去带着上阵，他们说红枪会什么也不怕，就怕女人；日本子叫红枪会作'铁孩子'呢！"

那个女人立刻哭起来。

"我说不嫁出去，妈妈不许，她说日本子就要姑娘，看看，这回怎么办？孩子的爹爹走就没见回来，他是去当'义勇军'。"

有人从庙后爬出来，金枝她们吓得跑。

"你们见了鬼吗？我是鬼吗？……"

往日美丽的年轻的小伙子，和死蛇一般爬回来。五姑姑出来看见自己的男人，她想到往日受伤的马，五姑姑问他："义勇军全散了吗？"

"全散啦！全死啦！就连我也死啦！"他用一只胳膊打着草梢轮回：

"养汉老婆，我弄得这个样子，你就一句亲热的话也没有吗？"

五姑姑垂下头，和睡了的向日葵花一般。大肚子的女人回家去了！金枝又走向哪里去？她想出家，庙庵早已空了！

十七　不健全的腿

"'人民革命军'在哪里？"二里半突然问起赵三说。这使赵三想："二里半当了走狗吧？"他没告诉他。二里半又去问青山。青山说：

“你不要问，再等几天跟着我走好了！”

二里半急迫着好像他就要跑到革命军去。青山长声告诉他：

“革命军在磐石，你去得了吗？我看你一点胆量也没有，杀一只羊都不能够。”接着他故意羞辱他似的：

“你的山羊还好啊？”

二里半为了生气，他的白眼球立刻多过黑眼球。他的热情立刻在心里结成冰。李青山不与他再多说一句，望向窗外天边的树，小声摇着头，他唱起小调来。二里半临出门，青山的女人在厨房向他说：

“李大叔，吃了饭走吧！”

青山看到二里半可怜的样子，他笑说：

“回家做什么，老婆也没有了，吃了饭再说吧！”

他自己没有了家庭，他贪恋别人的家庭。当他拾起筷子时，很快一碗麦饭吃下去了，接连他又吃两大碗，别人还没吃完，他已经在抽烟了！他一点汤也没喝，只吃了饭就去抽烟。

“喝些汤，白菜汤很好。”

“不喝，老婆死了三天，三天没吃干饭哩！”二里半摇着头。

青山忙问：“你的山羊吃了干饭没有？”

二里半吃饱饭，好像一切都有希望。他没生气，照例自己笑起来。他感到满意地离开青山家。在小道上不断地抽他的烟袋。天色茫茫的并不引他悲哀，蛤蟆在小河边一声声地哇叫。河边的小树随了风在骚闹，他踏着往日自己的菜田，他振动着往日的心波。菜田连棵菜也不生长。

那边人家的老太太和小孩子们载起暮色来在田上匍匐。他们相遇在地端，二里半说：

“你们在掘地吗？地下可有宝物？若有我也蹲下掘吧！”

一个很小的孩子发出脆声：“拾麦穗呀！”孩子似乎是快乐，老祖母在那边已叹息了：

“有宝物？……我的老天爷？孩子饿得乱叫，领他们来拾几粒麦穗，回家给他们做干粮吃。”

二里半把烟袋给老太太吸，她拿过烟袋，连擦都没有擦，就放进嘴去。显然她是熟悉吸烟，并且十分需要。她把肩膀抬得高高，她紧合了眼睛，浓烟不住从嘴冒出，从鼻孔冒出。那样很危险，好像她的鼻子快要着火。

“一个月也多了，没得摸到烟袋。”

她像仍不愿意舍弃烟袋，理智勉强了她。二里半接过去把烟袋在地面挠着。

人间已是那般寂寞了！天边的红霞没有鸟儿翻飞，人家的篱墙没有狗儿吠叫。

老太太从腰间慢慢取出一个纸团，纸团慢慢在手下舒展开，而后又折平。

“你回家去看看吧！老婆、孩子都死了！谁能救你，你回家去看看吧！看看就明白啦！”

她指点那张纸，好似指点符咒似的。

天更黑了！黑得和帐幕紧逼住人脸。最小的孩子，走几步，就抱住祖母的大腿，他不住地嚷着：

“奶奶，我的筐满了，我提不动呀！”

祖母为他提筐，拉着他。那几个大一些的孩子卫队似的跑在前面。到家，祖母点灯看时，满筐蒿草，蒿草从筐沿要流出来，而没有麦穗，祖母打着孩子的头笑了：

“这都是你拾得的麦穗吗？”祖母把笑脸转换哀伤的脸，她想：“孩子还不能认识麦穗，难为了孩子！”

五月节，虽然是夏天，却像吹起秋风来。二里半熄了灯，凶壮着从屋檐出现，他提起切菜刀，在墙角，在羊棚，就是院外白树下，他也搜遍。他要使自己无牵无挂，好像非立刻杀死老羊不可。

这是二里半临行的前夜。

老羊鸣叫着回来，胡子间挂了野草，在栏栅处擦得栏栅响。二里半手中的刀，举得比头还高，他朝向栏杆走去。

菜刀飞出去，喳啦地砍倒了小树。

老羊走过来，在他的腿间搔痒。二里半许久许久地抚摸羊头，他十分羞愧，好像耶稣教徒一般向羊祷告。

清早他像对羊说话，在羊棚喃喃了一阵，关好羊栏，羊在栏中吃草。

五月节，晴明的青空。老赵三看这不像个五月节样：麦子没长起来，嗅不到麦香，家家门前没挂纸葫芦。他想这一切是变了！变得这样速！去年五月节，清清明明的，就在眼前似的，孩子们不是捕蝴蝶吗？他不是喝酒吗？

他坐在门前一棵倒折的树干上，凭吊这已失去的一切。

李青山的身子经过他，他扮成“小工”模样，赤足卷起裤口，他说给赵三：

“我走了！城里有人候着，我就要去……”

青山没提到五月节。

二里半远远跛脚奔来，他青色马一样的脸孔，好像带着笑容。他说：“你在这里坐着，我看你快要朽在这根木头上……”

二里半回头看时，被关在栏中的老羊，居然随在身后，立刻他的脸更拖长起来：

“这条老羊……替我养着吧！赵三哥！你活一天替我养一天吧……”

二里半的手，在羊毛上惜别，他流泪的手，最后一刻摸着羊毛。

他快走，跟上前面李青山去。身后老羊不住哀叫，羊的胡子慢慢在摆动……

二里半不健全的腿颠跌着颠跌着，远了！模糊了！山岗和树林，渐去渐远。羊声在遥远处伴着老赵三茫然的嘶鸣。

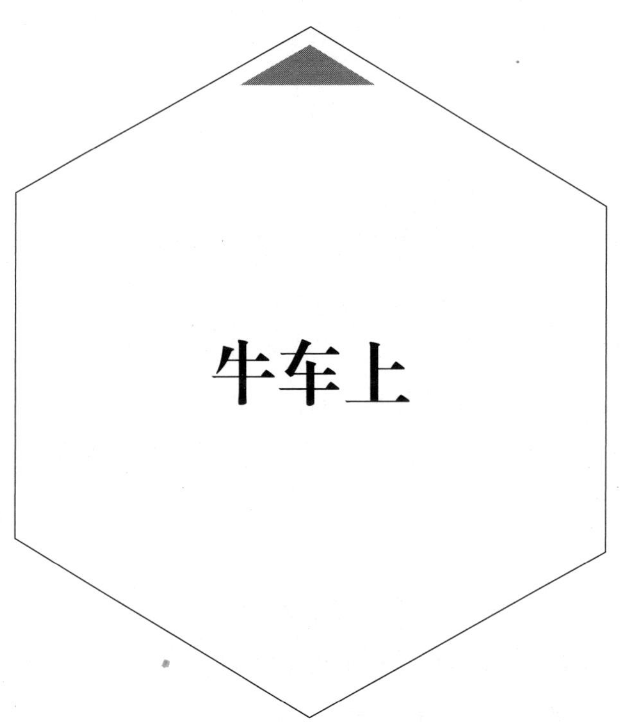

牛车上

金花菜在三月的末梢就开遍了溪边。我们的车子在朝阳里轧着山下的红绿颜色的小草，走出了外祖父的村梢。

车夫是远族上的舅父，他打着鞭子，但那不是打在牛的背上，只是鞭梢在空中绕来绕去。

“想睡了吗？车刚走出村子呢！喝点梅子汤吧！等过了前面的那道溪水再睡。”外祖父家的女用人，是到城里去看她的儿子的。

“什么溪水，刚才不是过的吗？”从外祖父家带回来的黄猫也好像要在我的膝头上睡觉了。

“后塘溪。”她说。

“什么后塘溪？”我并没有注意她，因为外祖父家留在我们的后面，什么也看不见了，只有村梢上庙堂前的红旗杆还露着两个金顶。

“喝一碗梅子汤吧，提一提精神。”她已经端了一杯深黄色的梅子汤在手里，一边又去盖着瓶口。

“我不提，提什么精神，你自己提吧！”

他们都笑了起来，车夫立刻把鞭子抽响了一下。

“你这姑娘……顽皮，巧舌头，我……我……”他从车辕转过身来，伸手要抓我的头发。

我缩着肩头跑到车尾上去。村里的孩子没有不怕他的，说他当过兵，说他捏人的耳朵也很痛。

五云嫂下车去给我采了这样的花，又采了那样的花，旷野上的风吹得更强些，所以她的头巾好像是在飘着。因为乡村留给我尚没有忘却的记忆，我时时把她的头巾看成乌鸦或是鹊雀。她几乎是跳着，几乎和孩子一样。回到车上，她就唱着各种花朵的名字，我从来没看到过她这像样放肆一般地欢喜。

车夫也在前面哼着低粗的声音，但那分不清是什么词句。那短小的烟管顺着风时时送着烟氛，我们的路途刚一开始，希望和期待都还离得很远。

我终于睡了，不知是过了后塘溪，是什么地方，我醒过一次，模模糊糊的好像那管鸭的孩子仍和我打着招呼，也看到了坐在牛背上的小根和我告别的情景……也好像外祖父拉住我的手又在说："回家告诉你爷爷，秋凉的时候让他来乡下走走……你就说你姥爷腌的鹌鹑和顶好的高粱酒等着他来一块喝呢……你就说我动不了，若不然，这两年，我总也去……"

唤醒我的不是什么人，而是那空空响的车轮。我醒来，第一下看到的是那黄牛自己走在大道上，车夫并不坐在车辕。在我寻找的时候，他被我发现在车尾上，手上的鞭子被他的烟管代替着，左手不住的在擦着下颏，他的眼睛顺着地平线望着辽阔的远方。

我寻找黄猫的时候，黄猫坐到五云嫂的膝头上去了，并且她还抚摸猫的尾巴。我看看她的蓝布头巾已经盖过了眉头，鼻子上显明的皱纹因为挂了尘土，更显明起来。

他们并没有注意到我的醒转。

"到第三年他就不来信啦！你们这当兵的人……"

我就问她："你丈夫也是当兵的吗？"

赶车的舅舅，抓了我的辫发，把我向后拉了一下。

"那么以后……就总也没有信来？"他问她。

"你听我说呀！八月节刚过……可记不得哪一年啦，吃完了早饭，我就在门前喂猪，一边啌啌的敲着槽子，一边嘮嘮嘮嘮的叫着猪……哪里听得着呢？南村王家的二姑娘喊着：'五云嫂，五云嫂……'一边跑着一边喊：'我娘说，许是五云哥给你捎来的信！'真是，在我眼前的真是一封信，等我把信拿到手哇！看看……我不知为什么就止不住心酸起来……他还活着吗！他……眼泪就掉在那红签条上，我就用手去擦，一擦这红圈子就印到白的上面去。把猪食就丢在院心……进屋换了件干净衣裳。我就赶紧跑，跑到南村的学房见了学房的先生，我一面笑着一面流着眼泪……我说：‘是外头人来的信，请先生看看……一年来的没来过一个字。’学房先生接到手里一看就说不是我的。那信我就丢在学房里跑回来啦……猪也没有喂，鸡也没有上架，我就躺在炕上啦……好几天，我像失了魂似的。”

“从此就没有来信？”

“没有。”她打开了梅子汤的瓶口，喝了一碗，又喝一碗。

“你们这当兵的人，只说三年二载……可是回来……回来个什么呢！回来个魂灵给人看看吧……”

“什么？”车夫说，“莫不是阵亡在外吗……”

“是，就算吧！音信皆无过了一年多。”

“是阵亡？”车夫从车上跳下去，拿了鞭子，在空中抽了两下，似乎是什么爆裂的声音。

“还问什么……这当兵的人真是凶多吉少。”她折皱的嘴唇好像撕裂了的绸片似的，显着轻浮和单薄。

车子一过黄村，太阳就开始斜了下去，青青的麦田上飞着鹊雀。

“五云哥阵亡的时候，你哭吗？”我一面捉弄着黄猫的尾巴，一面看着她。但她没有睬我，自己在整理着头巾。

等车夫颠跳着来在了车尾，扶了车栏，他一跳就坐在了车辕，在他没有抽烟之前，他的厚嘴唇好像关紧了的瓶口似的严密。

五云嫂的说话，好像落着小雨似的，我又顺着车栏睡下了。

等我再醒来，车子停在一个小村头的井口边，牛在饮着水，五云嫂也许是哭过，她陷下的眼睛高起了，并且眼角的皱纹也张开来。车夫从井口绞了一桶水提到车子旁边：

“不喝点吗？清凉清凉……”

“不喝。”她说。

“喝点吧，不喝就是用凉水洗洗脸也是好的。”他从腰带上取下手巾来，浸了浸水，“揩一揩！尘土迷了眼睛……”

当兵的人，怎么也会替人拿手巾？我感到了惊奇。我知道的当兵的人就会打仗，就会打女人，就会捏孩子们的耳朵。

“那年冬天，我去赶年市……我到城里去卖猪鬃，我在年市上喊着：‘好硬的猪鬃来……好长的猪鬃来……’后一年，我好像把他爹忘下啦……心上也不牵挂……想想那没有个好，这些年，人还会活着！到秋天，我也到田上去割高粱，看我这手，也吃过气力……春天就带着孩子去做长工，两个月三个月的就把家拆了。冬天又把家归拢起来。什么牛毛啦……猪毛啦……还有些收拾来的鸟雀的毛。冬天就在家里收拾，收拾干净了呀……就选一个暖和的天气进城去卖。若有顺便进城去的车呢，把秃子也就带着……那一次没有带秃子。偏偏天气又不好，天天下清雪，年市上不怎么热闹；没有几捆猪鬃也总卖不完。一早就蹲在市上，一直蹲到太阳偏西。在十字街口，一家大买卖的墙头上贴着一张大纸，人们来来往往的在那里看，像是从一早那张纸就贴出来了！也许是晌午贴的……有的还一边看，一边念出来几句。我不懂得那一套……人们说是：‘告示，告示。’可是告的什么，我也不懂那一套……‘告示’，倒知道是官家的事情，与我们做小民的有什么长短！可不知为什么看的人就那么多……听说么，是捉逃兵的‘告示’……又听说么……又听说么……几天就要送到县城来枪毙……”

“哪一年？民国十年枪毙逃兵二十多个的那回事吗？”车夫把卷起的衣袖在下意识里把它放下来，又用手扫着下颏。

“我不知道那叫什么年……反正枪毙不枪毙与我何干，反正我的猪鬃卖不完就不走运气……”她把手掌互相擦了一会，猛然，像是拍着蚊虫似的，凭空打了一下：

“有人念着逃兵的名字……我看着那穿黑马褂的人……我就说：‘你再念一遍！’起先猪毛还拿在我的手上……我听到了姜五云姜五云的，好像那名字响了好几遍……我过了一些时候才想要呕吐……喉管里像有什么腥气的东西喷上来，我想咽下去……又咽不下去……眼睛冒着火苗……那些看‘告示’的人往上挤着，我就退在了旁边，我再上前去看看，腿就不做主啦！看‘告示’的人越多，我就退下来了！越退越远啦……”

她的前额和鼻头都流下汗来。

“跟了车，回到乡里，就快半夜了。一下车的时候，我才想起了猪毛……哪里还记得起猪毛……耳朵和两张木片似的啦……包头巾也许是掉在路上，也许是掉在城里……”

她把头巾掀起来，两个耳朵的下梢完全丢失了。

“看看，这是当兵的老婆……”

这回她把头巾束得更紧了一些，所以随着她的讲话那头巾的角部也起着小小的跳动。

“五云倒还活着，我就想看看他，也算夫妇一回……

“……二月里，我就背着秃子，今天进城，明天进城……‘告示’听说又贴过了几回，我不去看那玩艺儿，我到衙门去问，他们说：‘这里不管这事。’让我到兵营里去……我从小就怕见官……乡下孩子，没有见过。那些带刀挂枪的，我一看到就发颤……去吧！反正他们也不是见人就杀……后来常常去问，也就不怕了。反正一家三口，已经有一口拿在他们的手心里……他们告诉我，逃兵还没有送过来。我说什么时候才送过来呢？他们说：‘再过一个月吧！’……等我一回到乡下就听说逃兵已从什么县城，那是什么县城？到今天我也记不住那是什么县城……就是听说送过来啦就是啦……都说若不快点去看，人可就没有了。我再背着秃子，再进城……去问问，兵营的人说：‘好心急，你还要问个百八十回。不知道，也许就不送过来的。’……有一天，我看着一个大官，坐着马车，钉东钉东的响着铃子，从营房走出来了……我把秃子放在地上，我就跑过去，正好马车是向着这边来的，我就跪下了，也不怕马蹄就踏在我的头上。

“‘大老爷，我的丈夫……姜五……’我还没有说出来，就觉得肩膀上很沉重……那赶马车的把我往后面推倒了，好像跌了交似的我爬在道边去。只看到那赶马车的也戴着兵帽子。

“我站起来，把秃子又背在背上……营房的前边，就是一条河，一个下半天都在河边上看着河水。有些钓鱼的，也有些洗衣裳的。远一点，在那河湾上，那水就深了，看着那浪头一排排的从眼前过去。不知道几百条浪头都坐着看过去了。我想把秃子放在河边上，我一跳就下去吧！留他一条小命，他一哭就会有人把他收了去。

“我拍着那小胸脯，我好像说：‘秃儿，睡吧。’我还摸摸那圆圆的耳朵，那孩子的耳朵，真是，长得肥满，和他爹的一模一样，一看到那孩子的耳朵，就看到他爹了。”

她为了赞美而笑了笑。

“我又拍着那小胸脯，我又说：‘睡吧！秃儿。’我想起了，我还有几吊钱，也放在孩子的胸脯里吧！正在伸，伸手去放……放的时节……孩子睁开眼睛了……又加上一只风船转过河湾来，船上的孩子喊妈的声音我一听到，我就从沙滩上面……把秃子抱……抱在……怀里了……”

她用包头巾像是紧了紧她的喉咙，随着她的手，眼泪就流了下来。

“还是……还是背着他回家吧！哪怕讨饭，也是有个亲娘……亲娘的好……”

那蓝色头巾的角部，也随着她的下颏颤抖了起来。

我们车子的前面正过着一堆羊群，放羊的孩子口里响着用柳条做成的叫子，野地在斜过去的太阳里边分不出什么是花，什么是草了！只是混混黄黄的一片。

车夫跟着车子走在旁边，把鞭梢在地上荡起着一条条的烟尘。

“……一直到五月，营房的人才说：‘就要来的，就要来的。’

“……五月的末梢，一只大轮船就停在了营房门前的河沿上。不知怎么这样多的人！比七月十五看河灯的人还多……”

她的两只袖子在招摇着。

“逃兵的家属，站在右边……我也站过去，走过一个戴兵帽子的人，还每人给挂了一张牌子……谁知道，我也不认识那字……”

“要搭跳板的时候，就来了一群兵队，把我们这些挂牌子的……就圈了起来……‘离开河沿远点，远点……’他们用枪把把我们赶到离开那轮船有三四丈远……站在我旁边的，一个白胡子的老头，他一只手下提着一个包裹，我问他：‘老伯，为啥还带来这东西？’……‘哼！不！我有一个儿子和一个侄子……一人一包……回阴曹地府，不穿洁净衣裳是不上高的。……’

“跳板搭起来了……一看跳板搭起来就有哭的……我是不哭，我把脚跟立得稳稳当当的，眼睛往船上看着……可是，总不见出来……过了一会，一个兵官，挎着洋刀，手扶着栏杆说：‘让家属们再往后退退……就要下船……’听着嗃唠一声，那些兵队又用枪把手把我们向后赶了过去，一直赶上了道旁的豆田，我们就站在豆秧上，跳板又呼隆隆的搭起了一块……走下来了，一个兵官领头……那脚镣子，哗拉哗拉的……我还记得，第一个还是个小矮个……走下来五六个啦……没有一个像秃子他爹宽宽肩膀的，是真的，很难看……两条胳臂直伸伸的……我看了半天工夫才看出手上都是戴了铐子的。旁边的人越哭，我就格外更安静。我只把眼睛看着那跳板……我要问问他爹‘为啥当兵不好好当，要当逃兵……你看看，你的儿子，对得起吗？’

“二十来个，我不知道哪个是他爹，远看都是那么个样儿。一个年轻的媳妇……还穿了件绿衣裳，发疯了似的，穿开了兵队抢过去了……当兵的哪肯叫她过去……就把她抓回来，她就在地上打滚，她喊：‘当了兵还不到三个月呀……还不到……’两个兵队的人，就把她抬回来，那头发都披散开啦。又过了一袋烟的工夫，才把我们这些挂牌子的人带过去……越走越近了，越近也就越看不清楚哪个是秃子他爹……眼睛起了白濛……又加上别人都呜呜啕啕的，哭得我多少也有点心慌……

“还有的嘴上抽着烟卷，还有的骂着……就是笑的也有。当兵的这种人……不怪说，当兵的不惜命……

“我看看，真是没有秃子他爹，哼！这可怪事……我一回身就把一个兵官的皮带抓住：‘姜五云呢？’‘他是你的什么人？’‘是我的丈夫。’我把秃子可就放在地上啦……放在地上那不做美的就哭起来，我拍的一声，给秃子一个嘴巴……接着我就打了那兵官：‘你们把人消灭到什么地方去啦？’

“‘好的……好家伙……够朋友……’那些逃兵们就连起声来跺着脚喊。兵官看看这情形赶快叫当兵的把我拖开啦……他们说：‘不只姜五云一个人，还有两个没有送过来，明后天，下一班船就送来……逃兵里他们三个是头目。’

“我背着孩子就离开了河沿，我就挂着牌子走下去了，我一路走，一路两条腿发颤。奔来看热闹的人满街满道啦……我走过了营房的背后，兵营的墙根下坐着那提着两个包裹的老头，他的包裹只剩了一个。我说：‘老伯，你的儿子也没来吗？’我一问他，他就把背脊弓了起来，用手把胡子放在嘴唇上，咬着胡子就哭啦！

“他还说：‘因为是头目，就当地正法了咧！’当时我还不知道这‘正法’是什么……”

她再说下去，那是完全不相接连的话头。

“又过三年，秃子八岁的那年，把他送进了豆腐房……就是这样：一年我来看他两回。二年回家一趟……回来也就是十天半月的……”

车夫离开车子，在小毛道上走着，两只手放在背后，太阳从横面把他拖成一条长影，他每走一步，那影子就分成了一个叉形。

“我也有家小……”他的话从嘴唇上流了下来似的，好像他对着旷野说的一般。

“哟！”五云嫂把头巾放松了些。

“什么！”她鼻子上的褶皱纠动了一些时候，“可是真的……兵不当啦也不回家……”

“哼！回家！就背着两条腿回家？”车夫把肥厚的手揩扭着自己的鼻子笑了。

“这几年，还没多少赚几个？”

“都是想赚几个呀！才当逃兵去啦！”他把腰带更束紧了一些。

我加了一件棉衣，五云嫂披了一张毯子。

“嗯！还有三里路……这若是套的马……嗯！一颠搭就到啦！牛就不行，这牲口性子没紧没慢，上阵打仗，牛就不行……”车夫从草包取出棉袄来，那棉袄顺着风飞着草末，他就穿上了。

黄昏的风，却是和二月里的一样。车夫在车尾上打开了外祖父给祖父带来的酒坛。

“喝吧！半路开酒坛，穷人好赌钱……喝上两杯……”他喝了几杯之后，把胸膛就完全露在外面。他一面啃嚼着肉干，一边嘴上起着泡沫。风从他的嘴边走过时，他唇上的泡沫也宏大了一些。

我们将奔到的那座城，在一种灰色的气候里，只能够辨别那不是旷野，也不是山岗，又不是海边，又不是树林……

车子越往前进，城座看来越退越远。脸孔和手上，都有一种黏黏的感觉……再往前看，连道路也看不到尽头……

车夫收拾了酒坛，拾起了鞭子……这时候，牛角也模糊了去。

“你从出来就没回过家？家也不来信？”五云嫂的问话，车夫一定没有听到，他打着口哨，招呼着牛。后来他跳下车去，跟着牛在前面走着。

对面走过一辆空车，车辕上挂着红色的灯笼。

“大雾！”

“好大的雾！”车夫彼此招呼着。

“三月里大雾……不是兵灾，就是荒年……”

两个车子又过去了。

（原载1936年10月1日《文季月刊》第1卷第5期）

小城三月

一

三月的原野已经绿了，像地衣那样绿，透出在这里，那里。郊原上的草，是必须转折了好几个弯儿才能钻出地面的，草儿头上还顶着那胀破了种粒的壳，发出一寸多高的芽子，欣幸的钻出了土皮。放牛的孩子，在掀起了墙脚片下面的瓦片时，找到了一片草芽了，孩子们到家里告诉妈妈，说："今天草芽出土了！"妈妈惊喜的说："那一定是向阳的地方！"抢根菜的白色的圆石似的籽儿在地上滚着，野孩子一升一斗的在拾。蒲公英发芽了，羊咩咩的叫，乌鸦绕着杨树林子飞，天气一天暖似一天，日子一寸一寸的都有意思。杨花满天照地的飞，像棉花似的。人们出门都是用手捉着，杨花挂着他了。草和牛粪都横在道上，放散着强烈的气味。远远的有用石子打船的声音，空空……的大响传来。

河冰发了，冰块顶着冰块，苦闷的又奔放的向下流。乌鸦站在冰块上寻觅小鱼吃，或者是还在冬眠的青蛙。

天气突然的热起来，说是"二八月，小阳春"，自然冷天气还是要来的，但是这几天可热了。春天带着强烈的呼唤从这头走到那头……

小城里被杨花给装满了，在榆树还没变黄之前，大街小巷到处飞着，像纷纷落下的雪块……

春来了，人人像久久等待着一个大暴动，今天夜里就要举行，人人带着犯罪的心情，想参加到解放的尝试……春吹到每个人的心坎，带着呼唤，带着蛊惑……

我有一个姨，和我的堂哥哥大概是恋爱了。

姨母本来是很近的亲属，就是母亲的姊妹。但是我这个姨，她不是我的亲姨，她是我的继母的继母的女儿。那么她可算与我的继母有点血统的关系了，其实也是没有的。因为我这个外祖母已经做了寡妇之后才来到的外祖父家，翠姨就是这个外祖母的原来在另外的一家所生的女儿。

翠姨还有一个妹妹，她的妹妹小她两岁，大概是十七八岁，那么翠姨也就是十八九岁了。

翠姨生得并不是十分漂亮，但是她长得窈窕，走起路来沉静而且漂亮，讲起话来清楚的带着一种平静的感情。她伸手拿樱桃吃的时候，好像她的手指尖对那樱桃十分可怜的样子，她怕把它触坏了似的轻轻的捏着。

假若有人在她的背后招呼她一声，她若是正在走路，她就会停下，若是正在吃饭，就要把饭碗放下，而后把头向着自己的肩膀转过去，而全身并不大转，于是她自觉的闭合着嘴唇，像是有什么要说而一时说不出来似的……

而翠姨的妹妹，忘记了她叫什么名字，反正是一个大说大笑的，不十分修边幅，和她的姐姐完全不同。花的绿的，红的紫的，只要是市上流行的，她就不大加以选择，做起一件衣服来赶快就穿在身上。穿上了而后，到亲戚家去串门，人家恭维她的衣料怎样漂亮的时候，她总是说，和这完全一样的，还有一件，她给了她的姐姐了。

我到外祖父家去，外祖父家里没有像我一般大的女孩子陪着我玩，所以每当我去，外祖母总是把翠姨喊来陪我。

翠姨就住在外祖父的后院，隔着一道板墙，一招呼，听见就来了。

外祖父的院子和翠姨住的院子，虽然只隔一道板墙，但是却没有门可通，所以还得绕到大街上去从正门进来。

因此有时翠姨先来到板墙这里，从板墙缝中和我打了招呼，而后回到屋去装饰了一番，才从大街上绕了个圈来到她母亲的家里。

翠姨很喜欢我，因为我在学堂里念书，而她没有，她想什么事我都比她明白。所以她总是有许多事务同我商量，看看我的意见如何。

到夜里，我住在外祖父家里了，她就陪着我也住下的。

每每从睡下了就谈，谈过了半夜，不知为什么总是谈不完……

开初谈的是衣服怎么穿，穿什么样的颜色的，穿什么样的料子。比如走路应该快或是应该慢。有时白天里她买了一个别针，到夜里她拿出来看看，问我这别针到底是好看或是不好看。那时候，大概是十五年前的时候，我们不知别处如何装扮一个女子，而在这个城里几乎个个都有一条宽大的绒绳结的披肩，蓝的，紫的，各色的也有，但最多多不过枣红色了。几乎在街上所见的都是枣红色的大披肩了。

哪怕红的绿的那么多，但总没有枣红色的最流行。

翠姨的妹妹有一张，翠姨有一张，我的所有的同学，几乎每人有一张。就连素不考究的外祖母的肩上也披着一张，只不过披的是蓝色的，没有敢用那最流行的枣红色的就是了。因为她总算年纪大了一点，对年轻人让了一步。

还有那时候都流行穿绒绳鞋，翠姨的妹妹就赶快的买了穿上。因为她那个人很粗心大意，好坏她不管，只是人家有她也有。别人是人穿衣裳，而翠姨的妹妹就好像被衣服所穿了似的。芜芜杂杂。但永远合乎着应有尽有的原则。

翠姨的妹妹的那绒绳鞋，买来了，穿上了。在地板上跑着，不大一会工夫，那每只鞋脸上系着的一只毛球，竟有一个毛球已经离开了鞋子，向上跳着，只还有一根绳连着，不然就要掉下来了。很好玩的，好像一颗大红枣被系到脚上去了。因为她的鞋子也是枣红色的。大家都在嘲笑着她的鞋子一买回来就坏了。

翠姨，她没有买，她犹疑了好久。无管什么新样的东西到了，她总不是很快的就去买了来，也许她心里边早已经喜欢了，但是看上去她都像反对似的，好像她都不接受。

她必得等到许多人都开始采办了，这时候看样子，她才稍稍有些动心。

好比买绒绳鞋，夜里她和我谈话，问过我的意见，我说也是好看的，我有很多的同学，她们也都买了绒绳鞋。

第二天翠姨就要求我陪着她上街，先不告诉我去买什么，进了铺子选了半天别的，才问到我绒绳鞋。

走了几家铺子，都没有，都说是已经卖完了。我晓得店铺的人总是这样瞎说的。表示他家这店铺平常总是最丰富的，只恰巧你要的这件东西，他就没有了。我劝翠姨说咱们慢慢的走，别家一定会有的。

我们是坐马车从街梢上的外祖父家来到街中心的。

见了第一家铺子，我们就下了马车。不用说，马车我们已经是付过了价钱的。等我们买好了东西回来的时候，会另外叫一辆的。因为我们不知道要得多久。大概看见什么好，虽然不需要也要买点，或是东西已经买全了不必要再多留连，也要留连一会，或是买东西的目的，本来只在一双鞋，而结果鞋子没有买到，反而啰里啰索的买回来许多用不着的东西。

这一天，我们辞退了马车，进了第一家店铺。

在别的大城市里没有这种情形，而在我家乡里往往是这样，坐了马车，虽然是付过了钱，让他去自由的兜揽生意，但是他常常还仍旧等候在铺子的门外，等一出来，他仍旧请你坐他的车吧。

我们走进第一个铺子，一问没有。于是就看了些别的东西，从绸缎看到呢绒，从呢绒再看到绸缎。布匹是根本不看的，并不像母亲们进了店铺那样子，这个买去做被单，那个买去做棉袄的，因为我们管不了被单棉袄的事。母亲们一月不进店铺，一进店铺又是这个便宜应该买，那个不贵，也应该买。比方一块在夏天才用得的花洋布，母亲们冬天里就买起来了，说是趁着便宜多买点，总是用得着的。而我们就不然了，我们是天天进店铺的，天天搜寻些个看的是贵的，值钱的，平常时候，绝对的用不到想不到的。

那一天我们就买了许多花边回来，钉着光片的，带着琉璃的。说不上要做什么样的衣服才配得着这种花边。也许根本没有想到做衣服，就贸然的把花边买下了。一边买着，一边说好，翠姨说好，我也说好。到了后来，回到家里，当众打开了让大家评判。这个一言，那个一语，让大家说得也有点没有主意了，心里已经五六分空虚了。于是赶快的收拾了起来，或者从别人的手中夺过来，把它包起来，说她们不识货，不让她们看了。

勉强说着：

“我们要做一件红金丝绒的袍子，把这个黑琉璃边镶上。”

或是：

“这红的我们送人去……”

说虽仍旧如此说，心里已经八九分空虚了，大概是这些所心爱的，从此就不会再出头露面的了。

在这小城里，商店究竟没有多少，到后来又加上看不到绒绳鞋，心里着急，也许跑得更快些，不一会工夫，只剩了三两家了。而那三两家，又偏偏是不常去的，铺子小，货物少。想来它那里也是一定不会有的了。

我们走进一个小铺子里去，果然有三四双非小即大。而且颜色都不好看。

翠姨有意要买，我就觉得奇怪，原来就不十分喜欢，既然没有好的，又为什么要买呢？让我说着，没有买成回家去了。

过了两天，我把买鞋子这件事情早就忘了。

翠姨忽然又提议要去买。

从此我知道了她的秘密，她早就爱上了那绒绳鞋了，不过她没有说出来就是。她的恋爱的秘密就是这样子的，她似乎要把它带到坟墓里去，一直不要说出口，好像天底下没有一个人值得听她的告诉……

在外边飞着满天的大雪，我和翠姨坐着马车去买绒绳鞋。我们身上围着皮褥子，赶车的车夫高高的坐在车夫台上，摇晃着身子唱着沙哑的山歌："喝咧咧……"耳边的风呜呜的啸着，从天上倾下来的大雪迷乱了我们的眼睛，远远的天隐在云雾里，我默默的祝福翠姨快快买到可爱的绒绳鞋，我从心里愿意她得救……

市中心远远的朦朦胧胧的站着，行人很少，全街静悄无声。我们一家挨一家的问着，我比她更急切，我想赶快买到吧，我小心的盘问着那些店员们，我从来不放弃一个细微的机会，我鼓励翠姨，没有忘记一家。使她都有点儿诧异，我为什么忽然这样热心起来。但是我完全不管她的猜疑，我不顾一切的想在这小城里，找出一双绒绳鞋来。

只有我们的马车，因为载着翠姨的愿望，在街上奔驰得特别的清醒，又特别的快。雪下得更大了，街上什么人都没有了，只有我们两个人，催着车夫，跑来路去。

一直到天都很晚了，鞋子没有买到。翠姨深深的看到我的眼里说："我的命，不会好的。"我很想装出大人的样子，来安慰她，但是没有等到找出什么适当的话来，泪便流出来了。

二

翠姨以后也常来我家住着，是我的继母把她接来的。

因为她的妹妹订婚了，怕是她一旦的结了婚，忽然会剩下她一个人来，使她难过。因为她的家里并没有多少人，只有她的一个六十多岁的老祖父，再就是一个也是寡妇的伯母，带一个女儿。

堂姊妹照理本该在一起玩耍解闷的，但是因为性格的相差太远，一向是水火不同炉的过着日子。

她的堂妹妹，我见过，永久是穿着深色的衣裳，黑黑的脸。一天到晚陪着母亲坐在屋子里，母亲洗衣裳，她也洗衣裳，母亲哭，她也哭。也许她帮着母亲哭她死去的父亲，也许哭的是她们的家穷。那别人就不晓得了。

本来是一家的女儿，翠姨她们两姊妹却像有钱的人家的小姐，而那个堂姊妹，看上去却像乡下丫头。这一点使她得到常常到我们家里来住的权利。

她的亲妹妹订婚了，再过一年就出嫁了。在这一年中，妹妹大大的阔气了起来，因为婆家那方面一订了婚就来了聘礼。这个城里，从前不用大洋票，而用的是广信公司出的帖子，一百吊一千吊的论。她妹妹的聘礼大概是几万吊。所以她忽然不得了起来，今天买这样，明天买那样。花别针一个又一个的，丝头绳一团一团的，带穗的耳坠子，洋手表，样样都有了。每逢出街的时候，她和她的姐姐一道，现在总是她付车钱了，她的姐姐要付，她却百般的不肯，有时当着人面，姐姐一定要付，妹妹一定不肯，结果闹得很窘，姐姐无形中觉得一种权力被人剥夺了。

但是关于妹妹的订婚，翠姨一点也没有羡慕的心理。妹妹未来的丈夫，她是看过的，没有什么好看，很高，穿着蓝袍子黑马褂，好像商人，又跨一个小土绅士。又加上翠姨太年轻了，想不到什么丈夫，什么结婚。

因此虽然妹妹在她的旁边一天比一天的丰富了起来，妹妹是有钱了，但是妹妹为什么才有钱的，她没有考查过。

所以当妹妹尚未离开她之前，她绝对的没有重视“订婚”的事。

就是妹妹已经出嫁了，她也还是没有重视“订婚”的这事。

不过她常常的感到寂寞。她和妹妹出来进去的，因为家庭环境的孤寂，竟好像一对双生子似的，而今去了一个。不但翠姨自己觉得单调，就是她的祖父也觉得她可怜。

所以自从她的妹妹嫁了，她就不大回家，总是住在她的母亲的家里，有时我的继母也把她接到我们家里。

翠姨非常聪明，她会弹大正琴，就是前些年所流行在中国的一种日本琴，她还会吹箫或是会吹笛子。不过弹那琴的时候却很多。住在我家里的时候，我家的伯父，每在晚饭之后必同我们玩这些乐器的。笛子，箫，口琴，日本琴，风琴，月琴，还有什么打琴。真正的西洋的乐器，可一样也没有。

在这种正玩得热闹的时候，翠姨也来参加了。翠姨弹了一个曲子，和我们大家立刻就配合上了。于是大家都觉得在我们那已经天天闹熟了的老调子之中，又多了一个新的花样。于是立刻我们就加倍的努力，正在吹笛子的把笛子吹得特别响，把笛膜振抖得似乎就要爆裂了似的滋滋的叫着。十岁的弟弟在吹口琴，他摇着头，好像要把那口琴吞下去似的，至于他吹的是什么调子，已经是没有人留意了。在大家忽然来了勇气的时候，似乎只需要这种胡闹。

而那按风琴的人，因为越按越快，到后来也许是已经找不到琴键了，只是那踏脚板越踏越快，踏的呜呜的响，好像有意要毁坏了那风琴，而想把风琴撕裂了一般地。

大概所奏的曲子是《梅花三弄》，也不知道接连的弹过了多少圈，看大家的意思都不想要停下来。不过到了后来，实在是气力没有了，找不着拍子的找不着拍子，跟不上调的跟不上调，于是在大笑之中，大家停下来了。

不知为什么，在这么快乐的调子里边，大家都有点伤心，也许是乐极生悲了，把我们都笑得一边流着眼泪，一边还笑。

正这时候，我们往门窗处一看，我的最小的小弟弟，刚会走路，他也背着一个很大的破手风琴来参加了。

谁都知道，那手风琴从来也不会响的。把大家笑死了。在这回得到了快乐。

我的哥哥（伯父的儿子，钢琴弹得很好），吹箫吹得最好，这时候他放下了箫，对翠姨说：“你来吹吧！”翠姨却没有言语，站起身来，跑到自己的屋子去了，我的哥哥，好久好久的看住那帘子。

三

翠姨在我家，和我住一个屋子。月明之夜，屋子照得通亮，翠姨和我谈话，往往谈到鸡叫，觉得也不过刚刚半夜。

鸡叫了，才说：“快睡吧，天亮了。”

有的时候，一转身，她又问我：

“是不是一个人结婚太早不好，或许是女子结婚太早是不好的？”

我们以前谈了很多话，但没有谈到这些。

总是谈什么，衣服怎样穿，鞋子怎么买，颜色怎样配，买了毛线来，这毛线应该打个什样的花纹，买了帽子来，应该批判这帽子还微微有点缺点，这缺点究竟在什么地方，虽然说是不要紧，或者是一点关系也没有，但批评总是要批评的。

有时再谈得远一点，就是表姊表妹之类订了婆家，或是什么亲戚的女儿出嫁了。或是什么耳闻的，听说的，新娘子和新姑爷闹别扭之类。

那个时候，我们的县里，早就有了洋学堂了，小学好几个，大学没有。只有一个男子中学，往往成为谈论的目标。谈论这个，不单是翠姨，外祖母，母亲，姑姑，姐姐之类，都愿意讲究这当地的中学的学生。因为他们一切洋化，穿着裤子，把裤腿卷起来一寸，一张口格得毛宁外国话，他们彼此一说话就答答答，听说这是什么毛子话。而更奇怪的就是他们见了女人不怕羞。这一点，大家都批评说是不如从前了，从前的书生，一见了女人脸就红。

我家算是最开通的了，叔叔和哥哥他们都到北京和哈尔滨那些大地方去读书了，他们开了不少的眼界，回到家里来，大讲他们那里都是男孩子和女孩子同学。

这一题目，非常的新奇，开初都认为这是造了反。后来因为叔叔也常和女同学通信，因为叔叔在家庭里是有点地位的人，并且父亲从前也加入过国民党，革过命，所以这个家庭都“咸与维新”起来。

因此在我家里一切都是很随便的，逛公园，正月十五看花灯，都是不分男女，一齐去。

而且我家里设了网球场，一天到晚的打网球，亲戚家的男孩子来了，我们也一齐的打。

这都不谈，仍旧来谈翠姨。

翠姨听了很多的故事。关于男学生结婚的事情，就是我们本县里，已经有几件事情是不幸的了。有的结婚了，从此就不回家了；有的娶来了太太，把太太放在另一间屋子里住着，而自己却永久住在书房里。

每逢讲到这些故事时，多半别人都是站在女的一面，说那男子都是念书念坏了，一看了那不识字的又不是女学生之类就生气。觉得处处都不如他。天天总说是婚姻不自由，可是自古至今，都是爹许娘配的，偏偏到了今天，都要自由，看吧，这还没有自由呢，就先来了花头故事了，娶了太太的不回家，或是把太太放在另一个屋子里。这些都是念书念坏了的。

翠姨听了许多别人家的评论。大概她心里边也有些不平，她就问我不读书是不是很坏的，我自然说是很坏的。而且她看了我们家里男孩子，女孩子通通到学堂去念书的。而且我们亲戚家的孩子也都是读书的。

因此她对我很佩服，因为我是读书的。

但是不久，翠姨就订婚了。就是她妹妹出嫁不久的事情。

她的未来的丈夫，我见过。在外祖父的家里。人长得又低又小，穿一身蓝布棉袍子，黑马褂，头上戴一顶赶大车的人所戴的四耳帽子。

当时翠姨也在的，但她不知道那是她的什么人，她只当是哪里来了这样一位乡下的客人。外祖母偷着把我叫过去，特别告诉了我一番，这就是翠姨将来的丈夫。

不久翠姨就很有钱，她的丈夫的家里，比她妹妹丈夫的家里还更有钱得多。婆婆也是个寡妇，守着个独生的儿子。儿子才十七岁，是在乡下的私学馆里读书。

翠姨的母亲常常替翠姨解说，人小点不要紧，岁数还小呢，再长上两三年两个人就一般高了。劝翠姨不要难过，婆家有钱就好的。聘礼的钱十多万都交过来了，而且就由外祖母的手亲自交给了翠姨，而且还有别的条件保障着，那就是说，三年之内绝对的不准娶亲，借着男的一方面年纪太小为辞，翠姨更愿意远远的推着。

翠姨自从订婚之后，是很有钱的了，什么新样子的东西一到，虽说不是一定抢先去买了来，总是过不了多久，箱子里就要有的了。那时候夏天最流行银灰色市布大衫，而翠姨的穿起来最好，因为她有好几件，穿过两次不新鲜就不要了，就只在家里穿，而出门就又去做一件新的。

那时候正流行着一种长穗的耳坠子，翠姨就有两对，一对红宝石的，一对绿的。而我的母亲才能有两对，而我才有一对。可见翠姨是顶阔气的了。

还有那时候就已经开始流行高跟鞋了。可是在我们本街上却不大有人穿，只有我的继母早就开始穿，其余就算是翠姨。并不是一定因为我的母亲有钱，也不是因为高跟鞋一定贵，只是女人们都没有那么摩登的行为，或者说她们不很容易接受新的思想。

翠姨第一天穿起高跟鞋来，走路还很不安定，但到第二天就比较的习惯了。到了第三天，就是说以后，她就是跑起来也是很平稳的。而且走路的姿态更加可爱了。

我们有时也去打网球玩玩，球撞到她脸上的时候，她才用球拍遮了一下，否则她半天也打不到一个球。因为她一上了场站在白线上就是白线上，站在格子里就是格子里，她根本的不动。有的时候，她竟拿着网球拍子站着一边去看风景去。尤其是大家打完了网球，吃东西的吃东西去了，洗脸的洗脸去了，惟有她一个人站在短篱前面，向着远远的哈尔滨市影痴望着。

有一次我同翠姨一同去做客。我继母的族中娶媳妇。她们是八旗人，也就是满人。满人才讲究场面呢，所有的族中的年轻的媳妇都必得到场，而个个打扮得如花似玉。似乎咱们中国的社会，是没这么繁华的社交的场面的，也许那时候，我是小孩子，把什么都看得特别繁华。就只说女人们的衣服吧，就个个都穿得和现在西洋女人在夜会里边那么庄严。一律都穿着绣花大袄。而她们是八旗人，大袄的襟下一律的没有开口。而且很长。大袄的颜色枣红的居多，绛色的也有，玫瑰紫的也有。而那上边绣的花的颜色，有的荷花，有的玫瑰，有的松竹梅，一句话，特别的繁华。

她们的脸上，都擦着白粉，她们的嘴上都染得桃红。

每逢一个客人到了门前，她们是要列着队出来应接的，她们都是我的舅母，一个一个的上前来问候了我和翠姨。

翠姨早就熟识她们的，有的叫表嫂子，有的叫四嫂子。而在我，她们就都是一样的，好像小孩子的时候，所玩的用花纸剪成的纸人，这个和那个都是一样，完全没有分别。都是花缎的袍子，都是白白的脸，都是很红的嘴唇。

就是这一次，翠姨出了风头了。她进到屋里，靠着一张大镜子旁坐下了。

女人们就忽然都上前来看她，也许从来她没有这么漂亮过，今天把别人都惊住了。

以我看翠姨还没有她从前漂亮呢，不过她们说翠姨漂亮得像棵新开的腊梅。翠姨从来不擦胭脂的，而那天又穿了一件为着将来作新娘子而准备的蓝色缎子满是金花的夹袍。

翠姨让她们围起看着，难为情了起来，站起来想要逃掉似的，迈着很勇敢的步子，茫然的往里边的房间里闪开了。

谁知那里边就是新房呢，于是许多的嫂嫂们，就哗然的叫着，说：

“翠姐姐不要急，明年就是个漂亮的新娘子，现在先试试去。”

当天吃饭饮酒的时候，许多客人从别的屋子来呆呆的望着翠姨。翠姨举着筷子，似乎是在思量着，保持着镇静的态度，用温和的眼光看着她们。仿佛她不晓得人们专门在看着她似的。但是别的女人们羡慕了翠姨半天了，脸上又都突然的冷落起来，觉得有什么话要说出，又都没有说，然后彼此对望着，笑了一下，吃菜了。

四

有一年冬天，刚过了年，翠姨就来到了我家。

伯父的儿子——我的哥哥，就正在我家里。

我的哥哥，人很漂亮，很直的鼻子，很黑的眼睛，嘴也好看，头发也梳得好看，人很长，走路很爽快。大概在我们所有的家族中，没有这么漂亮的人物。

冬天，学校放了寒假，所以来我们家里休息。大概不久，学校开学就要上学去了。哥哥是在哈尔滨读书。

我们的音乐会，自然要为这新来的角色而开了。翠姨也参加的。

于是非常的热闹，比方我的母亲，她一点也不懂这行，但是她也列了席，她坐在旁边观看：连家里的厨子，女工，都停下了工作来望着我们，似乎他们不是听什么乐器，而是在看人。我们聚满了一客厅。这些乐器的声音，大概很远的邻居都可以听到。

第二天邻居来串门的，就说：

“昨天晚上，你们家又是给谁祝寿？”

我们就说，是欢迎我们的刚到的哥哥。

因此我们家是很好玩的，很有趣的。不久就来到了正月十五看花灯的时节了。

我们家里自从父亲维新革命，总之在我们家里，兄弟姊妹，一律相待，有好玩的就一齐玩，有好看的就一齐去看。

伯父带着我们，哥哥，弟弟，姨……共八九个人，在大月亮地里往大街里跑去了。那路之滑，滑得不能站脚，而且高低不平。他们男孩子们跑在前面，而我们因为跑得慢就落了后。

于是那在前边的他们回头来嘲笑我们，说我们是小姐，说我们是娘娘。说我们走不动。

我们和翠姨早就连成一排向前冲去，但是不是我倒，就是她倒。到后来还是哥哥他们一个一个的来扶着我们。说是扶着未免的太示弱了，也不过就是和他们连成一排向前进着。

不一会到了市里，满路花灯。人山人海。又加上狮子，旱船，龙灯，秧歌，闹得眼也花起来，一时也数不清多少玩艺。哪里会来得及看，似乎只是在眼前一晃，就过去了，而一会别的又来了，又过去了。其实也不见得繁华得多么了不得了，不过觉得世界上是不会比这个再繁华的了。

商店的门前，点着那么大的火把，好像热带的大椰子树似的。一个比一个亮。

我们进了一家商店，那是父亲的朋友开的。他们很好的招待我们，茶，点心，橘子，元宵。我们哪里吃得下去，听到门外一打鼓，就心慌了。而外边鼓和喇叭又那么多，一阵来了，一阵还没有去远，一阵又来了。

因为城本来是不大的，有许多熟人，也都是来看灯的，都遇到了。其中我们本城里的在哈尔滨念书的几个男学生，他们也来看灯了。哥哥都认识他们。我也认识他们，因为这时候我也到哈尔滨念书去了。所以一遇到了我们，他们就和我们在一起。他们出去看灯，看了一会，又回到我们的地方，和伯父谈话，和哥哥谈话。我晓得他们，因为我们家比较有势力，是很愿和我们讲话的。

所以回家的一路上，又多了两个男孩子。

无管人讨厌不讨厌，他们穿的衣服总算都市化了。个个都穿着西装，戴着呢帽，外套都是到膝盖的地方，脚下很利落清爽。比起我们城里的那种怪样子的外套，好像大棉袍子似的好看得多了。而且颈间又都束着一条围巾，那围巾自然也是全丝全线的花纹。似乎一束起那围巾来，人就更显得庄严，漂亮。

翠姨觉得他们个个都很好看。

哥哥也穿的西装，自然哥哥也很好看。因此在路上她直在看哥哥。

翠姨梳头梳得是很慢的，必定梳得一丝不乱；擦粉也要擦了洗掉，洗掉再擦，一直擦到认为满意为止。花灯节的第二天早晨她就梳得更慢，一边梳头一边在思量。本来按规矩每天吃早饭，必得三请两请才能够出席，今天必得请到四次，她才来了。

我的伯父当年也是一位英雄，骑马，打枪绝对的好。后来虽然已经五十岁了，但是风采犹存。我们都爱伯父的，伯父从小也就爱我们。诗，词，文章，都是伯父教我们的。翠姨住在我们家里，伯父也很喜欢翠姨。今天早饭已经开好了。催了翠姨几次，翠姨总是不出来。

伯父说了一句：“林黛玉……”

于是我们全家的人都笑了起来。

翠姨出来了，看见我们这样的笑，就问我们笑什么。我们没有人肯告诉她。翠姨知道一定是笑的她，她就说：

“你们赶快的告诉我，若不告诉我，今天我就不吃饭了。你们读书识字，我不懂，你们欺侮我……”

闹嚷了很久，还是我的哥哥讲给她听了。伯父当着自己的儿子面前到底有些难为情，喝了好些酒，总算是躲过去了。

翠姨从此想到了念书的问题，但是她已经廿岁了，上哪里去念书？上小学没有她这样大的学生，上中学，她是一字不识，怎样可以。所以仍旧住在我们家里。

弹琴，吹箫，看纸牌，我们一天到晚的玩着。我们玩的时候，全体的参加，我的伯父，我的哥哥，我的母亲。

翠姨对我的哥哥没有什么特别的好，我的哥哥对翠姨就像对我们，也是完全的一样。

不过哥哥讲故事的时候，翠姨总比我们留心听些，那是因为她的年龄稍稍比我们大些，当然在理解力上，比我们更接近一些哥哥的了。哥哥对翠姨比对我们稍稍的客气一点。他和翠姨说话的时候，总是“是的”“是的”的，而和我们说话则“对啦”“对啦”。这显然因为翠姨是客人的关系，而且在名分上比他大。

不过有一天晚饭之后，翠姨和哥哥都没有了。每天饭后大概总要开个音乐会的。这一天也许因为伯父不在家，没有人领导的缘故。大家吃过饭也就散了。客厅里一个人也没有。我想找弟弟和我下一盘棋，弟弟也不见了。于是我就一个人在客厅里按起风琴来，玩了一下也觉得没有趣。客厅是静得很的，在我关上了风琴盖子之后，我就听见了，在后屋里，或者在我的房子里是有人的。

我想一定是翠姨在屋里。快去看看她，叫她出来张罗着看纸牌。

我跑进去一看，不单是翠姨，还有哥哥陪着她。

看见了我，翠姨就赶快的站起来说：

“我们去玩吧。”

哥哥也说：

“我们下棋去，下棋去。”

他们出来陪我来玩棋，这次哥哥总是输，从前是他回回赢我的，我觉得奇怪，但是心里高兴极了。

不久寒假终了，我就回到哈尔滨的学校念书去了。可是哥哥没有同来，因为他上半年生了点病，曾在医院里休养了一些时候，这次伯父主张他再请两个月的假，留在家里。

以后家里的事情，我就不大知道了。都是由哥哥或母亲讲给我听的。我走了以后，翠姨还住在我的家里。

后来母亲还告诉过，就是在翠姨还没有订婚之前，有过这样一件事情。我的族中有一个小叔叔，和哥哥一般大的年纪，说话口吃，没有风采，也是和哥哥在一个学校里读书。虽然他也到我们家里来过，但怕翠姨没有见过。那时外祖母就主张给翠姨提婚。那族中的祖母，一听就拒绝了，说是寡妇的孩子，命不好，也怕没有家教，何况父亲死了，母亲又出嫁了，好女不嫁二夫郎，这种人家的女儿，祖母不要。但是我母亲说，辈分合，他家还有钱，翠姨过门是一品当朝的日子，不会受气的。

这件事情翠姨是晓得的，而今天又见了我的哥哥，她不能不想哥哥大概是那样看她的。她自觉的觉得自己的命运不会好的，现在翠姨自己已经订了婚，是一个人的未婚妻。二则她是出嫁了的寡妇的女儿，她自己一天把这个背了不知有多少遍，她记得清清楚楚。

五

翠姨订婚，转眼三年了。正这时，翠姨的婆家，通了消息来，张罗要娶。她的母亲来接她回去整理嫁妆。

翠姨一听就得病了。

但没有几天，她的母亲就带着她到哈尔滨采办嫁妆去了。

偏偏那带着她采办嫁妆的向导又是哥哥给介绍来的他的同学。他们住在哈尔滨的秦家岗上，风景绝佳，是洋人最多的地方。那男学生们的宿舍里边，有暖气，洋床。翠姨带着哥哥的介绍信，像一个女同学似的被他们招待着。又加上已经学了俄国人的规矩，处处尊重女子，所以翠姨当然受了他们不少的尊敬，请她吃大菜，请她看电影。坐马车的时候，上车让她先上，下车的时候，人家扶她下来。她每一动别人都为她服务，外套一脱，就接过去了；她刚一表示要穿外套，就给她穿上了。

不用说，买嫁妆她是不痛快的，但那几天，她总算一生中最开心的时候。

她觉得到底是读大学的人好，不野蛮，不会对女人不客气的，绝不能像她的妹夫常常打她的妹妹。

经这到哈尔滨去一买嫁妆，翠姨就更不愿意出嫁了。她一想那个又丑又小的男人，她就恐怖。

她回来的时候，母亲又接她来到我们家来住着，说她的家里又黑，又冷，说她太孤单可怜。我们家是一团暖气的。

到了后来，她的母亲发现她对于出嫁太不热心，该剪裁的衣裳，她不去剪裁；有一些零碎还要去买的，她也不去买。做母亲的总是常常要加以督促，后来就要接她回去，接到她的身边，好随时提醒她。她的母亲以为年轻的人必定要随时提醒的，不然总是贪玩。而况出嫁的日子又不远了，或者就是二三月。

想不到外祖母来接她的时候，她从心的不肯回去，她竟很勇敢的提出来她要读书的要求。她说她要念书，她想不到出嫁。

开初外祖母不肯，到后来，她说若是不让她读书，她是不出嫁的，外祖母知道她的心情，而且想起了很多可怕的事情……

外祖母没有办法，依了她。给她在家里请了一位老先生，就在自己家院子的空房子里边摆上了书桌，还有几个邻居家的姑娘，一齐念书。

翠姨白天念书，晚上回到外祖母家。

念了书，不多日子，人就开始咳嗽，而且整天的闷闷不乐。她的母亲问她，有什么不如意吗？陪嫁的东西买得不顺心吗？或者是想到我们家去玩吗？什么事都问到了。

翠姨摇着头不说什么。

过了一些日子，我的母亲去看翠姨，带着我的哥哥。他们一看见她，第一个印象，就觉得她苍白了不少。而且母亲断言的说，她活不久了。

大家都说是念书累的，外祖母也说是念书累的。没有什么要紧的，要出嫁的女儿们，总是先前瘦的，嫁过去就要胖了。

而翠姨自己则点点头，笑笑，不承认，也不加以否认。还是念书，也不到我们家来了，母亲接了几次，也不来，回说没有工夫。

翠姨越来越瘦了，哥哥去到外祖母家看了她两次，也不过是吃饭，喝酒，应酬了一番。而且说是去看外祖母的。在这里年轻的男子，去拜访年轻的女子，是不可以的。哥哥回来也并不带回什么欢喜或是什么新奇的忧郁，还是照样和大家打牌下棋。

翠姨后来支持不了了，躺下了。她的婆婆听说她病，就要娶她，因为花了钱，死了不是可惜了吗？这一种消息，翠姨听了病就更加严重。婆家一听她病重，立刻要娶她。因为在迷信中有这么一章，病新娘娶过来一冲，就冲好了。翠姨听了就只盼望赶快死，拼命的糟蹋自己的身体，想死得越快一点儿越好。

母亲记起了翠姨，叫哥哥去看翠姨。是我的母亲派哥哥去的，母亲拿了一些钱让哥哥给翠姨送去，说是母亲送她在病中随便买点什么吃的。母亲晓得他们年轻人是很拘泥的，或者不好意思去看翠姨，也或者翠姨是很想看他的，他们好久不能看见了。同时翠姨不愿出嫁，母亲很久的就在心里边猜疑着他们了。

男子是不好去专访一位小姐的，这城里没有这样的风俗。母亲给了哥哥一件礼物，哥哥就可去了。

哥哥去的那天，她家里正没有人，只是她家的堂妹妹应接着这从未见过生疏的年轻的客人。

那堂妹妹还没问清客人的来由，就往外跑，说是去找她们的祖父去，请他等一等。大概她想是凡男客就是来会祖父的。

客人只说了自己的名字，那女孩子连听也没有听就跑出去了。

哥哥正想，翠姨在什么地方？或者在里屋吗？翠姨大概听出什么人来了，她就在里边说：

“请进来。”

哥哥进去了，坐在翠姨的枕边，他要去摸一摸翠姨的前额，是否发热，他说：

“好了点吗？”

他刚一伸出手去，翠姨就突然的拉住了他的手而且大声的哭起来了，好像把一颗心也哭出来了似的。哥哥没有准备，就很害怕，不知道说什么作什么。他不知道现在应该是保护翠姨的地位，还是保护自己的地位。同时听得见外边已经有人来了，就要开门进来了。一定是翠姨的祖父。

翠姨平静的向他笑着，说：

“你来得很好，一定是姐姐（我的母亲）告诉你来的，我心里永远记念着她。她爱我一场，可惜我不能去看她了……我不能报答她了……不过我总会记起在她家里的日子的……她待我也许没有什么，但是我觉得已经太好了……我永远不会忘记的……我现在也不知道为什么，心里只想死得快一点就好，多活一天也是多余的……人家也许以为我是任性……其实是不对的。不知为什么，那家对我也是很好的，我要是过去，他们对我也会是很好的，但是我不愿意。我小时候，就不好，我的脾气总是不从心的事，我不愿意……这个脾气把我折磨到今天了……可是我怎能从心呢……真是笑话……谢谢姐姐她还惦着我……请你告诉她，我并不像她想的那么苦呢，我也很快乐……”翠姨痛苦的笑了一笑，“我心里很安静，而且我求的我都得到了……”

哥哥茫然的不知道说什么，这时祖父进来了。看了翠姨的热度，又感谢了我的母亲，对我哥哥的降临，感到荣幸。他说请我母亲放心吧，翠姨的病马上就会好的，好了就嫁过去.

哥哥看了翠姨就退出去了，从此再没有看见她。

哥哥后来提起翠姨常常落泪，他不知翠姨为什么死，大家也都心中纳闷。

尾声

等我春假回来，母亲还当我说：

“要是翠姨一定不愿意出嫁，那也是可以的，假如他们当我说。”

…………

翠姨坟头的草籽已经发芽了，一掀一掀的和土黏成了一片，坟头显出淡淡的青色，常常会有白色的山羊跑过了。

这时城里的街巷，又装满了春天。

暖和的太阳，又转回来了。

街上有提着筐子卖蒲公英的了，也有卖小根蒜的了。更有些孩子们他们按着时节去折了那刚在发芽的柳条，正好可以拧成哨子，就含在嘴里满街的吹。声音有高有低，因为那哨子有粗有细。

大街小巷，到处的呜呜呜，呜呜呜。好像春天是从他们的手里招呼回来了似的。

但是这为期甚短，一转眼，吹哨子的不见了。

接着杨花飞起来了，榆钱飘满了一地。

在我的家乡那里，春天是快的，五天不出屋，树发芽了，再过五天不看树，树长叶了，再过五天，这树就会绿得使人不认识它了。使人想，这棵树，就是前天的那棵树吗？自己回答自己，当然是的。春天就像跑着似的那么快。好像人能够看见似的，春天从老远的地方跑来了，跑到这个地方只向人的耳朵吹一句小小的声音："我来了呵"，而后很快的就跑过去了。

春，好像它不知多么忙迫，好像无论什么地方都在招呼它，假若它晚到一刻，阳光会变色的，大地会干成石头，尤其是树木，那真是好像再多一刻工夫也不能忍耐，假若春天稍稍在什么地方留连了一下，就会误了不少的生命。

春天为什么它不早一点来，来到我们这城里多住一些日子。而后再慢慢的到另外的一个城里去，在另外的一个城里也多住一些日子。

但那是不能的了，春天的命运就是这么短。

年轻的姑娘们，她们三两成双，坐着马车，去选择衣料去了，因为就要换春装了。她们热心的弄着剪刀，打着衣样，想装成自己心中想得出的那么好。她们白天黑夜的忙着，不久春装都换起来了，只是不见载着翠姨的马车来。

一九四一，夏重抄

（原载1941年7月1日《时代文学》第1卷第2期）